2020中国年度　散文诗

王剑冰　　主编

漓江出版社
·桂林·

图书在版编目（CIP）数据

2020中国年度散文诗 / 王剑冰主编 . -- 桂林：漓江出版社，2021.1

ISBN 978-7-5407-8974-9

Ⅰ . ① 2… Ⅱ . ①王… Ⅲ . ①散文诗—诗集—中国—当代 Ⅳ . ① I227

中国版本图书馆 CIP 数据核字 (2020) 第 236976 号

2020 ZHONGGUO NIANDU SANWENSHI

2020中国年度散文诗

王剑冰　主编

出版人：刘迪才

责任编辑：辛丽芳

书籍设计：石绍康

责任监印：张璐

出版发行：漓江出版社有限公司

社址：广西桂林市南环路 22 号　邮编：541002

发行电话：010-65699511　0773-2583322

传真：010-85891290　0773-2582200

邮购热线：0773-2582200

电子信箱：ljcbs@163.com

微信公众号：lijiangpress

印制：北京中科印刷有限公司

［北京市通州区宋庄工业区 1 号楼 101 号　邮编：101118］

开本：690 mm × 1000 mm　1/16

印张：20　字数：274 千字

版次：2021 年 1 月第 1 版

印次：2021 年 1 月第 1 次印刷

书号：ISBN 978-7-5407-8974-9

定价：45.00 元

目 录

contents

黄姚九拍

汤松波

一

黄姚，北宋开宝年间遗留下来的古老镇子，与甲天下的桂林山水毗邻，自然山水与桂林的模样长得惊人的相似，人称“小桂林”。千百年来，她在世人的视线里，出落得如同一个好看的姑娘，风情万种，让人迷恋。

我是一个极为相信缘分的人。爱上一个地方，就如同初恋那般，费尽心思地让骨子里延展的缘分，尽释生命的美和缱绻的颜色。若无相欠，何以相见。比如黄姚，就缘于诗和远方对我的诱惑，抑或我对诗和远方的一种向往。

很庆幸，在潇贺古道上，我没有与黄姚擦肩而过。

很庆幸，遇见黄姚的那一天，我在古老的石板路上就听到了她绵密的呼吸，听到了酒壶山上绿茶舞蹈的节奏，闻到了古老巷子里徐徐飘散的豆豉香味……那呼吸，那节奏，那香气，自然而然地就把这份遇见，演绎成了我生命里的节日。

二

推开黄姚古镇的门，春天就落落大方地站在八百年古榕树上等你了。

“东风夜放花千树。更吹落、星如雨。宝马雕车香满路。凤箫声动，玉壶光转，一夜鱼龙舞。”这首词，在我与黄姚相知情浓的意识里，就是稼轩献给黄姚的专制。每年元夕，黄姚人都以巨大的热情投入鱼龙节的氛围里：欢乐的时光，牵着绚烂的灯火，以她的万千风韵，荡漾起黄姚的一山一水，与唤醒了春花的歌声，与敲响了大地的舞步一起，构建着一首来自故乡的诗歌。这首诗歌是梦幻的、热烈的、古意的，直抵灵魂深处。

不得不承认，这是人间的一种无法复制的美好。亲爱的黄姚，在季节转换之中，在花树叠上云端之际，我想告诉你，当太阳刚刚起身，我的名字，就躺在你丝绸一样柔软的雾霭里了。

清风徐来，一阵阵掠过我的眼帘。

我知道你鱼鳞般的瓦片开始清点我的生活了。我安静地等待着，等你装满风声与芦笙的鱼篓，和我一起踏着姚江的歌子，赞美这个时代崛起的大梦。

三

在黄姚，姚江似玉带缠绕在古镇的身上。我常常坐在带龙桥上，把玩从树叶里筛下来的阳光，清丽的鸟鸣，也不失时机地从身旁的另一棵树梢俯冲而来。无须构想，这阳光和鸟语以及那些曲弯通幽的巷道，很快就铺排成了我诗歌驰骋的牧场。

夜幕降临。一排排红灯笼，照亮了姚江的脸。一缕缕炊烟，摇晃着身姿，在游子的眼里不经意间就漫成了乡愁。我喜欢在这样的意境里，踏上青石板寻找平平仄仄的花句，喜欢倚着廊桥望着雁阵拍打寂寥无边的天空。

此时，云朵换上了新衣裳，停在姚江映衬的雕花木窗上，她要和流水送一程落下来的花瓣……岸边的杨柳，伸出细细的小手，依依作别。我站在一旁，默默地注视着这不动声色的一幕。花去也，明年还会朝着她以往的颜色和气质再一次向我绽放么？姚江无语，转身就潜入我的血管里畅游去了。

月亮幽静地坐在真武山顶，等你，也在等我。多好的夜晚啊，当我牵着你的手走过带龙桥的时候，一尾尾精致的锦鲤，在月光里抢食着我们投入姚江水的身影，甜蜜亲吻的样子，让人一辈子都忘不了了。

四

在黄姚古镇，我遇见了何香凝和欧阳予倩，一个是丹青高手，一个是戏剧大师。丹青高手打开了她的画布，在填入酒壶山、填入姚江的同时，也填入了辽阔、寂静和风吹不散的灵魂。

而古戏台，则是戏剧大师营造的风景，那些从盈盈水袖甩出的故事，从民国辗转萦绕到今天，依旧在百姓把盏而乐的口中徐徐展开，极富生命力。

我知道，无论是何香凝，还是欧阳予倩，他们行走在黄姚的时间里，也把黄姚的风雨、坎坷、江河、山峦一一酿进了他们的生命。

我确认，他们的生命，开创了黄姚意义上的文化河流。河流之上，或画或戏，或展或收，都见风骨、魂魄和婵娟。

大师在前，我小心翼翼地紧跟其后。虽不能望其项背，但我常常在古镇里幽转时想象，如果灵魂能得到一点点这样的滋养，我的余生也该有一种令人羡慕的丰沛。

五

在黄姚，无损的光阴来来去去，心无旁骛。

我也乐在其中，哪怕在孤寂的时候，也不想把自己取出。

更多的时候，我像一把椅子，靠在临窗的位置，从未停止过等待。等待你，像母亲那样，坐着花轿，登堂入室。等待你，像成熟的果子那样，在星空下与我一起成为秋天的一部分。

当冷霜熄灭夜晚的灯火，当太阳照亮葵花侧身的影子，我们就大大方方地穿过四季，走向迎秀街，走向鲤鱼街，去真武山上的龙鳞树下写诗，作画，与花间小憩的蝴蝶相依为命，成为居山者最自然的特写。

亲爱的黄姚，我和爱人，就这样从头顶弯月的异乡人，成为你怀里身披露珠的人了。故乡在我们的眼泪里渐渐斑驳，故乡人在我们的念想里渐行渐远；古镇在我们的睫毛下陡然清晰，古镇人也在一清二白的日夜交替中变成了我们的亲人。这种时空与意识的转换，因为爱，在日常中已成为一种习惯。

日久他乡变故乡，说的就是这个意思吧。

六

仙女湖，传说是七仙女下凡沐浴的地方，如今已变成黄姚的爱情天堂。每日每夜，不分阴晴，都有出双入对的人在这里聚集。

在我的眼里，爱情，就是春风十里，就是繁花万顷。而仙女湖的爱情，是晨风中你唱给我悦耳动听的歌谣，是夕阳下你我搀扶着并肩回家的背影。为了那个约定，我一直在黄姚古镇厮守着光阴等你。

等你的，除了我，还有时光为你准备的美：古镇的宁静之美，仙女湖的飘逸之美，姚江的娟秀之美，酒壶山的洒脱之美……

现在已是深秋，雁声一阵阵划入湖心，与白云的浮雕缠绕、嬉戏，再也不愿走动了。我的心思也是这样，就爱这样在这里待着，在湖边的驿站里，铺开雪一样的白纸，给你写信。

信的开头，是仙女湖的雾起时分，湖面被笼罩起来，山峦被藏了起来，远处的村庄亮着微弱的光，近处草叶上眨巴着眼睛的露珠，一切的一切都是迷离而神秘。信的内容，是相思树上长满了红豆，是月亮躲在云朵里暗自哭泣，是往事在湖面微微荡漾的皱纹，是虚构的春天也能让人心怀激荡。信的结尾，当然是雾散了，云开了，一辈子遇见你，就是遇见了最懂自己的那个人，哪怕我从青丝等你到皓首，也不后悔。

七

仙殿顶的春天总能给人新的感觉。

今年杜鹃开放的时候，我又来瞻仰杜鹃花海了。那些杜鹃，争先恐后，如火焰，沿着山脊燃烧，不一会儿，就像长了翅膀飞到了天上。

你还在远方。今春我依然是单身的燕子。

我为自己没能携你一起上山观看这轻盈、绚烂的花海而感到失落。在今宵酒醒何处的黄姚，在思念漫上枝头的远方，我们年年为脚下的土地而生，却不能年年跟着仙殿顶的花儿们一起去赶集，眼前再新的亭台也是孤单的，再新的斜阳也注定要落幕的……

往天上开去的花，灵魂自由，性情奔放。

而落花是伤感的，特别是一个人的时候，不能久看。没有你陪伴的此刻，我该抱着落花身上绵软、蓬松的香气下山了。

别无选择，在时间与时间的缝隙里，我快速地翻动太阳与月亮。在花朵与花朵的簇拥下，我甘愿为离别吹响号角。

八

黄姚的云海，在东潭岭上。

与黄姚的云海邂逅，无须挑拣春夏秋冬。

雨天来，雨打草木深。云海，施展着万千幻术，整着山河呼啸而来，整着马群奔腾而来，在这忽高忽低、忽明忽暗的人间，在这水墨泼洒、山海起伏的世界里，我空虚的内心突然有了一份不可思议的力量，有了和你共度余生的勇气和野心。

晴天来，花叶舒展，心生欢喜。云海，被青翠的山林环绕，如硕大的浴池尽收眼底。云海里的云，像丝绸，像锦缎，像银河，像玉帛……不紧不慢地游弋着，那份淡定与从容，让我有足够的理由相信，它的怀里一定藏有指向爱人的星辰。

清晨来，露珠已把太阳摇醒。晨雾里的云海，张扬着无所不在的浮力，将石头、宫殿、廊桥、贝壳、泥牛都往天上涌。这气象，让我感觉身体在飘远，世界在飘远，似在云海之上，又在云海之下，沉浮之间，那些荒废了的时光，一下子又给拾捡了回来，我青春的额头攒够了漂泊的本钱。

黄昏来，天空已开始退烧了。而夕阳下的云海，却不改初衷地沸腾着、燃烧着，不舍得离去。我觉得，我和云海有着一样的想法，哪怕此去深入夜的深处，哪怕挣扎的躯体遁入梦的中央，在黄姚岁月的某个枝头，依然能继续发光发热。

九

这些年在黄姚蛰居，我对古镇有了更多的感情。与古镇有关的花啊草啊，以及龙鳞台、姚江水、萤火虫和凤尾竹都成了我的亲戚。

古镇很小，却连接着三个省区的土地和天空。在巨大的天空下，在千山万水间，我想牵着一朵云，在满天星斗的夜晚，化作雨，落在古镇人家干净的屋瓦上，聆听古镇旧得发白的故事。

入冬了，树叶落下来随风飘去远方。每一片树叶，都是一方邮票，每一方邮票，都可以带着问候和思念找到邮寄的处所。当然，这些飘浮的树叶中肯定有一片是飞向你的，这是一个寄居山水的人能够给你的全部。

入冬了，我围着火炉，一碟豆豉鱼，二两黄精酒，就构成了我心中的庙宇。我常常在酩酊大醉后走出庙宇，长时间坐在古老的石凳上，就像坐在母亲的身旁。我坐在这里，守着自己沉寂的心，等待春天的到来，等待时间的救赎，等待你动人心魄地进入我的国度。

亲爱的黄姚，我沉迷浸润在你的夜色当中了，今晚有风，在风的搀扶下，我在古镇太平门的拐弯处回望，回望岁月留下的慷慨，回望年华美好的遇见……

回望黄姚，花开有声。

回望古镇，一眼千年。

原载《广西日报》2020 年 11 月 13 日

生命至上［组章］

司玉兴

家　园

风从高处的山坡走下。

排着长队，像一群训练有素的麻雀。整齐地蹲在平坦的田野，等待春天号令。

红顶巢穴——向着太阳升起的地方。

废弃的水泥、钢筋、青砖留在冬天。燃过的鞭炮，聆听院落里雪的寂静。几只蚂蚁堆起高原的骨骼和故乡的黄土。

故乡，我的亲人，种植庄稼，也种植春天。

他们用双手搬运呼吸和命运，给自己留一个位置，守护家园的烟火。

牧　场

阳光在前，雨水尾随身后，鸟鸣包裹故乡山坡。

风在流淌。树木一动不动。一片叶子，留下念想的味道。

白牦牛脊背，风积蓄力量。相聚高过翅膀，相处回望泪水，大地深处闪烁祖先的成本。

头顶云朵，经过孩子的童年和老人的暮年，烟火点燃人间，流水远去。

在高原，尘埃铺开道路。民族的蝴蝶，扑闪天空的蓝。在高处，敲响和谐门扉，半掩半开的心，在人间辽阔处……

外城和内城

一座方正城堡，不像日月星辰。在天地间，静静坐着，像棋盘……

复古外城——

东门，车辆、马匹、刀剑进入。西门，蒿草和骑兵把守。南门，胭脂融化酒水。北门，通向朝廷……

城墙豁口，真相残缺。距离和范围之内，想象之外，石碑还是心有戒律。生命已朽，你能填补什么？推动眼前的悲壮，美不会掩盖，美不需要重生和创造。

内城中央——

草丛茂盛，花朵怒放。一只高山细毛羊，在苹果和华为手机里，是安全的，也是幸福的。

行　走

与三只石雕的牦牛一同回味：

秋天的草原，河西走廊另一侧。捉刀、打磨山间炊烟，露珠跌进一页纸的厚度，青稞俯身或弓起。

抵达抓喜秀龙，油菜花摇曳。风奔跑，黄昏在最后。

容颜下落，缓冲一次对话——

“草木站立，雨水落下。我拿一双眼睛的湿润，浇灌你的故乡……”

苏鲁梅朵红遍半个山坡。剩下半个山坡，灯盏摇曳。藏歌、酒曲、秦腔、花儿，指向远方。酥油、糌粑、羊排、蕨菜，就在原地。

虫草抬头，云朵集聚。雪山隐去一匹马的形状，一位老人打扫完自己的房屋。

一颗苹果

秋分尽，天空静。场景顺着明亮的事物陈列：

一棵树弯腰，山坡星辰空空。一棵树弯腰，苍穹雨水空空。一棵树弯腰，田野草籽空空。一棵树弯腰，尘世泪水空空。

一颗苹果，让位一盏灯火。一颗苹果，顺从一条河流。一颗苹果，默许天地万物。一颗苹果，积蓄人间力量。

给你风的嘴唇，给你红红的喉咙，封存欲望的烈火和痕迹。“明亮的事物，拿走你身体的腐朽，草木转世，我也轮回。”

一颗苹果摘下自己。它在思考，如何分配剩余的光芒？一颗苹果收齐爱的影子，谁爱得简单，谁就懂得对方。

内心不再荒芜。涌动的美，在重生之后。

柴尔龙海

小鸟又返回，在一块坡地上鸣叫。

我走动，它起飞。四次了，我被一只鸟领着

徒步 8 小时，抵达 4000 米之上的海子，我不再安抚自己的内心。

靠着草地，睡半个小时。在海子边的岩石上，静静坐会。洗一把脸，喝几口水，再看看那些生长在高处的花朵。

没有神的告示，不见佛的光芒，山拥着马兰花放大的一滴泪。被海拔移植，是天空的海子。抵达一片广阔的人间，我比秋天，只是提前了一步。

此刻，你站起或坐下，都比海子高，却没有海子孤独。

离你最近的是倒影中的自己，不是浮着的冰川和秘密。

冰沟河

夜晚湿润，潮气再次逼近身体。所有笑声，暴露了自己。

火炉边，向导贾福生和刘国福，听着铁桶里茶水的沸腾。他们眼里，火焰高出海拔许多。这一刻，拥有温暖的人，是幸福的。

凌晨五点半，开始出发。河水急促，心跳加速，摸着石头，挨着石头过了河，恐慌被卷走，马兰花闪现，美好光阴，那么短暂……

给我力量返回原路的，不只是半块巧克力，两根火腿肠和一股又一股的冰沟河水。

神布施的爱，流向人间。烟火支起的家园，住着什么？似乎对我重要，又无关紧要。

进入石头阵地，我们站在不同位置，偏离同一方向。

鸟在跳跃，石头轻松。花在跳跃，石头兴奋。我们跳跃，石头淹没我们。那些悄然不动的光阴，被雨水一次次打湿的光阴，似乎在接纳，也在嘲笑。我们被挫败在石头中央

寻找出路，石头没有密码。沿着返回的路，我们险些埋葬自己。

隐　秘

雾将雪片清晰地站立，

雾将过往行人一次次模糊。

一株枯草遮住简陋——它矮下去的头颅，没有摇动地面。昏黄吞下的色彩，足以让人颤抖。万物埋葬容颜，我在体内复活。

山涧流水柔软大地的身段，鸟鸣深陷，一个孩子的眼睛深陷。再次去过的地方，没有避难的踪迹，冰崖、海子、石窟，诞生着生命的隐秘。

寂静——来自天边的声音。微光吐出早晨的舌头，积蓄力量，集体在山坡燃烧

毛藏的春天，夜晚比内心还要安静。一匹马休息，一粒种子就要破土。

敬　畏

让大地上枯败的野花不再卑微，让天空里闪烁的星辰不再孤寂。

我们去的黄昏，寺院的门锁着。住持寺院的活佛，昨夜就去了华山，空空的院落，一盏灯在支撑。辽阔的人间，万物萌生荣耀。

一挂瀑布，在不远处站立。一块石头，留着一只脚印。一串佛珠，也许就要过夜。

黄昏的雪，靠近一个人背影的弯曲。

就这样，一群羊走近围栏，这些立在阿尼玛卿神山的书签，被风、石头、鹰的眼睛，轻轻抚摸。翻过最后一页，天就亮了。

除了文字、泪水，我空荡的心里，已掏不出一件法器，去敬畏人类和自然。

原载《散文诗》2019 年 11 月

哲学与牛

李汉荣

戴墨镜的人

他坚持待在幽暗的季候，打量过于明亮的白昼。

他用适度的黑，削弱那些夸张、尖锐、刺目的事物。

世界是剧场。他持一张靠后的入场券提前入座。

他的目光似乎深不可测，其实有时漠然，有时充满偏差，有时也洞察秋毫。

他以戏剧性目光评价戏剧。

国王乘坐的豪华专机和儿童放飞的风筝，在他眼里是同一种机型，出自同一个玩具工厂。

他比别人更能从一个浓妆美人的脸上，发现黑夜留下的致命雀斑。在化学之外，他经常看见美学和商业的破绽。

偶尔，颓丧的情绪会改变视神经功能，他有时竟分不清，水泥厂的烟囱和火葬场的烟囱，放出的烟雾究竟有什么不同。

他在郊外拾到一沓冥币，郑重地交给警察，却没有被尊为道德模范。首先是视线捉弄了他，而警察却指责他捉弄了警察。

他在废墟上来回走动，却看懂了帝国的简史；而那位伏案疾书的作家，不过是在修改他的一沓病历。

他看见的白总是白得不纯粹，他看见的黑总是黑得太彻底。他怀疑那位天使，只是冒充天国的导游，实则是来自地狱的某个豪华套间。

他觉得白昼也许是真正的黑夜，使人们全都变成了只能看见鸡毛蒜皮的势利的小人、智慧的盲人。他认为，只有在黑夜的观礼台上，人才能真正看见无限，看见灵魂的壮丽星空。

哲学与牛

在郊外马路上，我听见几位哲学爱好者在认真地讨论虚无。他们边走边谈。这时一头牛走过来，他们急忙退到路边，为它让路。此时，一头牛填充了他们的虚无，导致他们的话题突然中断，转而谈论市场、利润以及牛肉的营养和口感。

一头牛修订了他们的哲学。但是，牛不懂哲学，哲学里也没有牛的位置。

在国贸宾馆拥挤的电梯上

我们笔直地站立，小心地不碰触对方，立正，此时，我们都有了军人的风度。

手无处放，于是抱于腹前，仿佛抱着一个刚刚受孕的思想的胎儿。

目光无处放。陌生的脸们不宜深情凝视，或漠然注视，而且那么陡峭的脸，目光放上去也会滑落。

于是，眼睛朝向电梯顶部，似乎上面有一座天堂，可脖子后面紧挨着的另一颗头限制了我的仰望。

我的目光终于有了着落：轿厢墙壁上飘柔洗发露广告拯救了我，广告美人把一缕秀发甩来，芳香的泡沫接待了我无处停靠的眼睛。

一些人出去，一些人进来。

十楼、十五楼、十八楼、二十五楼、三十三楼……

红灯提示着我们正在抵达的高度，荒凉的高度。

美人的秀发一直飘着，泡沫持续不散。

永恒的女性引领我们上升。

永恒的商业女性引领我们上升，上升到缺氧的高度。

四十八楼。我终于到达我的标准间，到达了标准的夜晚。

麻醉师

你使我恐惧。但我必须花钱请你，只有你能帮助我阻止疼痛。

但我害怕你用药过轻，我半寐的神智会听见手术刀切割的声音，而且会放大被你掩饰了一半的疼痛，使之数倍于真实的疼痛。

我又害怕你用药过量，我将从此长睡不起，甚或永远再不起来。从此疼痛与我无关。你彻底解除了我与疼痛的联系，你也彻底解除了我与世界的联系。

好在你训练有素，而且敬业，我没有发生意外。

我只是暂时不在人世，暂时中断了痛感……

在枯河的上游

只有乱石仍在奔腾，宛如古老的波浪。

那些映照过远古天空、接纳过先民眼神的深潭，已经被垃圾填满。星月的倒影、鸟的倒影、虹的倒影，彻底消失。

在没有深度、没有幻象、没有期待的日子里行走，只有脚下溅起的尘埃陪伴着你。

思念的泪水早已汇入海洋，再没有重新上岸、润泽芳草的机会。

一条河，长眠于新版的地理词典。

没有此岸，没有彼岸，根本就没有岸。大家都生活在相似的荒滩。

再不必眺望和等待什么。所有的鱼都已失踪，所有的浪都已熄灭，所有的船都已碎成残片。

黄昏，那人在荒滩徘徊。

深夜，那人仍在荒滩徘徊。

直到涨潮的天河在他头顶奔流，远古的雪浪拍打他荒寂的灵魂。

他独自坐在一块巨大的卵石上，默默地，久久地。

月亮目不转睛看着他。

思想的巨卵正在被他暖热。

也许，他会孵出一只奇异的鸟？

焊　接

生存炫目得无法逼视。

你被迫躲在面罩后面，偷看自己的作业。

疯狂的电光里，一些细节苏醒，一些细节昏迷，一些细节尖叫，一些细节沉默，一些细节死去，一些细节诞生。

总之，满目都是飞溅的——细节。

对立的金属在高温里熔解，互相吞吐和渗透，直至肌肤相亲，仿佛关系很铁。

这惨烈的美，超越了审美极限，令人无法欣赏和领略。

金属死去活来的痛楚，谁能分担？

焊接的现场，我一次次路过，每一次只投去匆忙的一瞥。

直到一件器物成形、一个建筑竣工、一座高楼耸立。作为购买者，我们去购买它的舒适；作为享用者，我们去享用它的愉悦；作为消费者，我们去消费它的惬意。

舒适、愉悦、惬意。商业的关键词，遮蔽了世界的真相。

谁曾留意过泥土的倾覆和震荡？谁曾留意过金属的断裂和疼痛？谁曾留意过事物被重组时的磨难和创伤？谁曾留意过被闪电切割的夜晚那惊恐、苍白的脸色？

我们幸福地游荡在痛苦的大地上。

多少细节因过于炫目而被我们省略？

多少细节因过于灰暗而被我们省略？

我们很少看见，生存的真实细节……

未　知

在层峦叠嶂的大巴山深处，在山路转弯的地方，我看到一些散落的碎纸片。我弯腰拾起几片，断续读到上面幼稚的字迹：“可爱的王小菊，你几天不跟我说话，我好难受。”“张老师，我妈妈出事了我请假一天，请老师批准。”还有的碎纸片写着生字练习和词语解释。从其难度猜测，纸片主人可能是一位小学三年级或四年级学生。

他是谁？王小菊是谁？他母亲出什么事了？急病还是车祸？为什么丢下这些纸片？是他写给王小菊的字条被王小菊撕碎扔在这里，还是他写好字条最后又不想交给王小菊就自己把它扔了？那个写给张老师的请假条涂改了数处，应该是草稿。那么，也有可能，是因为妈妈出事了，很大的事，王小菊不跟他说话就不值得计较了，在惶恐中就把写给王小菊的字条和请假条草稿一同掉在了这里……

我又从几页纸片上看见红色的斑痕，并不是红墨水的痕迹，而是血的颜色。

那么，这孩子是不是在放学的路上，钻进路边林子里采摘野花，被荆棘划破了手血流不止，就顺手从书包里扯出几页纸擦拭伤口？

但是，他母亲出了事，王小菊不跟他说话，他没有心思采摘野花；也许，正是六月大热天，又连续发生这些事件，燥热、郁闷、焦虑，这孩子身心烦乱，毒火上升，他爱流鼻血的毛病又犯了，情急之下，他从书包里揪出几张纸，匆忙为自己止血……

王小菊后来怎么样了？他妈妈到底怎么样了？这孩子后来怎么样了？

未知。全是未知。

在大巴山深处看见这些纸片的那天，我的旅行包里带着两本书：《神的秘密》《宇宙的命运》。

《神的秘密》里有一段话：一切事件都在时间中发生又在时间中消失，最终，一切都归于未知。我们把未知的总和称为神。

《宇宙的命运》这样说：在宇宙邈远的深处，那正在形成中的某个星系，有可能产生能够观测和理解我们的某种外星智慧。假设我们以光速试图接近他们，他们也可能以超过光速的速度更远地离开我们。我们在未知的浩瀚海洋探索"知"的孤独岛屿，但我们有限的"知"也很快变成"未知"——我们在半途中消失，我们的文明在半途中终结。我们携带的信息被时间之键彻底删除，宇宙，复归于一片混沌和未知。

神、宇宙，这些宏伟的事物，我只能暂且搁下。

那个隐藏在纸片后面的小孩子，以及围绕他发生的一切，对于我，已经成为巨大的未知。

那些纸片在记忆里飘落，渐行渐远。

没入殷红的苍茫……

祈　祷

在一页白纸上，我读到了——安静，纯洁，以及它与四周的空旷保持的那种值得尊敬的默契。

在一页（或一册一大摞）挤满了文字的纸上，我常常看见比墨更黑的灵魂，比无知更无知的"知识"，比愚昧更愚昧的"机智"，比浅更浅薄的浅陋，比脏更肮脏的垃圾，比刀子更锋利的对人心的伤害。

在字与字之间，我看见了：黑暗的内心、混浊的欲望、充满恶意的动机、因极度燥热膨胀而发红的眼睛。

虽然纸的身上堆满了语言，它却有苦难言，我体会到纸难以表达的痛苦和耻辱。

所以，我常常读空白的纸，读没有被践踏的雪，读头顶飘过的一片片白云（它的上面没有人的字迹和签名）。

为此，我坚持黎明即起的习惯，赶在大地还没有被贪欲、仇恨和痰迹玷污之前，我抓紧欣赏她，并为她祈祷……

逝者的远行

我们以为明白了死亡：死亡，不就是死亡吗？不就是虚无和不存在，不就是永远的休息吗？当死亡未被你目击或遭遇的时候，你对死亡的想象是抽象的，是写意的，你甚至一厢情愿地美化和修饰死亡。而当死亡活生生发生在我们身边，我们则震惊、伤痛和恐惧。原来，死亡是一种暴力和暴政，是一种最原始、最野蛮的暴力和暴政。它是对生命的一次性彻底剥夺和否定。

死神夺走死者的生命，却留下死的现场，留下被他反复摧残的死者的肉身，让浸泡在伤痛和泪水里的亲友们，去处理去焚烧去埋葬。死神的狠毒之处就在于此：它制造死亡，却留下一摊子沉重的阴霾，逼迫我们收拾死亡的残局。如此说来，我们也不得已参与了死神主导的一揽子事务，死神一直在我们的上空监管着我们的一举一动。

有没有这么一种死法：最后的时刻到了，被死神选中的人，立即悄然出走，飞升而去，化为紫气，化为云岚，化为水波，化为阵雨，化为虹影，化为檀香，化为九天梵音，化为云端妙响，而不再留下这惨淡现场、这破败肉身、这苍凉结局？

古老的道教一直天真地这样设想：羽化而登仙。生命若能这样结尾，该是多么好啊。然而，所有的人，所有的生命，都不曾羽化而登仙，都得留下一具自己带不走的遗体，留下一片惨淡的阴霾。

由此我想，死神是一个需要进化的低劣的神灵，死神是一个原始野蛮的残暴神灵。这样一个根本就不理解生命的残暴神灵，却最终由他来处理所有的生命。我只能说，造物者，你过于残忍，你对生命太不负责。你造了精致的生命，让他们有了丰富复杂的心灵，最终却让一个从未进化过的野蛮死神来粗暴地处理这些内心异常丰富和精致的生命。

再深邃的哲学家，这时也不能说服我们，平息我们心中的悲伤，除非他的哲学能让死者复活；再仁慈的神学家，这时也不能打动我们，无力化解我们对死的恐惧，除非他的神学能让死者的灵魂出现在我们面前，亲口告诉我们，他在另一个世界的平安和喜乐。

在死亡面前，哲学无言，神学沉默。因为，死亡先于哲学而存在，也先于神学而存在。是死亡启示了哲学和神学，而不是哲学和神学启示了死亡。哲学和神学，只是徘徊在死的穹隆下的猜测者、聆听者和研修者。

即使再浅薄的人，他的死亡也是深不可测的。要理解和解释一个无知者的死亡，必须动用我们巨量的知识和智慧，但是我们仍然不能理解和解释，他的死亡的内涵和意味。

那些深刻的人，他的死亡的含义深于死亡本身，也深刻于他生前的哲学和全部思想，死亡强行终结了他的生命，而他匆忙出走的心灵，却令我们必须把对永恒之谜的想象，都交付给他，以此才能填补他的不存在造成的巨大空白。

一切都是过程，都是幻象。一切皆流逝，流逝的一切，都化作记忆，记忆也将随着记忆者的流逝而流逝。

正是流逝，汇成了时间的沧海，汇成了苍茫的人世。

我们也加入了这流逝的过程，平淡而庸常，但细想来，却又觉得惊险而悲壮。

我们只是偶然出现在我们注定要消失的地方。

我们偶然出现了，让我们珍重。

而注定的消失，正是为了出现。

由此，死亡的残暴属性，仍会在生的足音里被郑重改写：所谓的死亡，并不是绝对的终结。我想，那只是一次临时休止，那只是一个仪式、一座渡桥，从这里，逝者带着他一生的征尘和心思，转身，出走，远行，然后将出现在时间的那边，出现在我们不能抵达，也不能理解的时间的那边。

露天的灵魂

当我正襟危坐准备专心欣赏音乐的时候，那音乐却只不过是一些精致的音符组合的精致旋律，它们鸣响着却很难引起我内心的悸动和战栗，我责备我非音乐的耳朵，是它辜负了我那渴望音乐的心。

而当我漫游在山野里，或独自行走在月夜里，远处或近处传来的缥缈的音乐，或抒情，或低诉，或欢悦，或伤感，却能如此深切地打动我的内心，以至于我相信那音乐一定来自大自然深处或宇宙的远处，那里，一定藏着一个神秘的精神源泉。

不经意间，灵魂发现了灵魂，灵魂深入了灵魂，灵魂丰富了灵魂。不经意间，永恒的时间在穿越我的时候，将我带进一个似乎比全部时间加起来还要珍贵和深刻的瞬间，就如英国诗人托马斯所说，“存在于时间之外的某一个神圣的瞬间”。人，就是为了这一刻的降临才苦苦等待，苦苦熬过那迷茫、焦虑或不幸的时间。这是生命与价值相遇、心灵与意味相遇的瞬间，这是生命真正辨认和认领自己的瞬间。这一瞬超越了生死。这是具有无限价值的瞬间。这一刻，音乐，将沦陷于日常泥沼里的破碎的自我搭救出来，将其重新带进完整浩瀚的心灵。

也许我们太刻意了，被过分修饰、过分理性、过分程序化了的心灵，穿上了太多的衣裳，太多文化的、社会学的乃至经济学的衣裳。我们的心不再能感受那微妙、纯真、深切的沉浸和抚摸。

不经意的时候，我们的灵魂是裸露的，是婴儿的，是纯真的，是露天的。露天的灵魂，离天最近，离天意最近，离神性最近，离那迢迢而来的天上的声音最近。在不经意间，我们露天的灵魂，被天意打动，我们由此而一步登天……

原载《散文》2020年第9期

叶落归根［组章］

土　牛

叶落归根

一米和二十米的树没啥差别，像故乡和千里外的人一样，终要叶落归根。

走到秋天就算走到尽头，摆脱不了命运的零落，也有一种淡然的心情。

一棵挺拔的树，那些相依相伴的绿叶，承载了美妙的希望，它们收集阳光的温暖，采集露水的甜美，收留鸟雀的欢歌，让一棵树保持旺盛的精力。

一棵理想的树，那些层层叠叠的绿叶，扶持了鲜丽的花朵，它们挡住风雨的侵略，呼唤蜂蝶的临幸，结出饱满的果实，让整个秋天沉醉丰收的喜悦。

一片绿叶就是一颗搏动的心。它们向着阳光，向着苍天，向着忠诚，即便凋零，也要表达自己的赤诚。

一片绿叶就是一只挥动的手。它们握着信念，握着团结，握着力量，即便消逝，也要伴舞壮丽的歌。

叶落归根，只是小小的简单的夙愿，亲近本源，安息必会更为安详！

叶落归根，只是轻轻的完美的着落，化为沃土，来年必会更为茂盛！

一片枯叶与一首诗相遇

一片枯叶踏着秋风，飘出道骨禅意，像高僧驾鹤仙去，丢下破旧的袈裟。

一片枯叶顺光滑落，虫噬之孔已无疼痛，日月莫过洞中尤物，任由人间冷暖。

现在一片叶说枯就枯了。它的青春献给春天，它的命运不由自己掌握，它的情爱缄默而短促……值得自豪的是它抵抗了那么多冷风冷雨，值得骄傲的是它打败了骄阳疯狂的煎烤，值得叹息的是秋风一吹它就这么黄了枯了……

现在一片叶说落就落了。它甚至没好好做个美梦，没想好怎么度过一生，没来得及向无知的红尘道声别……枝头抓住的露珠依在，枝头摇曳的幸福依在，枝头坚守的誓言依在……

一片叶的前世今生啊，为何只是短暂的轮回，记住莫非是为了忘却……

一片叶的荣枯来去啊，为何只是无言的结局，恨莫非也是为了爱……

一片枯叶与远处钟声相遇，它颤抖了一下，世界也颤抖了一下！

一片枯叶与一首诗相遇，诗句伤感了一回，枯叶却不朽了一世！

踩　秋

秋天的乡村，此刻走到任何一处，脚下都会踩出声声悦耳的尖叫。

一片片枯叶，从天而降，像翩翩舞蹈的蝴蝶，用轻盈含蓄的诗意阐释着这个季节的美妙！

一片片枯叶，红的黄的，像微微醺酒的少女，用踉踉跄跄的碎步昭示着这个时节的醉意！

林中漫步，枯叶满铺，覆盖了小径，覆盖了凉意无限的岁月。它们平躺着，它们卷曲着，乱七八糟，像一群醉而不归的人，以十分的酣畅尽享忘情一刻。

大地苍茫，枝头萧条，风屏住呼吸，鸟雀收拢善良的羽翼。它们凝视着，它们静止着，唯恐不慎，将那些摇摇欲坠的叶，和少云的高空一起坠落下来。

一脚踩去，这细碎的破碎声，仿佛打破凝固已久的空气，让压抑的身心得到自由的释放。

一脚踩去，这沙沙的回应声，仿佛知音相约快乐地击掌，让鲜红的血液找到沸腾的快感。

厚厚的枯叶，它们叠加着光阴的故事，将每片风景化为尘埃，化为沉重的叹息！

坚实的脚掌，它们重复着踩秋的步履，将每年走过当成往事，当作成熟的跨越！

原载《金陵晚报》2019 年 11 月 11 日

在高高的雪山上［组章］

孙万江

两湖之上

天空蔚蓝。

扎陵湖、鄂陵湖飞鸟翱翔。

湖水静谧，寺庙的钟声敲响云海，经幡起舞。

牛头碑，

黄河源的基石，是一头奔跑在青藏高原上的倔强、高傲的白牦牛。

牛角顶起高原，

牛绒覆盖雪域，

牛蹄踩出草原。

一头牦牛徜徉在蓝天白云间。

一部青铜史书，矗立在措日尕则山的顶峰。

在那根拉山口眺望纳木错

是谁？裁剪十万丈蓝天的布匹，

大小合适，铺陈在山下，纳木错湖就蓝了。

是谁？摘下几片云朵，丢在湖边，羊群、牦牛就穿上了雪白的盛装。

威武、雄壮的银色念青唐古拉山脉，
像护航的编队，护卫着天湖。
众神起舞，举起高原之手：阳光倾泻，玉女芙蓉。
转湖，跳起锅庄。

微风吹，
湖水的草原好似经幡飘飘。
藏歌悠扬，朝拜者走向人与神的汇合处，走向蔚蓝。

海子山上观赏姊妹海

天上的一对姊妹下凡，
也许是看上了人间的仙境，不愿离去。变为姊妹海。
夜晚，如十五的蓝月亮照耀甘孜州的星空。

众山翘首，雪花似银，
我的姐妹手提雪域的花篮，肩荷高原的风霜，
唱，野性之歌，
跳，月色之舞。

追梦的人，怀揣两片月光，向珠峰方向而行。
高原空寂，
夕阳和月儿在黄昏的天空互映。

过唐古拉山

风雪拽低天空，

山峦支起静谧。

冷峻的山口，拉住青海和西藏，握住高原。
江河的银色冰川，
浪花的玉石冰雕。
唐古拉山，怀中孕育一条苍茫的大河，向东。逶迤达东海。
脚下是严酷的可可西里，藏羚羊奔跑的蹄印。

一刻风雪，一刻艳阳。
走吧，神与山的眼睛里有一个人的影像。

原载《星星·散文诗》2020 年第 8 期

第三面［组章］

杨泽西

中　午

我收藏信封，但我不写信。话从心里跳出来它就长大了，成熟了，老了。我喜欢简单的、小巧的、最原始的事物。

所以，我瞥见的阳光都喜欢折叠，那些透过窗子的阳光留下的褶皱里，都有一张张不说话的小嘴巴。

一天之中，中午最适合沉默。我们都不说话，眺望着炊烟，让阴影一点一点解释出背面的含义。

闲置的物体越多越好。无用的椅子和杂草，无用的纸张和句子。把人间过得全都无用，全都和自己无关。

母亲在庭院里晾晒被子和衣物，她们都被裹在柔软的阳光里。此刻，我辨别出了所有事物的方向。

傍　晚

智慧和情感带给我的体验，有时候是玫瑰，更多时候它是利刺，我不褒贬思想这朵艳丽的花。

伤害过我的事物，根本没有，是我把它们原本的壳一一剥夺，疼痛便找到我，要取回这一切。

院子里种满了蔬菜和水果，它们之间说着我们听不懂但最有用的话。人类的嘴吞下了太多自然真实的语言。

屋顶的砖瓦像极了我们这个弯曲的世界，一个拱形的思维必定支撑起更强大的意念。我绕过老屋，看到了那些新生的苔藓。

小鸡在啄地上的玉米，母亲在厨房做今晚的饭菜。我想生活本身，更趋向于饥饿。

木 耳

风声大了则充耳不闻，要是再大些，就反复擦拭桌子上的一盏青花瓷。它的嘴巴能把所有声音都吞了去。

不能证明的不光是你的鞋子穿在流水上，流水同样不能证明是你的一双脚丫。所以不说足迹是否都被岁月饮了去。

十根树枝里有九根曾幻想过飞走，结果知更鸟只携走了最轻的一根，剩下的九根被农夫折断燃成了火焰。

我的眼睛狭小所以视野不大，但我的睫毛却同样能够附着水雾，夜晚的月亮便有了更好的住处。

能够听到世界上最微弱的声音，所以木头，他长出了耳朵。

我把木制的椅子也擦拭了一遍。

日 子

有人应答了我的心，我就立刻欢喜成了小山雀。我把我未完的诗句再垒砌两行，就可以把心垫到最高处，瞥见那林中最美的惊喜。

日子总是过得像个大絮团，掉到地上散落成好几部分，轻的被风吹走，重的则落在了我们的心上。

单独行走的事物并不只有我们，我们总是能与周围更相契的情感拥抱，仿佛情同手足，找到了自己真正的姊妹。

我并不关心现在我走在哪儿，以后会见到些什么景色。我的鞋子底下沾有泥土，泥土里总是藏着未知的种子。

我每往前走一步，身后就会开出一片花朵。

或是长出一片浓密的白桦林。

缝　补

母亲在我旁边缝补我的衣服，她认真地把我衣服上的缺口给缝补上，我身体里被日子刺破的洞口，也在悄悄地被缝补着。

我也在她旁边进行着一场缝补，以纸张作为布丁，以笔尖作为针眼，文字是那根结实的线，一针一针地缝补着生活的缺口。

鸟儿也在悄悄进行着缝补，它口衔一片白云，来回在天空穿插着，把天空的缺口给缝补上。

更细腻的一场缝补就在我们的心里，空气悄悄移动它的手指，把阳光这根细长的棉线穿进去，一针一针地缝补着我们心的漏洞。

阳光下挑豆子的母亲

生命中最幸福的事莫过于此。阳光是棉花般的暖，摸索着我们的脸颊。即便这是冬日，暖意和幸福仍有迹可循。

母亲坐在院子里的木凳上挑硬硬的豆子，我坐在她的身后看这些软软的诗句。阳光把它的暖同时都给了我们，我们不说话，却都感到幸福——一个是上学半年没回来的儿子，一个是独自在家等待的母亲。

此刻不需要任何的修饰和陪衬，甚至一阵风都不需要，母亲手中的豆子便是最好的词语和语言——把那些坏的、霉的豆子和疾病都挑出去，最好的都留给儿子。

母亲挑最好的豆子给儿子，我写最好的诗句给母亲。再过十天——再过十天，父亲和姐姐都会回来。那时候，幸福就会从饱满的豆子，一下子变成水润的豆腐。

读首诗给母亲

这时候食物刚好在胃里打击那些乐器。这是晚饭后的第一个钟头，母亲在院里搓洗她白天劳作的衣物，我在一旁写一首明亮的诗歌。

月亮大多数时候适合一场失眠与断肠，但这个时候更适合用作一张背景CD，屋后的虫蚁与鸟雀也立刻弹奏起来。

母亲越老越像个孩子，比如不知道好好吃饭、按时睡觉等，但我的许多话现在她都听，一天的疲惫使她洗过衣物后躺在床上就睡着了。

我现在坐在她的身旁，小声地读那首刚才写的诗给她听，像唱一支安静的摇篮曲一样。

春　日

阳光像一小块丝绸轻轻摩挲着脸颊，院子里的植物们也都安静地站着，和我一样享受着阳光的安抚。我把手掌伸出来看看它的纹路，它和菜叶上的脉络、地上的划痕，没什么两样，都是曲曲折折的走向。

心静下来的时候五官就会变得格外灵敏。屋檐里幼麻雀细小的叫声仿佛就在自己的耳廓里回响；父亲在院子里铲土平地，被土地磨得锃亮的铁锹刚好把光反射到我眼里；母亲把大红被子挂到了绳上，阳光开始在上面打滚儿。

看书看得累的话，我就到院子前的树林里走走。一只死了很久的白猫在地上躺着，它的身旁已开出几朵黄色的小花，我用铁锹挖了个坑把它埋了。我知道草丛里可能有胆小的刺猬和老鼠，也可能有骇人的毒蛇和蜈蚣。一棵大树在阳光下总会留下一个笔直的阴影。

春天的能量很大。有时它仅仅吹一口气就绿了大地，但它也有无能为力的时候，比如墙上的一小道裂纹它都修补不了。春天够不着的地方，我们就使点儿力，比如轻轻挪动一小块碎裂的砖瓦，你就会惊喜地发现：一个白色的嫩芽正用力举着它的脑袋，去抓住那一束明亮的光。

第三面

我满足于水面制造出的光的阴影，形成我单独的眼的轻愁，最后编织出属于我心灵的独特花环。

我满足于那些粗糙的物件混乱的摆设，使我腾出整块心灵的房屋，缓慢摆放它们原本美丽的秩序。

我满足于“疼”混进棉质的阳光，一点一点渗进我的皮肤和心脏，把它明亮的因子注入我的血液。

我满足于一枚硬币正反不同的两面。

并且我的满足使我得到了它第三面的馈赠。

如　水

我问她：“钉子和碎玻璃哪个更容易承受？”

思绪扯动她的眉毛，远方为她生出一支朦胧的青烟。

一个是刺痛，一个是隐痛。昨天的故事才刚刚桃花，到了晚上，结尾竟如此仓促——已是荒凉的暮秋了。

她信，一开始她什么都信。她简单得不能再简单了。和风中的柳絮一样，她相信水中藏着一个影子，也藏着一个人。

每天，她都要来到湖畔盯上一个时辰。可她没有想到，这些日子一直下雨，池水一满，什么都漫了出来。

那时候，她什么都不知道，她什么都说。她说，三月为她打造了一盏最美的青花瓷，到了九月，只一枚落单的蝶草，一下子就给她彻底打碎了。

现在，她什么都不说，她什么都知道。

她还是一个人。她又重新活成了水的样子，有风有阳光的时候，她还是会躺在水上笑，把那些好看的闪光的眼睛都洒在上面。

我又问她："林子和草丛哪个更容易藏匿？"

她用眼睫毛划动了一下身体里的水，就像十一月的怀里突然开满了桃花。

"你看到现在我的样子就是我真实的样子。"

原载《扬子江诗刊》2020年第4期

石寨山

爱　松

肉　身

弟弟时常梦见自己的影子。他在白天隐藏，却在有光的夜里，成为追逐着他梦境，黑色的金属。

低声部像这个梦的嘴巴，管乐和弦乐，透漏出难以启齿的对话。音符，在弟弟的一次想象中汇集。它们要建立新的乐曲规则和秩序，弟弟为此兴奋难当。他开始考虑，如何让这个家族的老屋，成为南玄村；如何让南玄村，成为晋虚城；如何让晋虚城，成为古滇王国；如何让古滇王国，成为真正家族和自己的过去……

这些问题，像旋律的合奏交响，冲击着他，令他日夜不安。甚至他误认为，自己，俨然成了旋律中一个最主要的音。为此，他歇斯底里，呼唤着同伴的配合对位。但时间却把他的发声，剥离在乐曲之外。

他像哑剧中的人物一样，在四周阒静一片时，仍然不顾一切拼命呼喊。他相信自己梦境的真实性，更相信自己影子的发音，是重新建立这个隐秘王国的第一声号角。

老屋，成为弟弟计划的首要部分。他在乐曲的低音行进中，打桩实验，分析晋虚城南玄村地下土层的组成与构造。他早已经感觉到，陈旧的老屋在梦境中，几乎成为一种不可饶恕的罪过。为此，他不能再继续忍受，低音行进速度的缓慢。

他在青铜贮贝器上，不失时机地翻了个身。

在旋律与梦境的碰撞中，我的弟弟，几乎掏空了自己忍耐的极限。他得马上重新更换、重新组合，这些保守腐败的音符构成。乐曲中，高低声部开始竞相搏杀，音符显露出壮士断腕的悲剧色调，为旋律的行进，逐渐注入了高亮的亢奋之声。这种调性下的音符，密集而稳扎、响亮且尖锐。它们储满在伟大工程即将被建筑前的欢悦，并来回穿梭，仿佛在为老屋，赶制一袭华美的丧服。

梦境，加速了弟弟的想象，低音鼓，骤然敲响。

老屋在旋律的解构下，发出了抗争之音。弟弟的影子，成为拆卸与建造共存的矛盾体。它曾经在地底，逃避着青铜贮贝器内烈焰的炙烤；又在地上，摆脱过青幽梦境熔炼的困境。它极其小心地，追随着我的弟弟，或隐或现，寸步不离。

旋律也在一阵紧似一阵的环扣中，迸发出一串串喷涌而出的液态符咒。它们急促搅拌着老屋地基。它们在冶炼新的图腾，同时也在开掘坟墓。我的弟弟，为此而犹豫。他不知道在这样一个梦境中，究竟是该前进一步，还是一退到底。他害怕看到自己的影子，成为新的青铜；也担心自己的肉身，随之镶嵌在上面，恢复到贮贝器原始的模样。

岿然不动的老屋，并没有随着弟弟梦境的深入，而被消亡或取代。

我的弟弟始终认为，梦中真切的改造事件，却在时间世界里，迅速朽腐。他并不知道，是梦境和现实之间的差距，造就了想象。他的影子，依然紧紧追随着想象之域做着努力，就像晋虚城一切新事物替代旧事物，所具有的那种魄力一样，我的弟弟，始终饱含激情。

他拿着一块，石寨山地底刨出来的青铜，在老屋的墙角不停地挖掘。他边挖，边自言自语。他的梦境，就埋在下面。而他的影子，却在不经意间，被这块奇形怪状，青铜透析下的月光，分割成为无数，闪着金属光泽的肉身。

通　道

弟弟在挖掘中，意外发现了通道。大乐队的演奏，从中隐隐传来。

石寨山地下宫殿里的演奏，和古滇巫术之源奔腾于地心一样，循环反复。有一双耳朵，一直静静欣赏着，它们在时间世界里的流动。在影子神灵的意识中，演奏和消亡，一样意义重大。它们被冶炼术，完整地保存在青铜贮贝器里。

我的弟弟，边挖边觉得，自己似乎是早被时间埋葬了的，一个被演奏过音符的动作。

乐曲行进的阻力，来自对位法遗留下来，配合的痕迹。这是任何乐器之间，区别于其他，必然保存着的天然本性；也是时间唤起，一切流动性的根本法则。我的弟弟，在通往自己过去久居之地，黑暗的通道中，碰触到了音符，遽然变化的征兆。

他手上的青铜，在他毫无察觉的情况下，窜进了他的身体。即刻，他就被一种极盛而反的温度差，从内到外紧紧包裹住，他感觉到了冰冻。他满心猜疑，难道除了热，是冶炼术运用的核心之外，冷，也是古滇大地进程中，另一个向度和极端吗？

乐曲散发的冰凉之音，并不能阻挡我的弟弟，继续朝着新发现探寻。旋律慢下来的舒缓，夹杂着冰雪融化的自然之力。制造这股力量的源泉，来自这个幽深通道的无尽头处。截获这股力量，并指挥旋律，冷却梦境的所在，显然来自时间世界，被诅咒的场所。

我弟弟曾经梦见过，在那个场所中，和他一模一样的人。他们俩中间隔着一堵，由冰冷音符凝固而成的墙。他们俩不约而同，走向对方，期待更近一步看清楚，自己在另外一面的容貌和情况。

这堵时间铸造的冰冷之墙，没有停止音符的演奏。凝固的只是，音符外在的表意形式。实际的声音，一直在两个相同的肉身里穿行。我的弟弟越发困惑，他身体内的青铜，跟随着旋律产生了共振。与之相对应的是，音符墙另一边，也同样发出了共振。旋律本身也在做着努力，它导向三股力量，朝着同一个方位行进。

冰冷音符中，弟弟再次感觉到，蕴含着金属流动的另一种极致，这是他从未体验过的寒冻与孤独。

音墙随着我弟弟的朝前移动，并没有改变位置。但是旋律中严格的对位，不知道通过什么方式，保持住了音符之间恒定的距离。我弟弟惊讶地发现，他的每一步（包括音墙那边，自己朝前的行进）都被旋律转换，成为永恒的距离差。

无论他朝前行走多少步，他和眼前这道，闪耀着青幽光泽的音墙之间的距离，都是一样的。乐曲在不知不觉中，消弭了我的弟弟，在时间世界迈出的步伐，或者说，它用时间，在温度极致变化中的差异，转换了空间距离。

这是古滇巫术中的一种。我弟弟不得不停下来，音墙那边的自己，也停了下来。隔着旋律，眼睛成为多余，他们只能通过耳朵，彼此对望与分辨。

旋律减弱后，又变得忽强的摇晃节奏，干扰着我的弟弟。他始终没有看清楚，另一个自己。在音墙另外一面，耳朵中，被灌满了来自地下大乐队，忘情的演奏。旋律汇聚而成的线条，在我弟弟体内的青铜上，镌刻下了太阳纹一样难解的符咒。我弟弟并不知道，这些符咒，是冶炼术自行互换前的铺垫与准备。

在他瑟瑟发抖、即将被冻僵的身体里，一点点火种，被音符擦刮碰划。在坚硬的贮贝器上，他似乎就要从梦里的老屋，惊醒过来了。

两面寺

骤变的旋律，夹杂着弟弟哀戚的表情响起。音符之火，猛烈燃烧。它们要冶炼弟弟体内，那一块重见天日的青铜。

乐曲以从未有过的激情，漫过梦境，抵达晋虚城。我的弟弟，毫不知情，正从南玄村老屋出发，他要去一个叫两面寺的地方。

他梦见三关巷里的礼拜寺，和映山塘上的盘龙寺，被大乐队的演奏，移植到了一起。两面寺，正云集着数不清的异教之徒，他渴望自己成为其中一员。他体内的金属，已经被亢奋的旋律点燃。

古滇冶炼术在窒息音符的催促下，就要开启冶炼了，这是他感到最为兴奋的时刻。他期待着晋虚城原始古滇巫术，能够在这场大火中，重新恢复荣光。

跟随着旋律的指引，他顺着熟悉的街道，快速前进。音符从冰凉至极，到激烈燃烧。这个突然的变化，让我弟弟更加坚定了古滇巫术之力。他像一个得道者一样，再一次从容进入自己的梦境，体内那块被点燃的青铜，给予了他百倍的勇气。他得重新审视老屋、南玄村，乃至晋虚城今天的一切。

他携带着巫源之火，炼就的音符。他想光复古滇王国，势必需要把一切背叛古老传统的事物点燃。他觉得自己和旋律中，急不可耐的音符融为了一体。一种从未体验过的畅快与通达，溢满了他。他暗暗自问：自己曾经会不会就是地下大乐队里，一件飞速拉动的首席乐器？

街道两旁保有的青石条，压低了汹涌喷薄的旋律，继而这种重量，又落在了我弟弟体内的那块青铜上。音符在高强度的演奏中，被另一股重力冲压后，冶炼术的火焰燃烧得更加旺盛。它于密集的音符中，喷射出青幽的纯净之音。我弟弟的身体，开始变得轻盈起来。承载这个梦境的大乐队，加紧了演奏的频率与速度。

晋虚城街道，被一团团音符之火缠绕。电线杆，以小节线的方式，配合着乐曲的行进；高音喇叭，以拓展音符的方式，放大着旋律火焰的燃烧；拔地而起的在建高楼，成为乐曲鼓点，有力的锤击点；漫天的无线电波，发出“噼里啪啦”，助燃剂般清脆的爆裂……我的弟弟，作为这场交响中，引领前进的音符，依然觉得一切还是慢了。最佳的速度，是他马上能挣脱肉身的速度。

我的弟弟，在满怀激情燃烧得几乎失控的时候，发现了大乐队演奏的漏洞。他忽然察觉到，旋律并不是要把他引向梦中的两面寺，而是导向梦境虚无荒诞的黑暗地底。他尚未走出晋虚城，就已经被点燃的、无所不在的音符之火阻隔，以至于，不得不在旋律的反复行进中兜圈。

他感觉到比光复一个王国传统，更为艰难的世事，那就是如何从音符燃烧的万千火焰中，平息自己。在成为冶炼术的灰烬前，如何把这些神圣之火，镌刻在青铜贮贝器之上，成为地下大乐队，真正的符咒与指挥。

三面寺

旋律的回归，似乎来自大乐队一个坚定的指挥动作。这个动作，在我弟弟的梦中，反复出现过。他却不知道，那是他忽隐忽现的影子。

两面寺，并没有随着这场火焰的蹿烧，被我弟弟找到。作为异教徒的理想，却在龙翔路基督教堂唱诗班的合唱中，找到了再次出发的动能。

音符呈现出飘摇分散的性状，大乐队放慢演奏的同时，晋虚城，在乐曲旋律穿插的间隙，为时间，增添着世俗的现代高度、宽度与荣耀。

我的弟弟，在老屋的月光下，寻找着他被火焰，熔铸丧失了的青铜。

乐曲借着月光编织。被指挥平息了的火焰，再度点燃升高。

盘龙寺的晚钟，礼拜寺的祷告，教堂里的赞美诗，紧随着旋律，一一穿越晋虚城每条街道，最后向着南玄村老屋，奔袭而来。这是我弟弟梦中，被火焰催动着的新的妄想。他要在这些被古滇巫源燃烧，并逐渐扩大深厚的旋律中，放弃两面寺，筹建更为庞杂的三面寺。

乐曲被我弟弟的妄想策动。来自地底的亡灵，附着在音符上。它们搬来巨石和原木、青铜与窑泥、兽皮和草蔓……旋律再次被收紧，劳作的悲壮与艰辛，在贮贝器的光泽里映射。

古滇大泽之水，被地下大乐队引了过来。它磅礴荡漾的发音，通过管乐，震撼着我弟弟的梦境。他的影子，在老屋的一个角落，被月光筛漏出来。他发现，正是那块在身体内，丢失了的青铜，上面晃荡着，刚刚奏完，便掉落下来的音符。

冶炼术再次熔炼，使得建盖三面寺的速度，变得极其缓慢。乐曲因为众多地下亡灵的加入，而低沉舒缓起来。火焰，也结束了激烈燃烧的势头，散发出祭祀时温暖的亮光。

我的弟弟，搀扶着自己的影子。透过这块青铜的温度和重量，他感觉到了，一阵阵恐惧袭来：影子宛如独立的状态，说明了什么？影子和自己一样的重量，说明了什么？这块被熔铸的青铜，莫名跳出自己体外，又说明了什么？我的弟弟感觉到，自己越具有力量，驱使这一切，自己的重量和形状，就越变得可疑。那么整个梦境被旋律所构建的真实性，也就更值得怀疑了，更不要再说，作为异教徒麇集的两面寺，即将成为新的奇异三面寺。

究竟是谁，偷偷调换了乐曲的演奏顺序呢？

地下大乐队不知疲倦地演奏，汇聚了建造三面寺足够的力量。乐曲中，各个声部在亡灵的搬运建造下，秩序井然。音符恢复了冶炼术青幽焰火。

作为我弟弟期待已久的异教徒的祭祀，并不是在建造的过程中完成，而是在完成的建筑中进行。三面寺与晋虚城现代信仰格调，尖利对抗的风格，是我弟弟作为策动建造者，期待已久的结果。当他发现自己的影子，正像自己观察到的曾经在老屋月光下，紧密相连着自己肉身的影子之后，他完全明白了，一个梦境借助乐曲，进入现实的种种奇诡历程。

他和众多亡灵一样，被自己曾经的影子驱使着。那块奇形怪状的青铜，不过是作为一个自由时值音符的变形体。他现在正依附着，亿万音符中的这个音，成为三面寺建造史上，一个默默无言的传说，长埋在他一再托付给我的，梦境的荒诞里。

原载《散文诗》（青年版）2020 年第 1 期

被天外的风吹着［外一章］

——读艾青散文诗《海员烟斗》

陈惠琼

驰骋在监狱的远方，笔触引进“海员烟斗”的意象，无穷赐予“酷肖”，冲击视觉，倾注一种美学姿态。

具象思维——一个一体浑然的灵魂，——海员、海水、海天、海风、海鸥。

契合“白烟”，“白烟”在眼睛里跳舞……覆盖肢体，“白烟”的远游已经轻松自如，从“世界的烟斗”喷出。

江河之声绕晕，惊雷闪电绕晕。

远伸的翅梢怎样触动波澜！

衬映出一个无时不在思考世界的海洋嘴，一个无时都在的时间唇边，产生嚼味的现场经久不散。

弹性、象征、具性……

悠然隐藏惠特曼、马雅可夫斯基之情怀，但不会停留在旧时的幻觉，其内不会停歇审视与追问，所以卷起一缕缕思绪的局面。

在场的深处，天才的气息透彻诸天，使语言开花，并在监狱外飞翔。

飘移的烟味，穿行于宽阔，潜存于属“同样情调的人”。

才能到最深的内殿……

无定向地流着

——读艾青散文诗《灰色鹅绒裤子》

无所不在的生活真实气息，以及内心柔情，是自己世界的中心，占角的清净地。

知道“出奇的灰色……”让灰色的眼睛，到朦胧的想象空间中去。

交叉、叠印。

在面前垂下的是，用一种根植于古老土地上的农民式的忧郁美，落在这些色彩和意象的心坎上，为中心展开愉悦。

悠然在领土上，不是追随别人，给人带来的“陌生”“出奇”，大家永远走动的在场细节的气息，新鲜而流动的故事……

“灰色鹅绒裤子”的柔性牵引着，像灰色之于和它相同的颜色是亲切的一样，依旧给予这种属于自己特有的淡和飘，个性和色调，又是怎样化为无定向的流动？

便流泻泪光的变奏。

我愿我能在横过抒情弹性和内蕴的深沉上游行，脱去一切观念式的表述。

在那里，旨意推向宽阔情怀的象征。

在那里，超越那概念的规定性。

打开自己，天外的风，无定向地流着……云里水里会变幻出色彩。蕴含的透露，领悟什么喜悦，带来的又是什么快感，就在留下来的时候，超出一切界限，摆脱桎梏，却全然知道这些艺术生命对于世界的价值。

注：2001年之晨，鲁迅文学院前，光芒的时刻，瞩目艾青那沉思的眼神，印证心中《海员烟斗》《灰色鹅绒裤子》更深的内蕴，美丽而值得嚼味的果实。

原载《鸭绿江》2020年12月

歌者说［组章·节选］

莫　独

白鹇（1）

铓锣声中，声音传来：白鹇舞

歌声沉抑。《哈尼阿培聪坡坡》的唱词，鼓动史诗浪迹的脚步

没有翅膀的人们，借用棕叶为道具，妄图演绎美丽和安详

歌者没说，战争是否结束。硝烟已隔在对岸，放弃平坝的人，由北向南，渡过红河

红河南岸：山地、丛林、溪流

红河南岸：石头围成火塘。一个来自大西北的老民族，在白鹇鸟的翅声里，卸下迁徙这个词

白鹇（2）

天明。没有词语，配得上你的羽毛

红河背后。山水更深，枝簇，裂开了一隙

平静的舞台，是你们的

歌者，沉默了一下

一翎翼羽落下，黑色，又往后退了一程

林下，水声淙淙

“白鹇是吉祥的鸟，白鹇是哈尼的伴。”像水流一样不停奔走的哈尼，用你们的家乡，做了哈尼的家园

燕　子

旧巢还在

牛群还在山南，哞声还没转过山来

慌张的，是在家的兄长。母亲刚说到燕字，就砍倒门前的竹子，编出精巧的小垫子，钉到屋檐下老巢的一侧

它们比季节，敏感于故人的期待

它们要衔着枯枝，落在浪涛上稍息，才渡得过传说中北方的大海

路途迢迢。吉祥太沉，浮水太轻

离开天庭。并不是尘烟的山寨比天神的田野更美，它们只是急于要把睡在内心的春天，及时在人间叫醒

布　谷

布谷、布谷、布谷——

号声明确，指令亲切

燕子和卑苦阿兰鸟已经出笼。酒歌，再次打开节令之门

布谷、布谷、布谷——

“我听到了！”

我听到，站在田野上的父亲，对着山野大声应答。他的应答声，一浪一浪，

翻过山林而去

布谷、布谷、布谷——
一场劳动，住在这时令的歌唱里
禾苗青青。清风，轻轻地拂过
我看见，父亲的手，急不可待地探到泥土的内部

卑苦阿兰

节令正合。你从口传的神话中回到现场
一株禾苗，在你的啼鸣声里，伸了一下腰身
一把锄头亦是，和厩里的牛一起，听到第一声啼鸣，就感受到了劳动在骨子里起身走动的声响

这个季节，天神的田野里，少了你的身影
同时，少的还有燕子和布谷鸟
尘世，情不自禁
鸟啼声声。啼声清脆、明亮，缝补昼和夜
农忙，从一株稻禾的身上，在鸟啼中紧张而有序地完成开篇、过渡、高潮和落幕

秃　鹳

水绿。草更绿
不远。对于清澈的视野、黑色的翅膀，以及期待、寻觅、追求、热爱与敏锐。昂起的头，红着脸

从何而来？不是问题

湿地、沼泽、树林、稻田、蒙自、长桥海、秃鹳、2013、深秋……一连串的词语，串连，搭配，被一时一地的版面扩张，传扬。不是问题

翅声划过天空。水边，直立的脚杆，高高撑起
孤独和忧伤
一些草，被初涨的潮声覆盖。一些草，从刚踩下的脚杆间冒出水来

鹤

青青，青青。水草青青
鹤，立于草间

蓝天，倒映于水中
雪白的影，绰绰，倒立于水中
融入天际。前方，山峦低伏。褐色的土路翻过山包的地方，是碧色寨

水，显出一角宁静
更多的浪，被时间切除于视野之外
一片静立：有的，相互相向，相对，相视。更多的，独自静穆
唳声，随收拢的翅膀，裹紧。裹不紧的，是昂然的姿态，在两场雨之间，湿漉漉地把长桥海整片抬起

白　鹭

以一丘稻田为起落的圆心，为点，为家
看几只已经下不了水的老船，无所事事地坐在滩涂里
看草地，把牛羊吞进，又吐出
茫茫的湖泊。风，从湖面而来

栖于风口。一场雨，还没从你的左翅下到右翅，就停息了

一翎落下的羽毛，是一场捡不回去的梦，以稻香为土，埋藏在稻籽的内心

长桥海，是更大的一场梦，悬浮于一片羽毛雪白的摇荡里

夜幕来临。翅膀下的长桥海，终将让你抱紧一世的痴情迷失，再用一生，亦找不回自己

水鸽子

翅膀打开，水，飞起来

夕光，缩落到一处湖面

最先，从那个刚下船的渔夫的嘴里放飞

一朵、两朵、三朵……

浪花跳离水面，三五点黑影，成群掠过红日，最后剩下两只，一直冲到眼前。这是最先到达的两片暮色

红嘴红脚的鸥，是否已远离寒流太久？是否这片水域，从时节的步骤里，涂改了时令

冬，早已走远，你还在长桥海的民俗里，发呆、散步、钓鱼

翅影暗淡。又有渔人从翅声里抽身，泊岸，坐在船头，织补一翎残羽

它　们

更懂得一粒谷物怀抱的喜庆，深秋的意味

更懂得开始的迫切，和良辰的一去不复返

整个下午，飞翔和庆贺藏在稻香里，低伏、隐没，远离高空，像接踵而至

的爱和情，喜悦、痴迷，沉溺秋天

在秋天的黄昏里出没、飞翔，停停落落
没有人知道，巢筑在哪里
山水宛若用一个夜晚，从季鸟的翅膀上，摘除了迁徙这个词语

从前台，一次次地蹁跹，一次次地退出
从黄昏下金色的翅声里
更多的时光，我住在你的隔壁怀想你，怀想从去秋到今秋

原载《散文诗》2020年10月

放牧风马牛［组章］

支　禄

放　牧

一盘散沙，放牧成柔柔的风；

一两声咳嗽，放牧成雷鸣电闪。

一朵朵云，放牧成羊，往有水有草的地方奔去。

在阿勒泰，该显山的时候就显山，该露水的地方就露水。空阔地方，全留给喝酒的男人。一杯又一杯，碰出边塞无数的苍凉。

柔软的沙丘，最好的坐垫。

人数凑不够的话，举起酒杯邀请敦德布拉克岩画上的“滑雪”人下来，一同喝出阿勒泰雪后无边无际的辽阔。此刻，一饮而尽，把山与山之间的距离喝大，人与人之间的距离喝小，喝成亲密无间的朋友。在古老的屋檐下，一起看星星月亮，看岩画上的人返回岩面，脚踏雪板放牧风马牛。

风声，开始越来越紧，

山梁上，一轮圆月快要吹成镰刀。

打翻酒杯的鸟雀，一二三，再二三劝你不要喝得太多。

吹开的衣襟用风系好。

生活在高处，沿着曲曲折折的小径，继续往上走。

岩　画

一群人，挤破头地看八千年前的我。

八千年前，我穿着蓬乱的野草。风一吹，还不知道去羞涩地按一下。更多的时候，一个人搭弓射箭，射一只雄性的鹅喉羚，然后，肩起来，在一堆篝火上，烤得满山谷噼噼啪啪。

扑鼻的肉香，弥漫阿勒泰宽阔的水面。

豺狼的眼睛在林荫隐蔽的地方，不停地忽闪忽闪。

挤一下眼睛，鬼一样跟在后边。

此刻，西北风酿造出的都是上乘的酒！一口喝下去逼出体内年久的沙子，赤脚跑过水波粼粼的山岗，拉下一片云当作幕布，堵挡锥子样射来的阳光，然后，就地长长地大睡。

接下来，沿着陡直的岩面往上走，并不是去到天上，而是到另一户人家。台阶上，吹叶笛的女子明天就要成新娘。四周的草，针一样坚韧、锋利，拿起一根，一针一线缝补出嫁前那美丽的忧伤。

面对姑娘，酋长让我拍一把胸部，再喝一碗酒。

那时，天蓝得，掉进去的云雀，一支翎羽看得清清楚楚，一个人的誓言也在酒碗里看得清清楚楚。酒，开始溢了出来，新娘的微笑盛也盛不下了。一条曲曲折折的路伸进酒碗，从今往后我要和她走的路。

八千年以后，尘世，再没有一场汹涌澎湃的大风，把我揽到阿勒泰风雨斑驳的岩画上，蠢头蠢脑地代表人类的童年奔跑和娶新娘。

石　锄

——参观布尔津县博物馆

暗淡的灯光下，石锄静静地坐着。

稍稍近前，听见五千年的风雨在石锄的心里奔腾。

草，又云样飘来绕去。

不要久待了，让石锄回到柄上，回到刀耕火种的年代，回到土里，咬住草的根死死不松口。草，终于仓皇出逃，一个蹦子，翻过埂沿，连哭带吼，一溜烟地逃跑到荒野里边去了。

为了让庄稼像个庄稼的样子，不再低声下气过日子，在五千年前，石锄就开始追赶着草，汗泼流水的石锄，丝毫不松劲。耳朵附在上面，传来五千年上气不接下气的奔跑声。

石锄拍了拍浑身上下的土，站了起来，也终于松了一口气。草，很硬撑，很多时候咬的石锄豁口裂牙的。

草，只怕锄，不怕人。

一旦草长到人心上就不好办了！

成吉思汗点将台

寂静，拓展以北的辽阔。

奔腾不息的喀纳斯河，日日夜夜，浪涛声沿着陡峭的石壁不停地攀缘而上！

高处，月，如一把弯弓；雕，也飞回来了。

人，不在。

英雄本色，渲染江山。

豪情如这浪样满沟壑哗啦啦响。

风起，手持一截子红柳木，剑一样，指向苍穹。大喊一声：出发！

天空，一道闪电划过。

顿时，看见埋入沙土的箭镞，拍打掉锈迹斑斑的风雨站起来。

岩面，人的影子大麦一样晃动；万木挺胸出发，一排排如远古的将士，向着更远的北方。

北方，以北。

星星，在风中摇了下来。

溅起淡淡烟尘。

观鱼台

一边喝西北风，一边唱情歌。

在喀纳斯，西北风可算得上最烈的酒。

一千六百年，成吉思汗就站在这里喝了。

然后，挥剑，西去，

一阵烟尘穿过中亚腹地，剑，向着更茫茫的地方。

一朵云听见后，鱼一样从高高的天空游来；在头顶，看了一阵子转身就走了，不久，靠北的天空阴云密布，电闪雷鸣。

鹰，站在云端注视大地。

弓腰马爬上山的男人，

一个个让鹰嘲笑得上气不接下气。

穿红衣的女子上到观鱼台，弥补了太阳躲在云中不出来的遗憾。

云端，观鱼台高高地等着。

等天黑，摘几颗星星，珠宝样闪光的星星越来越少了。

走遍天下，才发现喀纳斯的星星颗颗闪着珠光宝气。

贾登峪

苍凉之中，水边有石头站起。

一个人紧紧地贴在周身，像一件生冷生冷的白衣服，裹紧，轮廓凸现。

东南方云起云落。

贾登在哪？假如干活，该走出来的时候了；假如伐木，应该是雷鸣电闪；假如挑水，山路，踩出十八弯呀；假如喝酒，鹰，一翅膀就飞进去。

一颗种子跟着躺下，打了一个盹的时间就开始发芽。

曲曲折折的水边上，几棵树懒洋洋地回忆寂静。

风，从大峡谷深处吹出：

向上，吹成丝丝缕缕的云；向下，吹入生冷匆匆的流水。

一声吱扭，贾登在关门吗？

片刻，太阳翻山而去，

路上，几个醒目的字提醒贾登的家到了，而我的家，又在何处？时候不早了，不敢多想，车子钻入另一林丛。

山路。茫茫。

布尔津河

哪儿来的，又到哪儿去？

一个劲儿美丽地流着！

站在布尔津河旁，一个人就是不知道时光在流。

一块上岸的石头，圆鼓嘟嘟的，定是装满了水声。在布尔津，才知道石头像羊群一样，在水里饮食涛声。一朵云背着一道子弯弯的彩虹，湿漉漉地放到水底深处，雷雨过后，又赶紧挂在天上。在布尔津，我发现彩虹住在河水里。

河水提来一盏盏灯，把两岸的葵花地照亮。

朵朵葵花，为更多赶夜路的人照亮。

一个肩膀上挎着绳子的人，匆匆赶路。

然后，盘结起来，悬挂在后院风雨斑驳的墙上，

左看右看，像把拧干的布尔津河悬挂起来，耳朵按上去还听到阵阵水声。

五彩滩

蹲在岩面上，一个个哑巴样。

五彩滩惊得一河谷的人说不出话来。

无数的彩虹来不及回到天上就被搁放在人间。几亿年前，大地上到底发生了什么，让彩虹如此痴迷大地，集体不想回到天上？

一只骆驼不吃草，一动不动地望着，五条彩色的绳子在山头上搭得如此多

娇，如果做缰绳牵起来，再远的童话国定能一口气找到；一只鸟儿，让五彩滩照得眼花缭乱，一次又一次去河水里照看，惊叹不已，看来让五彩滩描画出的样子十分满意；一只灰兔在沙土上拱形地跳跃，模拟一道子弯弯的彩带，弯曲得不像就重来。

暴雨过后，鹰爪子紧紧地抓着，抓着五彩滩的虹去挂到天上。

不久，对岸，一道子彩虹高高挂起。

一个黑衣人这样想的时候，风，一点一点吹成了黑夜。

在五彩滩，黑夜就是这样不经意间来的。

胡安德克皮大衣

骨头做弓，击退风暴的人，

才配得上穿这件皮大衣吗？

一个人把喀纳斯河系在腰间，再陡直的岩面也攀缘而上。

宽大的袖筒，一旦把阿勒泰河谷的风雨装进去。

坐在岩面上，喝酒。篝火，温暖着北方的天空。

七张鹿皮做成的大衣，像七只鹿死死地挤在一起。缝制的针线上，一点一点渗出久远的雪。风一吹，就像另一个色彩斑斓的喀纳斯，裹着三百年的风风雨雨，时过境迁，不得安静也得安静下来的时候了！小鹿的奔跑声，已被岩面收割。一把青草轻轻一唤，听见撒欢的蹄声。

当月亮弯成一把镰刀，伸手就可以取下来，河谷地带的千里麦浪就可收割。潮湿的目光，就可以在石头上放心地晾晒，依旧看到棕熊时隐时现地奔跑。牧羊的人把唱旧的歌谣从嘴边一把摘下来，去河流中淘洗，洗干净的歌谣再唱出来的时候，早些年离散的羊就会跑来。

水中的太阳，飘上了背面。

时候不早了，一粒粒火苗飙出后，变成红色的鱼，赶往三百年前。

一提，好重啊！

三百年的历史的重量，不是轻而易举地提起来。

金山书院

打开窗户，大地如此安静。

安静得像公元前470年的某个早晨，像是我来到了公元前，长袍马褂，风尘仆仆正赶往课堂。

好天气啊！听孔子讲课。

一棵草跟着风匆匆跨过门槛，那匆匆忙忙的样子怕迟到吗？一片叶子直接从树上跳下来，为了抢上一个前三排的座位，叶子经常冒着生命危险干出荒唐事；一只麻雀低着头，不说话了，站在枝条上，像站在一根长长的教鞭上，上一堂课叽叽喳喳的嘴巴招惹了不少祸端。现在好了，现在树上认错了。“逝者如斯夫，不舍昼夜！”一只蝴蝶飞过时，用翅膀温习得字正腔圆。

一棵树听了课后变得越发沉默，果实累累成了终生奋斗目标。

此刻，太阳的光芒，

像一把大刷子，一次次给书院镀上了黄金。

一摇一摆，肚子里有墨水的人。

乘着金色，一口一口把墨水吐到纸上，

顿时，一张白纸也有了重量。

羊

天边边上，风，一把把种满了红霞。

车子，来不及绕行，翻过沙丘。沙丘那边，八点以后，有灯光开始等了。

一群羊，让风一鞭鞭赶着。片刻，翻过沙丘。

沙丘那边，有等羊的灯光吗？

好久以后，一只羊又翻过来了，鹰一样，一动不动地望着。

目光，一闪一闪的，小刀样让擦肩而过的人发麻。

顿时，心里一片雪天，纷纷而下。

在阿勒泰，羊总是这么不放心地把你恨恨地瞅上一眼。

让心不由自主地咯噔一下。

布尔津，忆李白

如果冬天抵达，一朵朵雪花从眼前飘过，想到李白从碎叶城出发赶赴中原，喊一声，李白就回首。

今夜，在布尔津抬头望月。

看到李白坐在高高的月亮上，像坐在玉制的磨盘上，苍苍白发一下子垂到大地上，几千丈了，云，飘在长发里，摸不清东南西北。

鸟飞过来，又飞过去，碰得头昏脑涨。

天空，闷雷是另一种瀑布，有九天落下的响声吗？

情不自禁地朝天上大喊一声：李白！

一朵白云提着一颗星星像李白提灯走出月亮的晕圈匆匆赶来。

左边是去辽阔的额尔齐斯河，右边绵延起伏的天山。

此刻，适合仗剑出行，南下中原。

沙　滩

抓一把沙子搁在床头，梦里变成喀纳斯湖。

一个人的心里只要装一座湖泊，再干渴的路也能一口气走完。

躺在软绵绵的沙滩上，阳光酿造的风，如一杯杯烈酒，一口喝下去就叫无边无际。

醉意蒙胧时发现：

一块块石头是很久以前背弃大海的一条条干死的鱼。

牢牢地抓紧一缕一缕阳光的扶手，

一个人不停地走，鹰在脚踝来来回回地飞，就算是到了天边边。

两团子白云打听雨的事，

有些话不赶紧说，一旦让风吹散就了无踪影。

饮酒鸣沙山下

日高人乏，几碟野味下肚。

总感到心里有个位置空空荡荡的，需要什么东西填一下。

死活就是记不起来，随手翻开唐诗“葡萄美酒夜光杯，欲饮琵琶马上催”。

上一句就点醒，原来缺少几杯酒解解困。

葡萄自带，夜光杯就算了，值钱物醉酒时最容易打碎。

喝着喝着，笑声如云，飘过屋檐。

黄昏的风吹过，星星们很快挤满酒杯，再喝下去，墙头上，几枝没来得及开放的花朵一下子开了。

院子里，一地薄薄的月光，让酒熏得醉醺醺的，像是怎么也回不到家。

有人坐在门槛上，一声不吭。

一群把酒喝到九月九的人让他烦透顶了。

原载《星星·散文诗》2020 年第 7 期

轻轻对你说

——写给小孙女晞恩

曹　雷

最好的一个夏天

七月，山河茁壮，万物蓬勃。

你在此时来到这个世界，推门而入，成为家庭里最小的一员。让我再次看到：生命轮回，血脉相续的水面上，一簇簇欣喜的浪花，光芒四溅。

知道你早迟会来，不知道你来得这么快，来得这么突然。或许，我没有明白的是，世间的每一个意外，都是暗合天意的一种安排。

不然，窗外花树哪来的祥云环生？天空的蔚蓝又怎么会一层层铺开？天象喜人，挂在了亲人们的眼帘。

喜鹊登枝，凤蝶起舞。迎候你的金辇已等了太久，为你早早备下的呼吸和心跳，已然化作了天地间回应的阵阵欢呼。

晞恩，这命定相遇的时段，让我从此迷恋上一年中的七月。

是你，给了如今在暮年余晖下行走的我：最好的一个夏天。

最悦耳的哭声

正是大地上稻穗灌浆的季节，你用哭声，向万物宣告着自己的来临。

多么嘹亮呵，响遏行云，与远天星月相映生辉。

这一声声，宛若一束束饱满的谷粒，充盈着幸福喜悦的香甜；这一声声，就像稻浪上滚动的鸟鸣，闪烁着晶莹剔透的光泽。

伴随一尘不染的泪水，你的哭声沉实，朴素，一如天籁的结晶。一声声往我苍老的骨髓渗透，为我召回了丢失已久的单纯和平静。

一股新的生命力在我体内开始苏醒，霜染的白发，松弛的肌肤，从此不再是伤感的理由或者借口。

现在，就容我的脚步稍做停顿，放慢心律，腾空内心积满尘埃的荣辱和爱恨，构筑码放谷垛的崭新仓廪。

晞恩，听着你的哭声，我决定要越活越年轻。

最好看的笑容

旁人眼里：你笑起来真好看。

亲人眼里：你笑起来最好看。

是的，你的笑容可以是浇灭哀愁的酒，可以是擦洗伤口的盐，可以是一年四季芬芳馥郁的香气；

是冬天的蜡梅春天的玫瑰，是夏日的莲荷秋日的金菊，甚至是至暗时刻照路的火把，暖心的灯盏——

当你半岁的天空，落下一场人类的灾难，无形的新冠病毒肆意蔓延。在那几十个足不出户的封闭日子里，是你，每天以自己纯真的笑容，为全家把恐慌和忧伤挡在门外，把所有的枯燥和烦闷通通都驱散。

你的笑容写着两个字：平安。

历此一劫，我已确信：晞恩，有你的笑容伴随，往后就没有过不去的坡坡坎坎。

最澄澈的眼睛

从你一双澄明、清澈的眼睛里，我找回了失散多年的无邪和单纯。

你看天空，倒映的天光云影纤毫毕现，

你看大地，万木葱茏不沾染一丝灰尘，

你看人间，分不清形形色色的身影，看不明捉摸不透的表情，只是本能地以不变应万变，眼中唯有不含杂质的善良和真诚。

晞恩，那敢于和你对视的，即使脉管已被硬化，一定还有唤醒的热血在冲撞；不敢和你对视的，灵魂也一定会在暗中愧疚。

在你眼中，我只想得到一次次洗礼，用你的澄澈为我洗心，洗肝，洗净满身的沉垢，洗净血色中的污染，也洗亮我昏花的老眼。

然后，由你领着我，一同去看这个世界，怎样一天天更新自己的容颜。

最圆满的句号

山河茁壮，万木葱茏。

立于其间的你，以一岁的姿态，把一个族群繁衍生息的进程演绎得如此自然，把一种生命轮回的起承转合讲述得这样精湛。

是不是只有神的旨意，才会用意外的方式传递惊喜？

是不是只有你的降临，才会给亲人的祈愿画上一个圆满的句号？

在时光的起点上，晞恩，你手持香草，笑而不语。

远天，曙光正徐徐呈现……

原载《南充晚报》2020 年 6 月 16 日

更远处的海［组章］

崔国发

更远处的海

那是大海：向下，深不可测，而在远处，辽阔的所向，或是观海人博大的胸怀。

当海上的风暴突然袭来，它虽不平静，却有着足够的容纳。可以接受的东西太多，是暖，又是何等的此起彼伏，如月光下的潮汐，一起浮上爱的心头。

无意中的风浪，一次次的花开，若隐若现。它们在海平面上，聚起一种新生的力量，时而幽暗，时而明快，要是灵魂里奔涌过一声声的回响，我会自由地潜入，流水的深处。那里的一脉星光，也会叠印着，鸥鸟的影子。

你大可不必，在沙滩上等待。海是海的修行。四顾苍茫，其实并不意味着虚妄，梦中的海水，悄悄地放逐，它骑在巨鲸的脊背上，展现着时间流动的美感。

不用挣扎。更远处的海，生生而不息，空寂中仍能感受到，它一直跳动的血脉。

聆听者

现在我们听清楚了：灵魂在智者的语言中，为自己筑巢。

是谁，把一缕阳光带到庄严的屋宇？

洞见或烛照，炯炯有神的目光，像从前一样的澄明。一颗燃烧的心，通过映现一泓流水，而终会走向存在的敞亮。

天空下的河流，打开水的镜面，退守一种寂静。

不只是一个隐喻符号。

或者，再次泛起一阵波涛，经过风的斡旋，让人与神重归于好。

学会重新做一个诗人。我希望能够找到，踏浪的韵脚。流亡与栖居，低调或高蹈。我所思考的，远不止这些。

现在，还是让我回到自己的原乡，去延展心灵与精神的营造。

生　存

道成肉身。

这是否意味着，从死亡的边缘，一次次地，返回。

已经被遍地的落叶覆盖过多次了。万物归一，活着，仅仅一个词语便可以说明。露珠，真的不再相信泪水。

但它们始终呼吸着，水边的芦苇，染上了秋风和白霜。

大地又回到了当初的寂静。许多人都不知道，黑鸟的下落。于时间的插图中，我看见了它们，让子弹飞——

但愿那一双沉重的翅膀，在幽暗的梦里穿行时，也不至于破碎。

无非是为了一次漫游。

这，与那些匍匐在地上的落叶毕竟不同，它们的灵魂并不卑微。或许，从骨殖上飞起的那一刻起，就从来没有奢望过：

有人会送玫瑰。

敬　仰

可能是一座高山。

它的海拔，让人值得为它使用：攀登的目光。

一直习惯于抬头，仿佛有一种引力的召唤。太阳在上，我真想振翼，以峭拔的梦想穿透大师的光芒。

直击灵魂。上升，从一座山到另一座，我该有怎样的相望，才能表达心中的向往？

顶礼膜拜一种偶像，在生命中瞻仰：一种精神的重量，很沉很沉。

空中路

飞机的机翼，划过一条漫长的天路。

没有人能抓住，身后走过的空中的轨迹。云海之上的晴空，因为阳光的普照，而一笔勾销了雾霾的织体。

一首诗里的游客，明显地感到，气流的变化。偶尔出现的颠簸，也不足为怪。

从高处看，与从下面看，格局当然不一样。

我现在就坐在飞机的舷窗边上，那些出现在天边迷离惝恍的风景，你看得见吗，而我则一目了然。

谁曾携带着梦想的行囊？

有如神赐，飞得如此迅捷，在光亮穿透的地方，一闪而过。

怀抱落日

群山，在美艳的余晖中擦拭：一面落日的铜镜。

这是慵懒的时光。我敞开了自己，看随时浮起的暮霭，怎样把山色淹没成一道阴影。

夕阳，本可以成为好色之徒。

日渐式微的热情，却一点点消散，只为之后赶到的月光，洒落更亮的寂静。

而晚风，轻轻地、轻轻地在木叶之上述说，黑夜来临之前，那些必然发生的事。一片被光线穿透的云，会不会再次卷入，星星破碎的梦？

我不知道，落日也不想留下什么。

它沉沦，隐退——

夜色把它逼得太紧，背过身去，似乎没人能拯救，孤独之中，只剩下一捧尘封的余烬……

怀抱落日，不负一颗燃烧的心。我唯有顺从，只需要一个虚词，就能在洞察万物的大化之后，呈现生命的另一种倒影。

释然书

到了我这个年龄，还有什么不能放下？

我说的是名与利。雨打风吹，那是天的事。我站立的地方是大地，每年能安谧地看见春花与秋实，就已释然了。

在不引人注目的一隅，它们虽无声无息，却一样可以默默地演绎，一辈子的枯荣。

几乎不需要太多的索取。一箪食，一杯水，一本书，便已足够。

当然，做一点有益于社会的事，是必要的。而自己又力所能及，正如一缕春风，可以轻松地把美丽的笑容送到花蕾里。

我与世界的关系，便是如此的简单：

小于一，又大于无限。

但这并不意味着，我敢奢望，能周而复始地，成为某种永恒的东西。

解　药

写诗的人，一个个着了魔。仿佛是一种病，在词语的暗疾中，自我疗伤。

真的难以承受，心灵的重压。我不知道自己，究竟该做些什么。

分享艰难。一次次，都是无尽的折磨。

黑暗之中，月亮，是一枚白色药片。箫管，为痛苦找到了，一处宣泄的出口。此刻，最重要的是寻求超脱。

孤独的厚茧，亦并非坚不可破。

瓦　罐

不过是一种平常的器物。

它被打碎的时候，我看见清水一样的诗歌，从瓦片上流过。离散结构上，有一点点悲伤，却没有人能够深切地体认——

它的失落。

而我们的心是完整的。小心轻放，还有天边那一片温柔的月光。

而先前，若即若离的月光，也曾被瓦罐盛过，内心的一点点隐痛。对于不能言说的事情，它只能保持沉默。

我重新拾起，一块块碎片，神离，还是貌合，其实都不重要。

它来自泥土，复归于泥土，淬过火的瓦片，给我上了一堂，接地气的哲学课。

原载《散文诗》2020 年 7 月

老 家

朱小平

清人龚自珍诗“无双毕竟是家山”，道出无尽的深情与哲理，几千载的蕴藉与积淀。“家山”“祖籍”“故里”“故乡”，皆为中国人对出生地的称谓，但都不如百姓口中的“老家”叫得亲切和温暖！

老家，那山树茅舍，鸡鸣灶火，落日牛背，草木田间，永远似镌刻镂雕般在心，云卷水柔般抚肩。哪怕漂泊四海，哪怕乡音已改，哪怕游子魂萦，哪怕乡愁梦牵，老家，老家，永远是灵魂的归宿，永远有温馨的呼唤。

老家，老家，那是生命的起点，躯魄的故园，一生的眷恋，亲情的港湾。记忆中的矮墙，梦呓里的炊烟，哪怕城头变幻，哪怕鬓毛斑白，只要蓦然回首，就似春风般漾起心潮，止不住的婆娑泪眼。

思乡的小路永远在脚下，乡愁的涌动何止是微澜，思念老家会撩拨起无尽的诗思，会让人一夜白头暮想朝恋。归去来兮，家山一枕胡不归？古人潘岳曾叹息：“人居天地间，飘若远行客。”可若想起生于斯长于斯的血脉之地，那一定不会再有飘蓬浮萍之感！

年的脚步近了，老家再遥远，游子一定会在除夕之前风尘仆仆扑进家门，享受挚爱，陶醉团圆！

一到年底，老家像一支高亢激越的唢呐，会放声地催促，会时时刻刻奏鸣归根的呼喊。老家更像一管缠绵悱恻的箫笛，会温柔地娓娓召唤，那声音永远萦绕在耳畔……

原载《今晚报》2020 年 1 月 21 日

元宵节清早，婴儿哭喊着妈［外二章］

——致武汉协和医院的一位女医生

桂兴华

清早，窗外传来一阵婴儿的哭喊。

那么响，那么撕心裂肺，震破了阴沉的城。

“哇哇哇！哇哇哇！妈！妈！”那么真实，活蹦蹦。一个不知危难的小生命，兴冲冲在敲开长街一扇扇封闭的门。

这是不是你——那不满八个月的女儿的哭声？

来自你的老家，河南项城。她在寻你啊！她在找你！

可你昨天，已经回武汉了。一个年轻的母亲，活生生挣脱了女儿的手。

此刻，你也许正在被数字包围的抢救室里，面对着与你的女儿一样的孩子们。面对着奄奄一息。

爱女儿，是母亲。

爱更多、更多的女儿，才是伟大的母亲。

可你只是个极其普通的医生。当你决定向告急的传染科报到，就立即抱起熟睡的女儿，将她送回老家。

你那只浅蓝色的口罩，贴近她脸颊的时候，泪水，是你全部的告别语。

可你自己的不舍、歉意及期望，已经盈满了眼眶。

仅仅 20 分钟的交接。拜托了：奶粉在这里，尿不湿在这里。

我也有女儿，我是一个年过七旬的老人，深深懂得你哭的含义。

这默默的哭，付出了多大代价啊！

放下自己最熟悉的，投入疫区的陌生！离开自己最安全的，扑向正面袭来的病魔！放弃团聚，你偏偏选择了隔离！

这种告别，确实是一种牺牲。

2020 年的春，悲壮怎么来得这么突然！一个妈妈，为了抢救别人的一分一秒，整天裹在医疗队员厚厚的防护服里，只能像女儿那样塞着尿不湿。

想着，想着，无能的我睡不着了。

这时候，我真担心隔壁传来一阵咳嗽。

传来的，却是又一阵救护车疾驰的“呜呜呜”的呼叫。

我，完全进入了一部战争片惊恐的场面。

生与死交织此刻：空荡荡的城里，实实在在的爱神，比任何貌似强大的诗，都显得伟岸。

可你是个小个子，昨天还穿着粉色棉衣，钻进离乡的车，头也不回地，在低低的阴云里，奔向那个最揪心的江城之冬……

原载《世界华文散文诗年选》微刊 2020 年 2 月 5 日

朝霞·夕阳

——题一张中山医院网红照片

那一天，青春推着一辆喘息的车。

将你的命运，一步步挪向并没有隔离的希望。

你颤巍巍的手，指向并不黯淡的黄昏。

这是个宁静的江城之春。好消息苦苦等候在小路的两侧。

忽然，你看见前方：是谁用宽宽的肩膀，扛来了一轮有力的夕阳？

好多天不见的安详，来得多么及时！

87 岁的王爷爷，自从两肺覆盖灰白色的雪，这位武汉歌舞剧院小提琴手的生活，总是在低音部徘徊。

是上海为你打开金灿灿的橘子，切开蛋糕，带来换洗的明天。

看，朝霞正披在小刘医生的那一身防护服上。

你们慢慢走吧，慢慢欣赏。

迎着夕阳，不！迎着新的朝阳——那是一张正在微笑的脸……

原载《上海诗人》2020 年第 1 期

换乘：清清爽爽的明天

车站，如此开阔。测量，贴近身边。

拉开距离的乘客准备登记。一条条线路，同时展开。

拐点。我，手执一张值得纪念的车票，风衣更加明快。

巡道员手中的那面绿旗，终于举起来了！

岁月就是无数次换乘。换乘清清爽爽的时间和空间。

心，更在感动中回顾：穿过那些病例的数字，逆向而行的英勇！……

也想念曾经挤在一起的伙伴。不能只图便利，不能再习惯聚。

乘错了，快反而变成了慢！对速度，有了正反两面的敏感。

上上下下的前途，已经打开新的页面。

这一列干净的车次，将我迎入春风习习的下一站！……

原载《上海作家》2020 年第 2 期

坚硬的人们 [组章]

漆宇勤

一、炼钢的汉子

熔炉前远远停住，等待翻转的铁水钢花四溅。古板的帽子，蓝色的制服，这一成不变的装束钢铁般固化和顽强。

十年前走出校园，现在作为炼钢工人已成庞大钢铁厂不被注意的固有部分。

隔着褐色玻璃查看火色。多像两汉时期炼丹的人！立冬之后，依旧着单衣，在高大的厂房里匆匆行走。

炼钢的汉子也是坚硬的，交谈中喊出来的声音也坚硬，像钢锭与钢锭的碰撞梆梆作响。

高炉吞下一切铁质的物品：含铁的石头，生锈的铁器，给安逸生活扎出破洞的废钉子……

现在它吐出科举般的数字：炉温，炉压，行车运行准备，轧钢线匀速运转……

绕指柔，绕轴柔，绕塑形生产线柔。

坚硬的汉子与坚硬的机器双手相握。通红的钢水慢慢橘黄，慢慢灰黑，慢慢由液体的柔软成为固体的坚硬，成为线材、棒材、型材，黝黑的坚硬的冰冷的钢铁在绵长的流水线另一端被截断。

看着这坚硬的事物，斩钉截铁的汉子目光柔软，如水般含情。

二、盖房子的人

盖房子的人信佛，信命，信科学。相信流下的汗水可以软化生活的硬壳。

龙背岭的村民都做建筑工，都坚硬。与最烈的太阳对着干，与最高悬的危险对着干，与最牢靠的钢筋水泥对着干。

不，除了对着干，这一切的事物同时也是他们的朋友，在一天的辛劳之后握手言欢。

而睡眠更可靠一些。阳光下流汗的人们睡得最安稳。建房子的人并不住进新房里。工地上吃过快餐，只在泥沙凌乱的地面上找一小片清瘦的树荫席地和衣午睡。

有一天盖房子的人被自己的幻想吓了一跳！他想着——自己9岁的小儿子今后也住上这样的高楼，从二十层窄小的窗户看楼下离开故土的树……

直到他的大儿子给他打来电话，约定回家的时间。这个孩子在另一个工地上：左手持砖，右手拿着砌刀，将一栋房子四向的墙垒起来，像是可以围住些什么。这个盖房子的年轻人，并不想着住高楼。

这城市的每一个细节都与建筑民工的双手相关，但建房子的人并不爱住高楼。

三、挖煤的人

到黑暗最黑处去，将地底的光和热取出来。泥土和植物吞下了足够多的阳光和温暖，现在作为黑色的煤炭储存。

挖煤的人不是土拨鼠，也不向浓黑发出战栗。他们也是坚硬的，比巷道前方拦路的矸石还要硬。

吃最多分量的饭菜，展示人间最有分量的力气和勇敢。如今风镐代替了手镐，钢铁的地龙一路直行，挖煤的人依旧保持坚硬和阳刚。

幽深的井洞隔绝声音和光影，隔绝亲人的讯息，隔绝一切爱与生命的队形。矿灯照亮之处，挖煤的人便勇往直前。第一次下井，便将恐惧佐着黑暗和孤独，像辣椒佐酒般吞进肚子。

在全新的工作面，挖煤的人仿佛看见亿万年前的阳光，依旧深藏在蕨类的叶脉里。

现在他们重回人间。他们不像一百年前师傅的师傅的师傅，每天早晚交代和取消后事。挖煤的人在白天吞下了一座城市仅剩的黑，傍晚走出井口时便拥有了整个矿区的重。每一步，都是一个脚印；都一步，都抖落一身煤尘。

挖煤的人彼此以女人为话题开着玩笑，咧开嘴巴露出牙齿时，终于露出镜头里唯一的一线白。

挖煤的人在阳光下站着，脚踏实地的感觉并不那么强烈。挖煤的人已将整个城市的地下掏空。这一次，坚硬的人仿佛有一点不那么坚硬。

四、作瓷的人

显然是件粗犷又带着细腻的活。坚硬的人创造了泥作的坚硬。

土是比一切物质都更质朴的存在。荒凉的山坡上所有的瓷土遇到水润和力量便活了过来。作瓷的人双手有力，将柔软的泥土碾碎、淘洗。将柔软的泥土揉得更软。

缓慢地拉坯成形、打磨平滑，草根的泥土现在被称为坯胎，依旧草根。你想起幼时父亲为你手捏的泥人泥马。

直到釉色附着，等待一次火的煅烧。

赤膊者，泥的蹈舞，火的凤凰。淬火的泥土依旧易碎，依附于此的光泽、花鸟、纹饰也同样。玉质的白或青，肉感以及骨感。易碎的瓷器经不起一次失手，一场失败的悲伤。

泥土烧制之后，硬实的器物内部充满看不见的微孔，就像有了无数的秘径。坚硬的器物原来也会柔软地呼吸，泥巴烧成的陶瓷有了新的生命。作瓷的人给卑下的土以高贵的神采，让泥土与尖锐的电、后现代的工业产生密切关联：电瓷，化工瓷，泥做的电葫芦，火烧的耐火砖。粗犷，或细腻；陶，或者瓷。

少部分的瓷器比我们每个人都活得长久和完整，活到今天在博物馆里隔着玻璃看着后人的后人。它们已经记不起很多细节，记不起当初作瓷那个人的模样——他的手粗糙而有力，他是个坚硬的汉子。

五、凿石头的人

用一辈子与石头硬杠。

先有人将石头从石山的嘴里撬出来，让坚硬的石头重回人间。再之后，还有分解，切割，搬运……

这一切我都看不见，我只看到凿石头的人将器物的轮廓从石头内部取出。凿石头的人将坚硬的石头揉捏成狮子、塑像，揉捏成莲荷之叶、虎豹之爪。钢钎是他的牙齿，代表一个坚硬的汉子，将一块石头多余的部分一点一丁啃下来。

完成这一切，完成女娲造人、上帝造物的过程后，打磨石头的人将一片片石头洗得光滑。他用切割和刨擦的工具打磨石头，像多年前他的师傅用钢钎凿打石头一样。现在力气活交给机器，与硬石头硬碰硬的人在石头上抚摩、修饰，让坚硬的石头像女人的皮肤一样滑，一样冷。

师傅说，长木匠，短铁匠，不长不短是石匠。师傅在一块大石头上用去三天时间，一点点凿出一个石兜供牲畜饮食。

回看师傅的手艺，凿石头的人保持肃穆。在两代石匠对待硬石头的方式上，其实并没有什么不同。两个人都是用一辈子在与石头硬杠。

原载《散文诗》2020 年 3 月

昆虫的秘密［组章·节选］

曹福章

一

人们很少想起昆虫。它在人们的记忆里若有若无。

季节性地出现在小麦、玉米、谷、高粱的抽穗、拔节扬花上，传播花粉。三三两两地，大大方方，光天化日之下，在花朵上交尾，传播爱情。花谢，销声匿迹。花开，它们的影子、思想、记忆、爱情就复活了。

昆虫的宗教信仰是什么呢？会像人们去寺庙抽签，诵经，祈福，许愿？

花朵是它们的王国，还是天堂？

昆虫，是它们真实的姓名，还是笔名？在浩瀚无垠的宇宙里，我们是昆虫的前世，今生来世？

二

我羡慕昆虫有一对自由飞翔的翅膀。

在山村的农作物上，花朵里，说来就来了。想走，张开双翼，扇动翅膀，从左到右，从上到下，或者南北东西。它们飞到高空往下看，人不过就是蠕动的昆虫。它们的克星。

冰天雪地的时候，它们正在你书中某一页，拖儿带女迁徙。潜伏在某个角落折叠雪花的翅膀。

用翅膀打开世界。

三

我们一直都活在昆虫的世界里。五谷杂粮，在授粉时，有昆虫的一份功劳。

祭祀的时候，功劳都归天地神灵了。昆虫从来无怨无悔。

套上平仄的唐诗宋词，像不像叠起翅膀的昆虫？

其实人们一直忽视了昆虫的深奥哲学。它们出现在哪里，哪里就听到乡音。

没有人知道，我常常变成了一只昆虫，穿越城市，回到亩田块地，给小麦，玉米，水稻，传花授粉……

四

蝴蝶一身的戏服起源哪个朝代？

五彩斑斓的蝴蝶之中，哪一只是梁山伯，哪一只是祝英台？哪一只是西施，杨贵妃，王昭君，穆桂英，萧太后，貂蝉？它们之中一定有一个是努尔哈赤，刘邦，曹操，刘备，诸葛亮，董卓，楚霸王，秦始皇，李世民，宋徽宗……以蝶的方式穿越地域时空，穿越春秋战国，穿越宋齐梁陈，穿越唐宋元明清。君王与臣，皇后与妃，只能穿着蝴蝶的戏服，以蝴蝶的身形，在人间来来往往。对于江山社稷黎民百姓，权势与地位之争，渐行渐远。只能以蝴蝶的双重身份，观看江山社稷黎民百姓，以及天地的一次又一次的演变。

爱情为什么会蝶变？和现在生活中的红杏出墙有着怎样的千丝万缕？

蝴蝶为什么出现在山村的亩田块地，或是山山水水？人们不会去想。就像我们出现在城市的视线里，时而轮廓分明，时而模糊。

几千年来，人们都被蝴蝶的智慧所蒙蔽了。我们生活中常常吃到的胡豆，豌豆，口中的“精挟菜”，就是蝶变。人们一直忽视了几千年。

胡豆花和豌豆花，泄露了蝴蝶的密码……

五

一点一点点燃夏天。破天荒地把灯饰摆在田野上。

它们之中，一定有一对是牛郎织女，有一对是梁山伯与祝英台，有一对是许仙与白娘娘，有一对是后羿与嫦娥，有一对是吕洞宾和何仙姑。剩余的一半是各路神仙，一半是古来争战的将士们……

萤火虫，在黑夜里写诗作画，点亮星星，一盏，一盏，一盏……

挑着灯笼，演义母氏部落的走婚。

留下千古传说。

六

蚂蚁，常常被风玩弄于手掌之上，被雨冲得流离失所

在洪水裹挟的叶片上漂荡

站立在单薄的树枝上

等待救援，浪潮退却后，走下来寻找家园和亲人

人与物活着的时候，都比蚂蚁高，比蚂蚁逍遥自在，风光无限，倒下的时候，就远不如一只蚂蚁，人与其他动物在直立行走的每一刻，都可以将一只蚂蚁，灰飞烟灭

翻开历史，古代帝王的名字，蜷缩在文字里，不敢出来，像不像洪水中的蚂蚁？他们的江山社稷，尸骨，都在蚂蚁脚下的土堆里，被风雨洗刷，时间的影子逐渐模糊

只留下文字的传说

被模糊的还有那些极为普通的黎民百姓，他们在不同年代里，经受磨难，被统治。

被一张纸宣判生死，被一张纸封侯拜相，最后躲进文字的躯壳，把尸骨丢在荒郊野外的泥土里，走出来的是一只只蚂蚁

蚂蚁的哲学博大精深，这也许就是古代帝王终生的遗恨。

神话传说中的神仙去了哪里

历史里那么多的帝王，庶民百姓，又去了哪里？

原载《散文诗世界》2020 年第 6 期

武昌城笔记

乔书彦

武昌城的秋晨

地平线上有团火，混沌中隐藏锋芒。秋风擦红苹果，成熟被时间激活。武昌城依旧燃着明如秋水的眼眸。阳光是一张拖网，城内城外，都在网里。调色盘更加多彩。秋风铺开，在宣纸上烙下丰富绮丽的线条。菜市场是永不迷航的舰队。

旧居恬静。黄瓜和毛豆被凉拌，茄子做成饼，煨好的汤，滋味绵长，难以尽述，啤酒调出好心情。青年在总结经验。一粒种子挤进肥沃的泥土，静享绿意盎然的清晨。椽子在吟唱。奇迹在鸟翅扇动之间。城市的阳台，爪痕新鲜。

鸟群被绿色怀抱，翅膀打磨内心，穿过越来越开阔的秋天，向上攀登到城市的最高处。苹果触摸我的嘴唇，薄雾无拘无束在江面飘荡，渡轮亮出兴奋的针尖。蛇山越来越近，抵达越来越清晰。

从任何角度看，行走都是可体验的真实。树皮粗糙而正在孕育的嫩芽深藏在它的纹理中。鲜果始于花朵。准备早餐的人埋头于菜谱，精心打理一道道美食，葱段被切好，面团在发酵，汤锅已经沸腾。毫无疑问，投入室内的光线柔和。

掌握生存技艺的群鸟啼鸣在阳光里。

亲爱的人啊，爱情的果子累累垂挂。

公园里逐渐增多的游客操着南北各地的口音，从一处风景进入另一处风景。我想着刚上市的水果，想着新炒制的来自三峡的茶叶，想着果园里一只小兔飞快地钻进泥土。游客在凉亭里小憩，喝水、吃面包，他们是风景里的风景。撞击内心的石头在融化。雕刻的大理石是武昌城的根基，是秋风向上的台阶。

推开窗户的那双手，对于力道的把握，恰到好处。精心研读菜谱，轻声念出喜欢的句子，在高潮处没有过多停留，他又翻开下一页，开始另一道美食的研究。有种力量，推动前进的脚步。

找到自己的道路实属不易。

炖羊肉的青年终生都在学艺。面饼筋道，足以佐餐。他等待被菊花破解，被秋风临摹，被阳光滋润。

暖心的秋晨，炭火被羊肉感染。

晨风打开了花朵

晨光先于城市把亮闪闪的小铲子送给泥土，挖掘藏于其中的煤。研究果核的副教授准备发芽，他认出自己的内心，血液的激流漂荡春天的风景。擦亮云朵的那阵风，闪耀着金光的流水。

风景是写给未来的贺词。

我蹲下来，面对一朵紫罗兰，铲子的力量，赋予诗行强烈的想象力。隐居者平静的生活被一块三明治打破，放下竹笛，顺着城市光滑的脊背抚摸下去，诠释生存的意义。骚动的市声是武昌城的韵律。

晨风，是一块纯净的水晶。

越过篱笆的小猫攀上高枝，舞台的灯光，笑声如丝绸，感受从未体验过的惊奇：点燃春天的火，讲述日渐美好的未来！我似乎看到秋天的果实，砸进地基里的铁，倔强着最初的诺言。

绽放，被三月的心思抚慰。飞过巡司河的鸟群歇在银杏树上，在移动或停顿之间，有一片辽阔的美，铸造永无止境的路程。直视春天迷人的脸庞，锁不住的烤栗子香，在城市底部变得坚实。蝶，自花丛探出翅膀，美丽的喘息，既为世界，也为自己。我吃下了浇上符号学汤汁的面包。

步入星空，花朵行走的声音柔和。

果核被绿叶和花朵掏空。

敲钟者在蛇山高处的楼宇，善于把自己装扮成石头，声音清越古朴。钟声如花瓣，片片如雪，融进躁动的内心，凝成枝头的甘露。春风呵护低处纤弱的蕾。水云无声处，临街店铺，冲击着眼球。

城的情调，炽烈起来。

城乡接合部的秋

生活在底部，自底下瞥见的事物有别于云端。他说：温饱之后，更叫人心动的是金色拖鞋发出的啪嗒声。尊重平凡，并鼓励勇敢。在咖啡馆，阔气的首饰店老板买单结账时，点了一盒法国点心。

花朵被涂上多重油彩。

他停下来，再次打量俗世，如云的身影搅动底部的灰尘。破晓前，搭上了去闹市的公交车。是的，我想要的就是通达爱的花朵。那朵花，拥有坚强的躯干，是美好的金属制品。爱的花朵穿着蓝色工装。

他说：豆浆油条足以果腹。

城乡接合部迈着传统的步伐，融进了时代的合唱，野菊花蓬勃热情。田野的本色，极度丰满。亲情被珍藏多年。对未来的期盼在秋风里疯长，并渗入足迹。清洗胳膊、双脚、脸面，秋阳温暖，果实被酝酿成美酒，醉了细碎的小心思。

新沏的茶蒸腾着现实的温度。

陈年旧事像逗号，打磨文章的魂。

彼此交换一袋阿尔卑斯奶糖和一根刚砍下的甘蔗。生意人转入轻柔的现代音乐。小溪的源头由甜蜜素汇集而成。梁子湖接纳了小溪，我被鱼虾感动。情节正常，故事的发展没有偏离轨道，走过来的教授说：组织一个乐队吧，宠一宠我们的江夏。

沿着小溪边的车辙，写不完的乡愁诗篇，被小提琴演绎，浑厚的歌喉提升了城乡接合部存在的美感。高校精确地填补了缺憾。抚摸着花瓣，把回忆当作礼物，送给明天。秋风的足迹诚实。

越过梁子湖，我看到一抹朝霞，悬挂于远树，一时间，有许多鸟缠绕、盘旋于湖边的校园。城乡接合部，发生改变的城中村是一个浑圆的意境，而逐渐逼近的城市的烦嚣，只是为了完善斑鸠呢喃的情话。思绪飘逸，又见朝霞顺着溪流，从疏枝淡叶间斜仄而出。感情的颜色火红。

他说：看！那伺机跃上云端的行舟。

城乡接合部强调着爱与接近。

武昌城接住了秋风

葡萄披着新袍，甜度在提升。

秋天的声音落在巡司河，豆荚上泛起的水珠触摸堤岸的样子就像在触摸阳光。菊展达到高潮，所有路径敞开。

容我喝口茶水，再说明来意。蝴蝶落在紫菊的花瓣上，最强烈的对比，抓住城市的视野。我需要那朵凝聚了时光雨露的花儿，清除体内的燥热。他说：雷克雅未克的光有着极强的穿透力。我说：巡司河两岸，星星力透纸背。

武昌城绽放在一朵花里。

武泰闸断线的风筝惊吓了云朵，也惊吓了鸟群，翅膀没有偏航，鸣叫击打树木，甜蜜的重负，使这里形成了一个炫酷的商圈，拓展了时代的意义。古筝融化了距离。顺从秋风的指引，掏出体内的果实，在可触及的范围内，交换快乐。

以言语维持自己过于单薄的形象。执行力在任何时候都过硬。贪婪不能被满足，最终碎裂成退化的泥塑。菊花唤醒了巡司河中的水草，我始终相信终极的优雅并非幻想。鱼群、朝阳、草木、游客、骑手，使得老城的梦境鲜活。

武昌城接住了秋风，苹果和葡萄托举起舞台。随风而来的蜜蜂，鼓动起来的是宽宏大量和勇气。窗户把阳光让进来，剁好的南瓜被分成两份，一份送给补栽绿植的工人，一份炖好后被送进暮色，等待下班归来的自己享用。

巡司河勾勒武昌城的粗犷，迂回百转，波浪折叠故事，卵石闪烁刚劲的预言。如果，我有渔舟和鱼鹰，我将会去寻找深埋的金块，定下此生的基调。河边的苹果成熟了，真情蕴聚后，沉淀到根部，唱出最彻底的民谣，赢得秋风的喝彩。

喧哗中扶起了涛声。老城被菊展推向炫酷的绽放。秋风一经展开，金黄而澄明的粮食便颗粒归仓。静下来，就会听到时间赶路的声音。灯笼擦亮夜空，在纱幔下闪耀。我将徒步靠近，摈弃一切花饰，直到确定武昌城高于涛声。

返回的脚步，豁开了腹地的情绪。

城，撞上秋风，被阳光擦亮。

晴川矶

穿过晨曦，晴川矶后面是龟山密林。

石椅跟布满青苔的岩石不同，疲惫的身体被接纳，江水是秋风中的玄学家，弹拨着丝弦，声音的穿透力具有正当性。更高的攀升必定是一种发现，被鸟鸣适当地引领，没有迷失在三岔路口，前方是玫瑰花丛。他说：朋友终于结婚了！

汉阳城的秋晨，玫瑰与涛声融合。

我看到艺术爱好者不再挑剔，他胃口极好，牛排和意大利面被真实地描绘，侍者捧着红酒，楼梯口摆放着木制的王冠。他说：不忠实的记忆是犯罪。他和新娘走过红毯，未来呈现曙色的红润。牛排八分熟，咖啡已冲好，乐队抵达野性的狂想，音乐在色彩里隐形。

苹果红透了。新娘站在门口，郁金香和薰衣草有着蜿蜒的色彩。燃烧的云，瑰丽神奇。被梦想揪住，对即将到达的目的地有着朴实的期待。时光抽响了彩虹桥高处的云朵，巨大的凝聚力使未来的梦境活泛起来。攀登龟山，布谷鸟一路鸣叫。

晴川矶是旅途的归宿。合唱开始了。篝火被点燃，从出生地走出来，我们找到了被玫瑰花围拢的爱。时至深秋，要清空内心，启动热望，温一碗银耳汤，就着红枣的气息，默待一棵竹笋拱出泥土。潮汐拍打老城。

彩云追赶阳光，疾走，挥汗成雨。

被征兆引导，踩着秋叶就像踩着棉花。沿着鹦鹉大道走下去，脚步声具有青铜的质地，密集成精灵的舞姿，融化在汉阳树的浓荫下。码头的霓虹激起我的向往。服务员给我端来一杯红茶。

我的到来真实、可靠，城市对我的回复及时、有效。梧桐树暴露出行踪，我震惊于季节的安排，抛出的鱼钩环绕着月湖的涛声，鱼群飞过鲜花，招揽众多惊喜的目光。我说：黎明的窗子里，一碗虾仁馄饨已端上桌。

他说：汉阳城是美味的鲜奶蛋糕。

晴川矶爆裂的色彩是彩虹的魔咒。

蝶的美好时光

此武昌已非彼时的武昌了，而中和门仍旧在楚王的幻觉里，增加海棠与桃花的言外之意。楚望台摆弄着王的愁绪，他过分固执，在通向金陵的路上，王的情绪难以抑制。一叶浮萍漂浮在巡司河的回忆里，旧梦捕捉远山的背影。

在花瓣上歇足的蝶，脚步在草尖上跳跃，这只野狐，在时间中奔跑，猛烈地吮吸星光的灿烂。各种味道交织和碰撞，迷恋星光就像迷恋爱情一样灼热。一道挤压沙滩的波浪，是雷霆的温柔。城的厚度不必翻译成白话文，阅读者自然能从字里行间悟出真意。蝶自顾自地飞翔。

城的魅力是历史积淀的厚度。

饱吸精华的蝶，它的晶莹让月光含羞，让雪花低头，它的谦虚使它未来的飞翔更加自由。玫瑰色的宿命，此起彼伏的花的气息滑落在蝶翅下，星光的马车无力装载纠缠不清的因果。城，被风景精心描绘。快感被抒情温润。黑白老电影被展播，某人不惜变卖不动产，也要与人抢夺那套花裙子。观众一脸天真。

在春色里一睡千年，蝶将自己植入岁月的厚土，任四季的风连绵起伏，触摸那枚在内心溜达的玫瑰花瓣。我们对待武昌城的态度如石头，凿刻的声音时缓时急，未来的糖果像金子。此生无悔安家于此，层层石阶输送城的温度。

海棠是随耳语变化的蝶的幻影。清露瞬间化为彩虹。蝶，细微的翅膀声闪着光泽。春风里迷途知返。城，骨骼厚实。走路的浮云毫无紧迫感。我歇在海棠花下，深藏了尖度却敞开了胸怀，花朵舒展和暖的色调。沉睡被蝶唤醒。

黎明融进白昼，蝶翅被风鼓起。

一枝兰花悄然抵达仰望中的高地，一寸一寸抬高攀登的回音。飞翔啊飞翔，蝶变成了一只蛹，承受无限的耐心。飞翔被包裹，命中注定的流淌来来往往、循环往复。蝶找到了返回的方式。武昌城像醉酒巫师的魔法，精致、绚烂。舞蹈的蝶足够聪明。春风是铺开的红毯。

逐日之心，埋下绿色种子。

萌生的彩蛋，是奇幻的蘑菇。

春燕飞入旧时堂屋

银杏树使劲张开臂膀。一片旧时光洒落树荫。从我站立的位置望过去，春风在寻找埋没于巡司河中的珍贵宝石。八铺街在望山门外，伏在牛背上，踏实地向前移动。遮阳伞下聚餐，故事推进平稳有序，心血付出后的获利，值得赞美。

武泰闸出现的时候，巡司河巧妙地在新桥街拐了一个弯，完成了纪念碑的雕刻。叼着香烟的清洁工，没有把回忆当作礼物，他面朝下游，保持好心态。武昌城注定在今晚，得到爱抚的经验。

春燕顺着春草回到旧时堂屋，在门窗上方，春燕保持高贵的眺望。彩云包住鲇鱼套的头，追赶时间的大树，放大了果实的呈现。换下西装的工程师一溜小跑钻进地铁施工的隧道，鞋上沾着新泥，内心一片蔚蓝。变幻不定的风，吹开层叠的花瓣，纷纷扬扬。我屏住呼吸，等待翩然而至的蝶，精心挑选心仪的花朵，沿着八铺街返回武泰闸，继承了金盏菊的静谧。

蛇山之南，距离巡司河最近的地铁站，拉开了城市向南连绵跌宕的画卷。浮躁听从于行动指南。秩序决定成败。没有上锁的柜子里放着泡菜坛子，被浸染的光阴，透着烟火味儿。生活在铺陈，许下的第一个愿望，是从一颗明亮的种子开始的。除掉杂草，给城市腾出更大的空间，卷在方言里，满怀希望，绽放成一朵朵凌霄花。行走，承载老城的重量；归来，种下幻想的奇迹。

蛇山正襟危坐。黄鹤楼此刻辉煌。

渐入佳境的喧哗，直达河之彼岸。

疾驰而来的工商业是一列不断加速的列车，春风画轴里的意象保持朝上的姿态，满载全部美德，投入爱的臂弯。银杏果从四面八方把树围拢。

春燕飞进蛇山，成为敲击的鼓槌。

鼓声槐花般在黄鹤楼下飞扬。

春风穿过纱帽山

列车卸下客人后继续行驶。

放下包袱，在站前广场张望，我愣怔了好久，不敢迈步，生怕在繁华处出错。城市，是一幅流淌的彩画，我相信能够融进愉悦的风景。前方，是光的流淌，是音乐的回环，是必要的呈现。

目光被柔韧的树枝带进灌木深处，一枚果子在引诱一只雀儿。有人站在起点，未来行星轨道般清晰流畅。他追赶白天鹅，直到薄云笼盖郊野。磨拭一面铜镜，强化梦的红润。足足有半个时辰，鼓着双目，等待隐身的神使。轿车停在我面前，友人热情依旧，他不再是那年趿着拖鞋、甩着鼻涕的小男孩。他的生意：关于莲蓬、鲜花和蘑菇的大面积栽培，让他改善了生活。

槐树绿叶繁茂，成串的槐花是美食，友人将它们拌上面粉，蒸熟后，洒淋上蒜泥、香醋，端上餐桌，还是儿时的味道。倒进杯中的是按照传统配方酿制的美酒，低度数的液体漫过我，生命中那一点咸涩，相比于眼前翻涌的酒花，算不了什么。

咖啡的泡沫侵扰了思绪。

早前的荒滩如今已是果园，苹果树、樱桃树、香梨树、葡萄藤连接成一片肥大的绿叶。镶嵌的绿宝石，土地的结晶。我钻进阳光，沉入白昼的忙碌。种子拱出土壤，发出拥挤的摩擦声。云隙中漏下一只鸽子，洁白的雪山压住小城的灯光。

披着彩云的鸽子是一个幻影。

喧闹中，抬头往四下里瞧，很难向别人解释我所看见的彩虹，如压在内心的石头，不易变形。潮水涌来，春风穿过长廊，我索性坐上直达闹市的电车，随它宏大的奔驰而雀跃。

关于成熟的大茴香，净手后采摘是必要的。我好奇于彩虹，以及它所承载的事实。列车在午夜抵达。

仅此而已。

原载《散文诗》2020 年 5 月

波密诗篇

栾承舟

易贡国家地质公园

此时，跌宕起伏的瀑布、角峰，铁山、奇树，星辰似的，遍布峡谷。

雨，淅沥沥下着，在冰川、苔藓上面，盛开着江湖。

鳞次栉比的原始森林，温泉以及冰壶，相生相克，跌宕起伏，和谐统一。

今夜，恰是春风四起的时候，一种寥廓、苍茫之感，上接日月。

一滴水，

却有万顷波涛的喧响……

海洋性冰川遗址，高过想象，岌岌可危。

每一根骨头，都在惊呼。

将军楼，大军进藏重要基地，历史就从这里拐弯，在此，停驻过脚步。

一首天然自在，构思奇谲的雄奇史诗，镌刻在——

雅鲁藏布大峡谷……

桃花沟印象

风在吹，细雪微茫。

恣意而矜持的桃花，此时，蓓蕾待绽。

她听到了三月，正在生发的歌声，就要，化蝶纷飞……

微岚中鹰在展翅。
清新的正在萌芽的青稞、锅庄、藏歌，沿着岁月，绿着桃花沟。
随后，鸟在诵读，水在低吟；放蜂人的黄昏，掠过——
花的王国。

天蔚蓝，草也青青。
转眼间，世界变暖，棕头鸥纷披着翅羽，随后，
飞越了千古……

嘎朗王宫遗址随想

霏霏细雨落着。
秘境也似的藏歌，高原一样的藏歌，渐去渐远。
春的千军万马，此时，就像野花、雪山、幽壑、游客，识读着血色浪漫。

风看到——
这片乐土上的每一片草叶，每一缕炊烟，还有人心；
以及，许多的和平时光，许多血与火的嘶鸣；
闪烁着安详泪花，
凸现着冰清石冷……

这片秘境的前世今生，像《汉书》《史记》《资治通鉴》，
正在把暗香疏影、沧海桑田、前世今生，
一一讲给春风……

易贡茶园写意

这个季节，最后的一场糁雪，瞥了易贡湖边的茶园一眼，向着天边，去远。

乾坤始转，春天如期来临。

不知名的蓝色鸟，用霏霏细雨，梳理着岁月，驻跸湖畔。

进入五月，寒入骨髓的冰雪，正在消融。

四面八方野生着的茶树，虬曲或者茁壮，沐浴着细雨、月光、露和闪电，在每个人的心上，绿着越来越美的味蕾；

是祝福的意思，也是——

天人合一的意思……

喜马拉雅的亿年芳香，万年肃穆，在我们心中，自在妖娆地持久着，

壮大着……

穿越帕隆藏布河谷

春风打开了窗子。

冰，仍有一点儿冷。它的心中，不时萌芽的原始林区，望着人的远行，一直白着。

风，总是在吹，不懈怠，也不疲倦。

糁雪，飘逸着显身，一闪一闪，宛若鹰翅，起劲飞着。

这个季节，风卷云舒。

林区里遍地香草，叶子上有鸟雀起伏，若春风，起于草梢。

惊悚之美，雄壮之美，是自心中，灵肉中，冉冉升起来的。

整个帕隆藏布河谷，弥漫着神的气息。

神话与史诗，竞相妖娆。

展翅的心，飞到哪里去了？

米堆冰川

八百米的银色光芒，自天而下。

断裂的冰舌，雪蘑菇，

轰响着，

一股寒意拂鼻……

风自冰上来，它森寒，闪烁，辉映着青藏高原。

美而幻。

触目尽是雪山、冰川、森林，随风飘扬着大美神秘。

冰湖幽幽。

一棵又一棵，原始孤树，让风听出了，坚守中的——

那份深刻……

瓦巴村

面湖临风，我们，在沙滩上，凝目注视着晨光四起。

木板、石头携手，构筑着家居。门，虚掩着，没有锁，为外面的世界，敞开着。

酥油之香，哺育着这方子民，让每一个夜，都能睡个好觉。

湖光山水，在童话里，展开。我们，头戴星星，魂魄温暖。

羊群啮着春天。而后，是青稞架，是雪山，晾晒着天地岁月。

许多叫不出名的野花开着。每一片叶子，都闪着光，绿着自己的美好。

一夜夜，一年年，初心不改。

一种精神的探访，心的探访，让然乌湖的水，涨了一分；

使瓦巴村的藏家韵味，浓郁了几分……

原载《伊犁河》2020 年第 1 期

伫立阳台［二章］

何敬君

伫立阳台，细数山那边的钟声

伫立阳台——
站成给远方的一幅剪影。

山的那一边，飘来寺院的钟声。
一声……
两声……
三声……

细数着这钟声，影子悠邈成断了线的风筝。
坠落如尘，也如烟飞升。

无边的哀伤起伏了。

……我未曾认识我的爷爷。
我的父亲注视了我五十年后早已远行。
我的儿子仍在等待赤条条地出世。
我的孙子更不知在哪条小路上茕茕孑立……

伫立阳台——

细数着山那一边的钟声。

一声……

两声……

三声……

一只扁舟载着我，和由远及近的暮鼓晨钟。

伫立阳台，看雪花飘扬

伫立阳台——

雪花在玻璃窗外舞蹈，在风中，安静着，飘扬地安静着。

我胸廓如人车哓哓的城街，如树枝俯仰的空蒙。

恍惚骑上一片雪花，一点埃尘随片片白絮飞行。

雪花将如何轻盈地驮着我？再如何卸下我？

到某处，进驻某处的安宁。

伫立阳台——

雪花在玻璃外面舞蹈，在风中，锐利着，飘扬地锐利着。

玻璃内的我阵阵战栗，与空气一起楚痛。

恍惚骑上一片雪花，一只蚍虫飘浮在纷乱的镖刀丛中。

麻木了三个月的天空，掠开没有血色的罅缝，无数幽灵在词语里骚动。

伫立阳台——

须臾间，雪已无影无踪，玻璃窗外，风鼓荡着空蒙。

骑上一枚雪花只是恍惚一梦？

原载《星星·散文诗》2019年第12期

子夜爝火［组章］

伍荣祥

一

天空与子弹相遇。其实，流血是从翅羽的折断开始的，一路灾难一路无辜，只有滴血与无言，不见呼号从云层穿过。世间要往那里行进屈指细数，这是一次事件，再以后就是一阵雨，一阵风暴，一阵叹息的下坠，就有千年一回的林中之叶被病虫反复叮咬，然后纷纷飘散一地。

二

浪花给鱼儿指路，岁月让夕阳成为伤口，潮汐之后歌谣就随之失传，时光在疏离和变异。这时，季风在十一月的十字路口旋转，谁给谁再次指路？谁给谁再次点燃子夜的爝火？无语以对，鸟依然在天空飞，卵石在河底却成为碍物，而昨日的想象和蓄谋让我的船体抽身不得。

三

秋风总是见缝插针，让逗留、回顾、枝叶、果实这些词瞬间散落，谁都难以挽回这个残局，并且记忆与历史提前被风力吹成碎片。呼啦啦地吹，今夜秋风瑟瑟，月影遮掩月影，落叶覆盖落叶。没有后退之路，我行色匆匆，我转身之时在看不见的暗处窥见众多灯火摇晃不停。

四

黑色，非黑色与黑色。鱼在水下潜游，嘴中用一圈圈水泡不断承诺和预言，还用轻盈的尾部左右摆动而揣测人间祸福。鱼，非鱼之语：此刻，众鸟在房顶忙于撕扯稻草与碎叶，包括门楣上张贴的一句句谎言。澄明在弥漫，一只犬在墙外的田埂孑然行走，而我的院内依然繁乱如旧。

五

这是梦留下的罪证，是昨夜记忆的浩劫，许多事物与生灵在缄默的梦的时间里悄然毁灭。梦外有梦，推开窗棂仍未天明，还伴有夏时的轰鸣。梦里的世界在疼痛和困惑，犹如我白天那十根指尖的莫名划伤。何日终结？梦里，我还看见世间有人转身狞笑。

六

水鸟是我河面的一颗星，当激情飞到那里憧憬就飞到那里，而飞得最快的是头顶的风和我的失意。其实，我也是人间若鸟样的过客，既缠绵又匆忙，我不知道自己终将是谁的风景。这年月，你仍是我在这座城市的唯一牵挂，我不俯视你，我又俯视谁？

七

银色的月光是我内心敞开的窗棂，双翅展开，我滴血的十指与沉郁总是往天上飞。虚拟登高，礁石在辽阔的海面总是无端地攻击于我，我不知道该是前行还是退守。岸永远是浪花与船的巢穴，碰壁照常碰壁，亦如浪涛无休止地拍击着我木质的船舷。

八

苹果从一棵棵树上全部坠地摔坏，像畅销书的讯息瞬间将病菌传染世界。此刻，谁也不能道明真相的真相，腐烂与病毒开始弥漫，而困惑与哑然难以回避城市的侵袭。我在局促中隐匿和喘息，眼前没有怀疑，没有预兆，没有从前方树丛吹来的一点坏消息，也没有内心的颤抖和徘徊。

九

或许，这是最后的剩余，房檐的鸟在乱串，天空的夜在呐喊，树上的旗被虚拟的风无端撕裂。今夜：月光随我，我随月光，我信手将全部的向往和杯中的酒一路抛洒。酒香遍地，或许这是自己最后的剩余，也是今夜月色之下的最后决绝与无望。

十

陌生让熟悉遗忘，往事让事物无比廉价，而不落的是我房顶的炊烟和窗外的云朵。岁月失忆，谁也记不起我，我也记不起谁，当一阵风走来，我们刚才握住手却又挥袖告别。熟悉与遗忘，微笑与木然，都似一片叶，刚刚从树上坠地，又转瞬被一阵阵风悄然吹走。

十一

今夜，麻雀跟随蝙蝠飞，不知谁先眠，不知谁是谁的障碍，不知谁先尖叫和最后悄声走失？是呵，在这不平坦又虚幻的路上，谁让谁将自己的衣衫和灵魂最先脱落，包括一路的叹息、泪水和梦想。不停地朝前蹿动，秋风拍打翅膀，我知道今夜谁都难眠。

十二

我期待好消息的来临，而疲惫被城市的别样世界紧紧包裹，扬手与招摇，靠近与回望，双手随地丢失了残花和落叶。耳边有马蹄声响，我除了感悟还是感悟，除了怀想还是怀想，我再不去询问淘金与觅物，再不去询问他人的整日狂奔。如果有缘，我愿把自己重新改写。

十三

扬手泛舟，没有半点犹豫与徘徊，我只想用自己的竹筏随梦中之河顺水而下：任苦难随影于我，任世间的疼痛与烦忧同河面的浪花随影于我。我想寻觅一方静地，以古人的方式长久缄默和盘坐，并以缓慢的姿势静悄垂钓。在岸边，只想钓无鱼之鱼，我想成为城市的第一个脱逃者。

十四

移步于玻璃之桥，我仿佛坠入云端，仿佛瞬间没有自己：看似前进了一步却又后退了数步，而只有双脚的颤抖和两眼的迷茫。我在登高，我相信有人看见我的失衡，看见我的失态与局促。在迷幻的桥面，我一次次俯瞰，又一次次眩晕，我看见无助与惊惧，并且看见虚拟又真实的危险。

十五

深秋，芦苇不停地诉说：我看到微雨与阳光，看到暗疾与虚伪，看到湖面如绸与水天一色。秋意的词开始雪点缤纷，在湖面的末端，我还看到万物凋零与终结的前兆。回望与逗留，白雁在空中缓慢行进，羽毛一片片在湖面留下印痕。唉，无法躲闪，我还看到湖面的微澜和空茫。

十六

此曲只应天上有，等待还是等待，我将往日的怀想和手中之鸟囚于笼中，我已经把痛苦在内心变为蓝。秋雨如烟，时间的右手无情拉开了悲剧的帷幔，而我始终记不住那句繁乱又冗长的台词。跨入初冬，我的囚笼之鸟在伫立守望。

十七

小猫蹿出，深夜有人敲门，日子总是让幸福延迟或者若河水惴惴不安。只能假想，我只能随影而行，只能看到影子覆盖影子和光芒覆盖光芒。小猫蹿出未归，一种神秘在笼罩，我不断喘息，我不断战栗，我预感终结的降临。

十八

我把这一双手高高举起：仰望房顶的星子，我双手无放，我的院子已经清空，我的一只只青鸟已经放飞，我一无所剩。时间在不断撞击我的头顶，我的全部已被城市炫目的灯火和喧嚣湮没。我一无所有，我若困兽，我举手不是顺服而是要以手呼喊。

原载《诗潮》2020 年第 3 期

真的需要一场雪 [组章]

洪 尧

初冬的午后

黄昏近了，柿子树，为村庄挂起无数的灯盏。

远处的鸟鸣声日渐稀薄，但依旧是清澈、明亮的。在南方，冬天并不是一个传说中风雪苍茫的老人。

昔日奔腾的河水，被生活打磨得越来越瘦；

如今，它终于懂得了如何为人间添上一些寂静。

炊烟撑起暮色——那已经是多年以前的景象了。此刻，我对所有事物都感到陌生。

梧桐树抖落身上的叶子，

留出更多的空隙，让为数不多的阳光照下来。

那时候我爬上屋顶，风不停地从高处压下来，虽然还能感到温暖，但想起冬天到了，我也忍不住学着那些梧桐树，

假装颤抖了一下。

冬天深了

道路越来越空旷，雾气如尖锐的记忆缓慢聚拢。

一些苦涩开始发黄，被冬天捏在手心里——南方，许多往事迟迟没有获得

释放。

风，斜着身子奔跑，一路纷纷扬扬的，是另外一个季节的落木萧萧。

两排枯木撑起低垂的天空。远处，昏暗的眼睛，在夜的布匹上望出几个零星的漏洞。

村庄外闪烁着几个人影。流水，在他们蜿蜒的身体里暗自沉默。

低着头，戴口罩的夜晚，世界过于安静，如寒鸦遍飞的黄昏；仿佛内心的秘密，会随着大雾四散于人间，所以必须避免与人世交谈。

生活反射出诱人的光泽，却坚硬得像一只冰冷的铁皮桶，凝结着一层薄冰，反抗那些试图接近它的双手。

然而一切都会突然变得洁白

——这是令人深信不疑的事情。

雪　夜

没有谁比她们更能懂得寒冷。

就像抖落的羽毛。雪，漫无目的地飘着，却毫不迟疑。

她们陷入高原辽阔的夜色，声势浩大，覆盖了那里的深渊、空谷，和杂草稀疏的墓园。

亡灵们在泥土深处，抱着自己的盒子哑口无言——这些死去的人，并没有停止衰老。

外面天寒地冻，田地里的麦子已经长出新芽。它们努力活着，想看看冬天过后，会获得什么样的恩赐。

一棵被遗忘的树，将枝叶收拢，独立于荒野，它引火烧身，才获得了温暖。

而黎明前的地平线上，一只乌鸦在飞。

这世界，白得令人难以置信。

大雪围拢过来，包裹一颗颗长满树皮的心，它们在这空旷的大地上漂泊久了，需要用谎言来慰藉满身的伤痕。

雪不停地往下落，就像鬼心思一点点掉在地上

——那些弯曲的影子，在倒下之前，必须将自身清洗干净。

冬天的风，企图将命运吹散。

使她们更像一群从异乡返回的人，轻如纸片，在奔波的途中拆除体内的骨骼。

或许是崇尚自身的洁白，所以害怕阳光突然而至。此刻，我真的看见冰雪消融，而人间的寒冷，却还在不断加剧。

扫　雪

冬夜的星空，仿佛有稀疏的烟火，绽放在巨大的忧愁里。

村庄裹着夜色铺开的棉被。

零星的草木和灯火在晃动，干枯的人影也在晃动。

在这个冬天的夜晚，似乎没有感受到寒冷，一切就显得不真实。

南方的十一月，宁静得像一个从未被打扰过的婴儿。

她躺在地上，一场大雪堆积着梦境。

而梦，从未如此轻盈过。

许多往事在坠落，薄薄的一层，但她已经深陷其中。

侧身走出梦境，她想
在天亮之前，她有必要把身体里的积雪
一一扫除干净。

原载《星星·散文诗》2020 年第 5 期

宁夏走笔

李　萍

一

三万年前的风还是那样痴迷，让我的幻想步步为营，让文字与灵魂一直热泪盈眶。

摄氏三十度的风里，我一眨眼就落在宁夏的心坎上，一颗一颗滴着灵性。

陌生虚晃一枪，随之而来的柔情蜜意在缓释激情。

一直以来的神秘被揭开了面纱，风让我在影视城、在沙坡头、在“中国的金字塔”回赶时光，密密麻麻的悠然与突然，从秦渠的流淌中把我燃烧。

痴迷走走停停，握着三万年的月光，让灵魂品味。

或许，我是长城脚下耕作的农人，数次的轮回与辗转里重温人生。

大漠落日的细水长流间，我邂逅万水千山的真实。

欢喜盘旋着蔓延着，幸福是一声鸟鸣里的春天，泛着文明的果子香甜，在“丝绸之路”的繁忙遥远中轻吻梦想，奔涌华夏文明的金色光芒。

风沙有些倔强，用喜欢与恼怒作答。

我想我的模样有些奇怪，否则我为何找不到读取的方向？

二

执念在灌浆，稻穗上的蜻蜓呼吸着，历史的风和阳光与氧气那么富足，我变得贪婪。

某一时刻，我在穿越，心越来越远，穿过清明元、宋唐汉秦、战国春秋，穿过西周的风花雪月，在一场雪覆盖了一树苍茫后，辽阔晕开的朔方，文明种满流沙的字里行间。

后来的后来，行走的密码徐徐展开，西夏王朝熠熠生辉，在历史的画布上挥毫泼墨，烟尘是画家。

我承认我碌碌无为，我一意孤行地成全着目光的繁华。

六盘山把一个高原生生一分为二，错落出独一无二的宁夏之地。

人世间的鸟语花香蓄积力量，汲取欢喜喂饱的行走，步调眼馋着陌生的目光。

文字转身，提问，而后自答，不欠风与光影的青葱时光。

雄浑之地，阔绰的风与阳光，热浪腾腾的行走，丰满一汪聒噪的蛙声，江南的承诺，我会在白首的晨昏侧耳倾听，也会翘首等候。

三

山河的唯美潺潺复潺潺，杯酒明媚，灌醉亿万人的拜谒。

关于宁夏的故事在锻造城池的美与不美，宿命的眼神回应过往，万水千山的起伏，认可与粉碎，狂欢或沉寂，特殊与独一无二的标签，很早以前就被岁月粘贴。

在银川，在吴忠，在固原，在中卫，美好挽留美好，也炫耀着强大的盛举。

稻米莹白，枸杞红艳，煤炭闪耀黑金的灿然，岁月的手指在弹奏最美的景致，我的十指紧扣，凝视是一首借口游走的信天游或“花儿”。

山地、丘陵、平原、台地与沙漠，倾斜出别样的宁夏，守着看着护着黄河的前尘往事，在石嘴山目送黄河远去。

步履斩获着力量，激烈与急促及高过城墙的传唱，平仄前进的韵律在波光粼粼的回忆中穿越，珍珠一样纯洁。

一首塞上曲的赞歌，高亢、冗长，激越压过浮躁与奔跑的仓促。凡人的歌舞升平中，岩画波澜壮阔一个个传奇。

四

从黄昏到黎明，在潮流的舞台上，塞上江南像一尾鱼，吐出的泡泡是填充着彩色的画面。

我的索取心始终遥遥领先，因为遇见，因为温暖，所以不会爽约。

收购温情，收购缘分，或许是异乡人与故乡人的约定，我在那个约定里俯首称臣。

自古的富饶，包括历史传说和脍炙人口的诗词，冰与火是一朵月光下盛开的沙漠玫瑰，是唯一能说服我行走的理由。

一座城，一壶茶，一个城市的文化符号，在悠闲与舒适里默默言说阔绰，大气。

繁星闪烁，黄沙被覆盖，爱席卷至真。

孤雁与落霞生来就在一起，深邃与妖艳，在浩浩神河的镜片之后闪烁。

黄金铁马，青草，沙石，秦时明月汉时关，嶙峋与温暖在读取浑然天成的一切。

叮当，叮叮当当，新写的旧歌，总是打动陌生，占据着全心全意，攒着的一个个美好续写新歌。

风中的故事，阳光洒在土地上的故事，一次次经典黄河之美。

五

以最好的姿态等待未来，在最好的时代舞台上的精彩，便是宁之夏的秘诀。

画卷在铺陈，相聚是传奇的画面。

我是着迷的鸟儿，在一次次的霞光里沉湎。我是点击宁夏的路人，是点击宁夏的异乡人。

那年那天，我的幻想是霓虹灯下的情书，到车站里的喧嚣空荡灵魂后，最后一个跳上驶离银川的列车。

云淡天高，雁南飞，我慌不择路。枸杞、甘草、贺兰石、滩羊二毛皮、发菜珍奇，红、黄、蓝、白、黑绚丽，“五宝”传奇一切。沙漠、湿地、湖泊、长城，我汲取边塞文化、大漠文化、军屯文化的阳光，铭刻守候。

沙坡头的沙、影视城的城，西夏王陵的高度、岩画的厚度，还有六盘山下的传奇及盐城的红色故事，阔步向前便是最高的书写。

山河的美好，宁静的初秋，风车叶片的旋转，一个小城的大爱与一个大城的大爱，灼灼其华出大美宁夏。

六

乡愁的深沉里，庄稼地饱满着沉甸甸的故事。

长烟落日，悠悠羌管，我是书生，在歌咏塞北江南，歌咏贺兰山。

神河浩浩，王维路过留下了千古绝唱，我路过留下了心，图刻在六千年前的一块岩石上，任膜拜凿在历史与记忆中。

风与沙在合奏岁月，相映成趣斜立在黄河岸边，朔风粗狂，驼铃声声入心，远了近了或近了又远了，我把自己埋葬在一幅画里，不管沙画还是西画。

秘密在隐藏，流沙在窃窃私语，风在长城之上又在长城之下温柔或汹涌，杜撰沙与河与阳光的神秘莫测。

我的步子小心翼翼，摄取方言的灵魂，勾画民俗的一撇一捺，在美好构筑的一场盛宴里保持安静。

听到月光落地的声音时，我的目光疯长，幻想让散文诗的影子遥远又唯美。

中国与世界，所有的交集氤氲美好，在早茶里叙述一个叫宁夏的地方。

原载《宁夏日报》2020年7月23日

听从自己内心的声音［外四章］

姚 园

一

忽然想吃芝麻糊，立即从橱柜取出前几日网购的黑芝麻，随心所欲倒出一些，让其散落于锅中，在不温不火里香气四溢。

然后请出破壁机（Blender），加几许滋生万物的清水等，借一个指尖的力度，按下慢打键钮，随之而来的轰鸣，加快了它们难分彼此的步伐。

再让它们徐徐流入一口小锅，等待其沸腾之时，

我去院子剪了一支玫瑰，那是另一朵火焰，在时光深处秘而不宣。

二

做面包不难，难得的是有挽起袖子去付诸行动的心情。

谁能使自己心情终年碧绿？

多年前我写“心情是日子的晴雨表”时，外面的世界好像还风平浪静，如今窗外不断潮起的走向，是潮落吧？

无论外面的世界如何不堪，听从自己内心的声音，

那朵不染纤尘的莲吧……

独自芬芳

昨晚 9：14 在欲关上厨房一扇百叶窗时，瞥见了一抹“日落胭脂红”，今日的窗户却被雨滴敲响。

晚霞行千里的谚语，抑或对应的不是天气，这不在掌心的云朵吧。

日常的一切从来不是牢不可破的堡垒。

守住内心那支不染，像此时院里雨中的花儿一样，独自芬芳。

一朵慰抚

养了两千零一夜的牡丹终于在 4 月 27 日清晨露出蓓蕾，在 6 月 3 日的晨曦里向着骄阳怒放，那一刻我的激动携着剔透的欢欣，好像她曼妙的妖娆是对我相信的褒奖。

此刻她仍在枝头，花瓣虽未凋零，但有些松散了，历经风雨，还有什么放不开的呢？

感恩上苍让我遇见了她最美之际，那是一朵慰抚在非常时期之外的留香。

一阕善意

此时，院前院后的十几棵杜鹃还在我手机的相册里灿烂，是传说中的杜鹃花语——“永远属于你”的一枚兑现？

这世上哪有什么亘古不变的笃定？承诺不过是当时心情的一缕写意，像靠不住的天气那样，冷暖的往返无关阴晴。

但若视为一阕善意，抑或能让内心在夜阑人静时荡漾出一朵朵碧波呢。

不寻常的迭起

今年一连串的不寻常，是庚子年注定要背负的盔甲？

疫情、暴乱的横行，是受着一棵隐形毒株蛊惑的迭起？

面对这谜一般的世界，不管疑问号如何跋山涉水，疑惑始终尾随光阴的荏苒翻飞。

什么时候——

出门的背包里的口罩才会被一支口红取替？

消毒水不是手中的底气？

家里的安全系统被当作一种摆设，在四季轮回间安静？

谁知？

谁在狂澜之巅拾起笑靥，乘风挽住那一片狂澜，

谁就在史册里流芳、蔚蓝！

原载《作家报》2020年8月28日

父亲的田园诗［外一章］

张景录

久别春的季花。温馨的乡野季风迈进了春分的门槛。初春，像一首田园诗，把诗的意境渲染。从吟诵着“春眠不觉晓，处处闻啼鸟”的诗句中走来。

我在春的风清雅韵里，寻觅花的芳香：在绿色的生命里，寻找秋的硕果。春之花，夏之果。是春姑娘远嫁时的一份浓情厚礼。

在绿油油的麦田里，我看到：“汗滴禾下土”的那位苦苦劳作的农夫。在“四海无闲田”的诗句里，我感知农人与饥饿搏斗的艰难困境。

在农人的眼里：种子是他们唯一的希冀。收成是他们永恒的主题。我感悟着农人的艰辛，长吟着夏季田野里的平仄韵律。在布谷声催的季节里，农人编织着夏的恋歌，播撒着秋的希望。

父辈以一个耕者的姿势，守望在故乡的原野上。他以钟爱土地的方式，讲述着“稷王教民稼穑”的故事。他以质朴的虔诚，体验着黄土地特有的内涵。

沧桑的老父亲驮着沉重和饥饿带来的思索，那宽广的心胸便容纳了洪涝旱灾的年景。长大后，我读懂了父亲的田园诗行。

父　亲

广阔无垠的麦田里，面朝黄土、背朝太阳的老父亲在劳作。那布满皱纹、饱经沧桑的脸上挂着晶莹的汗珠。一条苦涩的溪流，淌过山岗般的脊梁。紫荆般的手掌，紧握一把镰刀，左右开弓地收割着自己盼望已久的希望的颗粒。

夕阳下，老父亲紧握一把弯犁，像一管苍劲的笔，蘸着日精月华，垦写着一卷“农耕文明”的大书，那不息跃动的身躯，形成了一个伟大的象形文字——“力”，默默地劳作在旷野上。

拥挤的土坯房，孕育着勤劳、纯朴、善良，旋转的纺车，抽出一曲曲动人的歌谣。闪耀的旱烟锅里，点燃着质朴的沉思，白虎岗上的蛇形小道如父亲青筋般的动脉，为喧闹的城市源源不断地输送着营养……

我是庄稼人的儿子，啃着玉米馍，就着腌酸菜长大。我是黄土地的儿子，泥土是我生命的根。父亲的肩膀，一架铜铸的山梁，承受了多少负荷的重压，集聚着坚韧的抗争力。

布谷……布谷……像春水一样清亮，滴落在庄稼人的心坎里。

原载《山西农民报》2020 年 10 月 23 日

江南铜声［五章］

舟自横

鲁迅硬骨作铜声

泛霜的河水，驶过的乌篷船有着寂寞的忧伤。吱吱呀呀，旧社会的门轴锈了。鲁迅提着药罐走出院门。仰头看见大清的天空上，几朵乌云像黑色的补丁露出蛛网。

深秋哆嗦了一下。他把科考药渣倒在地上。苦涩的气息蠕动出无数只斑斓木虫。

三味书屋。光线慵懒。镜吾枯坐。

读经味如稻粱，读史味如肴馔，读诸子百家味如醯醢。飘荡的绳子，从大自在的云天君临人间后，万流归一的宿命和途径，也勒紧纸张和肉身。汉字的石头暗暗落了灰尘。鲁迅把石头投入自身的洪炉里。锻造出柳叶刀。

鲁迅文字的柳叶刀横眉冷对，残喘的道路，病灶的深渊，那么多的伪道盘根错节。

寂寂百草在喧嚣的众声里，抄着袖子，昏昏欲睡。我知道，所有的童年，都是回不去的春天。

鲁迅也回不去。

高大的皂荚树——鲁迅的木刻仍在守护人间和庭院。浓密的树冠，是我们唯一举目所见的天堂。云雀，白云，雨滴，只有你们落到树冠，我们才能仰望。

在百草园，我的呼吸零落成尘，鲁迅的呼吸酝酿着闪电。

且不朽。

言称黑夜的人，一定是身体有光的人。鲁迅把光镌刻进那些半睁半闭麻木不仁的眼睛。

在鲁迅故居，有一种风吹来，扶稳我有些趔趄的身子。

万水千山徐霞客

江南三月。万物有光。

鸟鸣落到大地绽出新芽。翘望远方的徐霞客，衣衫徐徐，如空蒙的帆影，倒映到如海的碧蓝天空。

我从遥远的北方来。三百多年后，我仍是徐霞客的随从。

空空的小船静静卧在深邃的时光里。徐霞客似乎看见木桨拍打着水面。催人的梆声声声急。

别后山高水长。徐霞客站在船上，举头看见一朵白云始终跟随。云卷云舒，似故乡的灯火。芦苇与蛙鸣，是游子携带的故乡炊烟。

万古沉睡。山水鸿蒙。

第一个闯入者，与野草和阳光没什么两样。向大自然取经，徐霞客的双腿恍若木鱼。为流水启蒙，为群山命名，徐霞客当为开天辟地者。

夜晚栖身破败的庙宇。星光为滴漏，山风翻动大地的辞章。佛像无语，萤火遥远，此生只为一束光前行。

一个人，在孤绝深处与天地融为一体，近乎神。

三十多年，日月经天，双足患疾，他的钙质补充到大地。

五十一岁，徐霞客当时的年纪与我如今相仿。游记里的词语返乡。还有那么多的词语，再也等不到他的纸张和如椽巨笔，终生流浪且彷徨。

巍峨耸峙范仲淹

高古的秋天只身行走。

兴化县署正堂明镜高悬。此刻，一颗心与明镜互相擦拭。范仲淹正襟危坐。我的目光把他铸成铜像。

宰令五载。筑捍海堰。严肃吏治。兴学教化。构筑园林。

简朴的内宅的古意像一阕宋词。一株梅花树的墨迹苍劲挺拔，枝干凛冽。当年的范仲淹，把自己植留于此。

那时也是深秋。

大雨如注。县署的屋顶奔跑着千军万马。微弱的烛光越陷越深。范仲淹眼眶里海水倒灌。闪电的枝头，有多少稼穑和果实成泥？有多少新鬼故鬼相间鸣？

再也坐不住了。范仲淹披上蓑衣，夺门而出。闪电下，一座山若隐若现，向着破败的捍海堰挺进。

暴虐的台风带领海潮暴乱。站在残伤的捍海堰上，范仲淹把自己的身躯垒砌成石头。任由大潮雕刻。他的手臂向天空伸出万钧雷霆，托住倾倒的日月。数万民工焊接成铜墙铁壁。

捍海堰，范公堤。绵延二百余里。西塍稻花，东火煮盐，村庄的缕缕炊烟缠绕。

范仲淹，躺下是捍海堰的脊梁，站立是岳阳楼的胸襟。

板桥大步生青竹

“郑板桥陵园，是其生前自己选定的位置。”陪同的当地前任村支书如是说。他还说，那时这里有五条河流交汇。

他言辞里的五条河流，已经在我眼里熠熠闪光。五条河流，五根手指归于手臂和心脏。河流之上，有舟楫风尘满面疲惫回来，有小帆波涛里寻根浪迹他乡。

圆形水泥墓地，被竹林环抱。阳光从竹间洒落下来，跳动着，像永生的竹叶和心脏。竹子挺拔，竹节是君子束腰。竹身明净，是云翳边缘闪现的瓷器和朗月。

一生堪比出尘的兰竹石。

柔弱的兰花，在郑板桥手里化为剑戟，穿透朽木的王朝。我听到了那种穿透声，凛然而决绝，像腐土之上摇曳的笔锋。

挺拔的竹子，竹心是百毒不侵的心魂。

悲悯的石头，直上云霄，像惨淡夜空里注视人间的星辰。

弃官而去，扬州卖画。旷达的郑板桥，仍行走在我们中间。

鉴湖女侠化碧涛

河流纵横的江南，秋瑾是水的骨头。

古轩亭口，淤积了太多的王朝的血腥和残简。毡帽曾来来去去，市声的铜钱锈迹斑斑。上穷碧落下黄泉，秋瑾船桨为刀，竹篙作枪，凿空重重山影。

石头遇见秋瑾，便有了灵魂。

在秋瑾故居，看到秋瑾静美的照片，我坚信她是凝聚太阳光辉的一滴水。

她黑发的墨汁和玄铁，指向浑茫里的前路和福祉，金振玉声，古今有几?

一滴水，繁衍长啸、种子和火焰。

和畅堂里，烛光恍惚仍在跳动。倾听的秋瑾，脸庞温暖而红润，眼睛的深潭倒映着未来的花朵。起义！两个简单汉字的碰撞，黄钟大吕，光焰四溅。

1907 年 7 月 13 日下午，秋瑾仍静静地坐在和畅堂里。外面响起粗暴的砸门声。她微笑着。她知道暴风雨来临时，彩虹就越来越近了。那散发青草味道的彩虹，那召唤白鸟翔集的彩虹，那分娩崭新太阳的彩虹，是越来越近了。她仿佛凌波击水，舞蹈，融化进浩渺的天空。

肃穆的塔山，像先祖注视着人间。人文盛大，江南无声的大水浩浩汤汤，照见秋瑾的灵魂。

原载《散文诗》2020 年 3 月

黎明，抑或孤独的影子

刘向民

黎　明

远山是一群狮子。蹲伏着。默默无言。

头顶是一抹猩红。一层黎明的帷幕，庄重。

（我看不清狮子是背向太阳，还是面向太阳，只是黑乎乎的凝重。）

远远地，我似乎听到青铜的声音，跫跫而来。

一阵阵潮汐奔涌，滚滚的涛声一声高过一声，席卷黑夜。

夜的黑自天空一步一步后退。从高处的树木，退至岩石，退至草芥，最后退到一颗露珠里。

能隐藏的，还有遥远。

影　子

空旷之后，月光倾泻。

影子倾斜，拉长身子，紧贴着地面行走，薄薄的身躯在地面上漂浮。

我看不见自己的嘴脸，只是摇晃着扭曲的模样，恍然。

（这还是自己吗？我在问自己。）

一个声音告诉我：咳，一个妄想中的你，一个失魂落魄的你。

我心中一震，虽然这只是一个意象，或者一个梦幻。

能行走的，只有灵魂。

仰　望

一个清晨，或许是一个傍晚。

一群高远的大雁飞过头顶，一路向南。

它属于自己，也属于风，穿过风，就飞向了遥远。

到达春天的路径有多远？

我的步行，总是追不上翅膀。

有时，我还要坐在地上歇息，只能在天空中寻找大雁的踪迹。

雁鸣也已经远去。

孤　独

以一个颓废的姿势，伫立，或者倚靠。

生命尚存，但只显示一个构造，呆呆的，冷冷的。

风拂过躯体，没有晃动。

一个人的思想变得发霉，或者停滞。

低点，再低点，总是要把自己放在一个冰点上，让自己隐藏在淡然里。轻轻地，张开嘴，呼吸无声，疼痛也只隐藏在内心里。

摊开一张白纸，写不出任何的文字和表述，心底的记忆挣扎，云层裂开，光痕复苏，空虚在事物的缝隙里发出尖叫。始终冲不出窄窄的喉咙。

抓起一杆笔，沉默了许久，又放下。饱满的墨汁一团浑浊，只能在黑夜里沉静和蔓延。

孤独，让自己更加冷静。

故　人

让一个人重逢一个人，让疲惫的喉咙喊出曾经的名字。

这些曾经的名字，现在却是那么生疏，多少年都掩藏在喉咙里，没有喊出声音。

就如孤独的想象，粉碎在思虑里，落日的余晖被黑暗一点点淹没。

寻找旧有的路径，面目全非，风和雨已经多次掀翻泥土，深深掩埋在时光里。

还可以有真正的归宿吗？也许已不可能，只是一片旧天空在眼前浮动，使自己更懊丧。

在普救寺

我把自己想象成一个虔诚的人，藏起不安分的手。

一种空灵的想象，从脑中涌起。

只听见一阵阵幽幽的诵经声，充沛着身体。

影壁上的目光犀利，一股薄冰的白光穿过尘世。

（能够刺破苦难，流尽泪水吗？）

凄凉在心里。寂静而陈旧的气息不断蔓延，覆盖身体，笼罩头颅，无法呼吸，只令人窒息。

诵经声让我闭目。一波又一波泛上来，透彻着深深忧愁，泪在眼眶里打转。

走出大寺，天空依然澄明，焚香的气味漂浮，是未完的劫数等候着。

医　生

他是一个医生，戴着淡蓝色的口罩，只剩下一双眼睛。

伸出手。他幽幽地说。

你看你的病。他幽幽地说。

沉重的压抑油然而生，心口发慌。

他是一只猫头鹰？总是以犀利的目光和骇人的话语，窥视黑暗中的伤痛；

又或是一个神灵，把着我的命脉？而我只把他看作一个魔鬼。

借助冰冷的机器，窥视我的秘密，或者刺穿我的血管，深入血的内部，寻找一些游走的死亡。

在口罩之后，还会有些微笑，却是狰狞着。

安　静

能够真正安静下来的只是一些菊花。

天色不早了，霜在凝结，好心肠隐在蕊里。

落日成为奢侈，再美好的黄昏终要逝去。

日子在时光里一天天变老，直到有一天被大雪覆盖。

从天上到地下，灰尘和流水都缄默不语。

原载《散文诗》2020 年 1 月

蓑羽鹤［外一章］

华 海

你可能难以想象，五万只蓑羽鹤飞越喜马拉雅的场景。

那并不是我们凭空猜测的一种炫技或者浪漫。它们把不可能变成可能，那样一种力量和意志只能来自生命本身，以及由五万只生命组合成的一个个V字形编队。

那是一种北方的鸟，平生我只有一次机会走近它们。原来它们并不是那种凌空蹈虚、仙气飘飘的鹤，它们看上去那么朴实，甚至带点儿乡土气息。它们是鹤类中体形最小的，灰蓝色的羽毛像乡间手工纺制的老土布。红色的眼膜后面，一绺白色耳簇羽，让我联想到老父亲雪白的长长寿眉。颈旁黑色的羽毛披挂下来，悬垂于前胸，这就是蓑羽，如过去时代那些水上渔翁在风雨中穿的蓑衣，那种用干草编织的蓑衣。

在温暖、湿润的岭南，我从未见过它们。它们栖息于遥远的北方，在高原、草原、沼泽，甚至寒冷的荒漠中才能寻觅到它们飞翔的身影。那是个深秋的傍晚，在海拔5000多米的高山，我突然见到一群蓑羽鹤腾空而起，发出尖锐的叫声，如大风中的号角，直逼暮色苍苍的云霄。

就是这样一种飞鸟，它们像听到冥冥中的召唤一样，在高原上聚集。五万只蓑羽鹤，它们将飞越地球的最高山——喜马拉雅。这是不可能的可能，对于许多参与这次挑战生命极限的蓑羽鹤来说，这是第一次也是最后一次，它们将会在越飞越高的过程中，突然跌落，殒命于悬崖绝壁之下。

面对这样残酷而悲壮的命运，竟然没有一只蓑羽鹤向后退缩或者感到畏惧，它们听到生命里只有一个声音：飞！飞！飞！

五万只飞越喜马拉雅的蓑羽鹤啊，我真的无法想象它们，它们在人的想象之上！

牛背鹭

一

牛背鹭，Bubulcus ibis，它不认识这个洋文名。只有当你轻轻叫它放牛郎的时候，它才抬起驼着的背，温情地看你一眼，让你瞬间想起乡下的兄弟。

它是鹭的一种，但不同于在水边照着镜子爱惜羽毛的鹭，也不同于凌空高蹈，与生活若即若离的鹭。它的出现，与我的纤弱、敏感、孤独、清高，恰好构成一种鲜明的对照。

它紧紧跟随着老牛，一头踏着低垂的、缓缓移动的影子，一步步走来的老牛。它近在咫尺，就在我面前的稻田里；却又离得那么遥远，仿如隔着千山万壑，隔着风雨流岚，隔着道路、城市和光阴。

见到牛背鹭，我便想起我放牛郎的童年，想起了我的兄长、父亲、祖先……一代代人都从放牛郎长大，用背驮着自己的命运和苦难，在大地上跋涉，用双脚刻写名字与履历。

我，一个写字的人，一个在城市月光下晃荡的瘦长的影子，是从什么时候开始远离了牛背鹭？

二

它是一种活得粗糙的禽鸟，与鹭的名字构成了一种矛盾和反差。它的羽毛也几乎是白色的，只是颈和背上橙黄色的羽饰让它有了另一个名字：黄背鹭。

它不是那种近乎完美，甚至患上洁癖的白鹭，它也不会叫人联想到名叫露露的娇弱女孩。它看上去有点笨拙，与耕田的汉子一样胼手胝足。它的身形短粗，连喙和颈也是短粗的。它一直驼着背，但在半空中低低飞过的时候，却在我们的视野里划出了一条隐形的直线。飞的时候，它把头缩得更紧了，几乎缩到了背上，短颈向下面突出，像一个大大的喉囊。

它始终跟在老牛的后面，或者站在牛的背上。牛背，是它另一个流动的家。

秋天了，鹭鸟们成群结队地飞向水边捕鱼，它们闻到了一种从河边弥漫开来的鲜美气息。而它，一只牛背鹭，却没有离开散发着汗腥和尿臭的耕田老牛。它不停地寻找、啄食老牛背上、腿上的牛蝇和蚂蟥；在一些瞬间，它又显得出奇的灵敏，飞速扑向水草中蹦出的青蛙，飞蹿的蜘蛛、蚂蚱、蝗虫、蟋蟀……

在冬天的原野上，它们变成了羽毛纯白的鹭。通体白色的鹭，三三两两，站在黑色的树梢上，做短暂的休憩，颈项缩成了典型的“S”形。雪慢慢落下来，它们成了广袤大地上白色的一部分。

三

它们也会恋爱、繁殖，垒巢于树丛或竹林。我曾听到守在巢边孵卵的一对儿在悄悄低语，那声音温驯、轻柔。就像我们的父母偶尔也会背着我们小声说话，说一些家长里短和孩子们的淘气与未来。

如今，我的父母都去了另一个世界。我却从异乡牛背鹭的悠悠亲情里，重又见到了双亲大人，回到了童年的故乡。

我常常站在阳台上眺望，也会在红绿灯交错的路口恍惚，仿佛看到一只鹭鸟站在牛背上踽踽而行。我也曾去乡间田野寻觅它的身影，偶然相逢，每每令我惊喜。而它，却平和如常，视我如故人，在寂静中与我无声地对望。这时候，我又会想起无数消失在光阴中的往事，想起遥远的远方，甚至想到一个把牛背鹭尊为国鸟的国度——博茨瓦纳。

现在，我有好久没有见到牛背鹭了。它飞回了北方吗？它去了平原、草原、大湖或者高山吗？我只能在书房里想象它：粗短的身影，驼着的背，飞行中突出下垂的喉囊，嘴、眼周边露出的一圈金黄，站立在牛背上的黑色的脚趾……

四

在一个江心小岛上，在秋夜深处，我坐在变幻的光影里，听你——一位安静的“00后”女孩，一边弹着吉他，一边轻轻地哼唱：

是谁把牛和鹭分开？牛不见了，鹭也飞走了。

在草地上，遗落一根放牛的绳缆，我把它叫作时光。

只听老牛哞哞、鹭鸟啾啾，却不见它们的身影。

只是一转身的工夫，你藏到了哪里？牛背鹭，牛背鹭……

原载《清远日报》2020年8月30日

春风十里之外，看不清繁华衰败［组章］

杨启刚

春风一夜

它必将过去。你所面对的，只能是双重选择。

灵魂的抽打与拷问，或者尘世的欢娱和游戏。夜幕兜起的风声鹤唳，只能用黑暗来掩饰与解决。

当然，我无法用一个疲惫不堪的眼眸，就能简单地制止它的张狂与不羁。

它的凌厉来自四个季节，阴阳的轮回，则自有天象。在一个残缺的夜幕里，一个傀儡，也能独霸玫瑰的花蕊，芬芳，也仅仅只是一种灵魂的升腾与逃逸。例如你面前的选择，一把利刃，一柄宝剑，都由不得你歃血为盟。

它就横亘在那儿，寒光毕露，你能仅用一个弱不禁风的春天，就吹干它陈年的血迹与斑驳的暗影吗？

夜幕漆黑如墨，此刻也只有树杈上的嫩芽，还尚存黄昏的余温，准备了结一座山峰千年的诉求。

四顾苍茫，一粒夕阳，就让所有的飞鸟，关闭银河里飞翔的星光。

春风说到就到，容不得你有半点的疏忽。他的断崖还在维修，通往古刹的信号已经被猛兽掐断；沉寂的田野深处，一群开始躁动的昆虫正伸展懒腰，等待惊雷的呼风唤雨。

在每一个微凉的春夜，千里奔袭而来的，只有爱情的河床还在刻骨铭心地流淌；柳絮迎风飘飞的缝隙里，那也仅仅只是一种祭奠往事的方式，一种告别滥情的传统仪式。

黎明时分，夜色渐次谢幕，那就让这阵撩人的春风，埋藏掉一座刻满神秘符号的月光城堡吧。

墙头外的几滴鸟鸣，悄然落在弯曲的树梢上。

一夜春风，当然不会轻易吹掉旅人的愁绪，它能悄然吹落的，肯定是漫天星斗惊恐的眼神。

声声慢

必定与一位仕女或书生有关。

必定是在雁阵哀鸣的晚秋，寒蝉凄叫，声嘶力竭，阴风又骤然四起。

一把行走江湖的琵琶，仍然不能弹尽一条江水的哀愁与长叹。

起风时刻，仗剑的侠士，居然没有对手。

伫立船头的，是故国的两行清泪。

头顶上的竹编斗笠，身披的稻草蓑衣，早已把他的豪情壮志压得很低很低。

单薄的身影背后，芦花垂头自怜。

两岸窃窃私语的樱花，在这个时节开得泛滥。

一浪高过一浪的游人，早把异乡当家乡。

浓妆艳抹的背景墙上，春天伤寒咳出的血，映红了晚霞的天空。

体弱多病的春天，一树垂柳，也不能拯救对岸羸弱的村庄。

那些攀爬于墙上相思的花蕾，在半梦半醒之间，总是选择在子夜哭泣与凋零。

春风十里之外，我已经看不清一座城池的繁华或衰败。

郊外的城乡接合部，拆二代们不分昼夜地挥霍父辈遗留的血汗与族谱。

炊烟升腾之时，庄稼沉默不语，只用冰冷的眼神睥睨撂荒的土地。

稠密拥挤的小洋房，已经把通往山下的消息彻底封闭。

这样的季节，春天与秋天有什么明显区别？

一个词语与另一个词语的狭路相逢，又有什么存在的意义？

我不是登堂入室的一代巫师，不能仅用一个吉卦就占卜城池的前世今生；我也不能预测，一场沙尘暴裹挟着的阴谋诡计，能否就把一座城池的风韵斩尽灭绝。

春寒料峭的朔风，越过夏季肩头的凌晨时分，我只能猜疑，不是一个梦魇的开始，就是一场血腥杀戮的结束。

袖手旁观者，从来就不发一言。

墙头上晃动的野草，向来就是风吹两边倒。魑魅魍魉，没有一张神符，就能显现它的原形。

森林入口

退缩或者冒险，都不是一成不变的抉择。

在泥土封尘罪恶的夜幕，盛开的只能是月色。虽然惨淡之光不能掩盖刀子的锋利，但狼的哀嚎，正在夜色的尽头撕心裂肺。

此刻山岚的腹部，已经成为梦魇诞生的产床。

高不可攀的是悬崖，是崖石背后所掩藏的阴影与秘密，是一个人的躯干最终能否被锤炼成为一座纪念碑。

森林仅仅只是一个意象，它带来的是不可预知的命运，是多舛的山川如何寻找到黑洞的光年。更是一枚鱼化石，它的哭泣包裹在琥珀里。

就像我此刻手中的狼毫，落墨“森林”，眼帘便是童话或者巫婆，还有乔木家族隐居其间。写到“入口”，是羊入虎口，抑或口吐莲花，口中自有乾坤?

一片森林，终以山脉作为背景，默不作声地站立在那里。任由我来虚构它的裙裾，策反它的去向。

在白昼，它是吉祥，是心中的天堂；夜幕降临，它是废墟，是恐惧，是不敢越过雷池的磷火。

作为一个涉水之人，我不敢贸然落单。

我生怕一个人的孤独，会被一座森林恐吓。

求生的欲望，会让每位行者放下最后的尊严。

那就把自己交给时间，交给一次命运的选择。

月亮升起来了，把梦关掉吧。

窗外的子夜，冰凉沁骨。

森林的入口处，早已空无一人。

就连门前说过的那些情话，也是锈迹斑斑。

阴风吹不钝刀锋

所谓阴风，就是那些见不得阳光的污水与黏虫，就是嫉妒的疯长的芒草。

漆黑的洞穴里，冰冷，是它们唯一的存在。

它们就是在额上刻下河流，也清洗不净与生俱来的猥琐与自卑。

刀锋从来就不语，亦不喧哗，它只是安静地躺在草垛。在没有纷争的世界里，独自舔舐着自己的刃口。就是一条毒蛇在身边溜达，它也同样抱着相安无事的态度。

与世无争，到底是不是一种正确的三观？

边境线上，荷枪实弹的哨兵，需不需要瞄准一只单飞的苍鹰？

在杉木河的密室里，阴风与暗箭自东朝西，准备着一次蓄谋已久的偷袭。

正如三个奸臣，在前朝的大殿，预谋颠覆一个皇室的政权。

它们压抑得太久了，喘不过气的，正是长年压抑自身的荒冢与墓碑。从偏僻乡野流浪而至的城郭里，野火已经干枯，燃烧的欲望已经成为休止符。

刀锋决不会被阴风吹钝。削铁如泥的一道白刃，手起刀落，掷地有声。

此刻，那座名叫矮人山的村庄里，阳光已经无法抵达一个人的内心。一声声落寞的犬吠，在看不见卵石的阴沟里回荡。

在没有自由的悬崖上，围绕着峭壁焚香作法煽风点火的，终究只是一场白日梦。

既然阴风与刀锋曾经的情怀关系不再，就此别过吧。不要再茫然四顾，耿耿于怀了。

刃脊上没有江湖，沉溺于小庙的村夫，终究修炼不了大法。

流言蜚语的双刃，毕竟不会只朝着一个方向倾诉。

刀刃上的锋芒，从来就不会被阴风吹散。对于荒野之上的磷火，它永远不屑一顾，亦不会畏缩与惧怕。

唤醒一条冻僵的河流

零下十度之后，一条河流就变成了固态，它关闭了所有的出口。河床开始变成平地，就连孩童，也开始忘情地骑着昔日的流水嬉戏。还有摇摆不定的风，也冷漠地吹过冰面之后，慌慌张张地继续去寻找它的野花新娘。

不能动弹的，此刻不仅仅只有河流，还有我的意识。一条冻僵的河流，当然还是河流；但一个冻僵的思想，还是不是清醒的思想？

就像水底下冬眠的鱼，它最终死去，还是又将复活？我们都无法用同一个标准的答案，来解释它的生死！河流也不参与我们的争论，它只用冻僵的思维，来做一次短暂的憩息。

至于能否唤醒一条冻僵的河流，那也不是一个人的假设。例如此刻，我就站在它的肚腹上，凝望着它似睡非睡的身躯；我趴在它的胸口上细细聆听，还能够隐隐约约地听到它的喘息与挣扎，听到它与鱼群的私语。

冻僵的河流只是做一次深呼吸，最后的结局都将会有目共睹。唤醒它，不如就让它就此做一次短促的沉睡。它也太累了，每一个季节都在为生命而奔波。

众生皆平等，一条河流，它也会精疲力竭，它也需要做一次修整。它也会需要一句暖语，来重新寻找宣泄的路径。

嘘，还是不要唤醒它吧，更不能惊醒它。尽管解冻的柳枝，已经昼夜奔赴而来。一对饶舌的翠鸟，也开始在河的对岸指着河床，叽叽，喳喳。

子夜时刻，期盼一场大雪的莅临

我郑重地告诉年幼的孩子，这座城市，将有一场大雪在夜晚奔袭而来。明天清晨醒来睁开眼，你的世界没有谎言，厚厚的雪地上，一定没有狐狸悄悄走过的脚印。

雪来做什么呢？二十年前的那场大雪，还在记忆深处漫天飞舞。此后的雪，都是星星点点，撩拨不起一座城池嗨爆的欲望。那只是些小残雪，在门扉前做一些细碎的絮语。那只是雪这个字，让不谙世事的童年，暂且做一些片刻的欢愉。

在岁末年初的交接之夜，终于可以用这种洁白无比的方式，来与一座城市做最后的告别。一场青春期的大雪，终于就这样落在壮年的城市。

垃圾与尘埃，流言与蜚语，都蛰伏于一个荒诞的出口。它们终将成为一场雪的附庸。在一条小街的巷道深处，一个风雪夜归人仄身而过，我看不清他的神态，只有一阵迎面而来的雪，突袭了他疲惫的棉袄。

一场大雪，只是一种飘飞的状态，它冷暖自知。它也只是一个年幼的童话，它的世界最终将会被一束成年的阳光所击碎。

最初期待一场大雪的莅临，最终也将是盼望一场大雪的离开。它不能永远横亘在城市的头条，成为乡村唯一一盆孤独的炭火。

此刻的孩子，正在远方伫望着关于这场大雪的情绪；他们的手机上，一条关于城市的高速公路，正在暮色四合的雪野里沉默着伸向远方。

煮雪，沏一壶茶等候友人

冬雪的夜晚，只有依偎在炉子的身旁。内心的热血，才不会冰凉。窗外有雪，而雪野无人。

雪中送炭，已经成为传说。我无法用一盆炭火，温暖其身。家中的木地板，它与火的亲吻，只会灼伤十六层楼房的底色。

但楼顶有雪，雪无沉渣。甚好。煮一壶茶，那该是多么的古代，多么的书生，多么的雅兴。

不知炉子前是否还要有一支箫，或一支笛？茫茫雪夜，恐怕传出窗外的凄清，要让多少人夜不能寐？要让多少人，倏然之间回到故国，回到已经夷为平地的故乡？

那就沏一壶热茶吧。龙井，铁观音，大红袍，毛尖，亦可。小酌一口，一段往事便涌上心头。今夜，我是孤独的，我的城市亦是如此。二十年了，我的这壶佳茗，一直在城郭深处散发出邀约的香气。

我怕你不来，我一个人品不出这个雪夜的白；你不来，我更无法品尝这个雪夜的黑。茶杯里的温度，此刻正是我身体的温度；我担心它的冷却，会让一段往事成为雪后的污泥。

黑白的世界里，我只能用一杯绿茶，来淡化它们的对比。也只有在这样的夜晚，我足不出户，倚靠在炉子旁，看一钵雪如何过滤为一壶清水；看一壶茶，如何在等候你的莅临中，成为雪夜里的一段传说。

雪，终归要离开我们远去。只有那年雪地里，你弹奏的一曲古筝，一直醉在梦里，一直醉到今夜。

悬崖的问题

陡峭刀削的不是平面。万丈深渊也不一定是地狱。

不可预知的是一切束手无策。

鹰仍然在低飞，崖上的野花依旧开得血红。

悬崖究竟存不存在？或者是存在于一种虚幻之中？昨夜的梦魇如蛇，依然没有被黑暗的锁孔所打开。那一声划破窗棂的尖叫，是如此的苍白无力。

黄昏的此刻，夕阳驮着最后的荣光，将要消失于苍山之后。

而单薄如纸的身后，一根枯枝正试图伸展着战栗的纹路，尝试做一次突围。

悬崖无处不在。左右逢源的山谷里，流淌着绿荫，也挤满了假象。倒下或者重生，不仅仅只是一个浅显的名词。

一幢幢高楼与高楼之间的峡谷，又是不是另一种悬崖呢？

那么多的钢筋和混凝土，仿佛要把土地彻底掩埋。

那些夹缝之中僵硬的假笑，像一枝折羽的塑料花，沾满了流言与尘埃。

在悬崖上思考问题，要么是坠落，要么会升腾。

不可预知的黑洞，已经沉寂万年。

悬崖勒马呢，还是一跃而过，只有片刻的时间用来抉择，容不得东山再起，更容不得尸骨全无。

消失的路

无法言说的秘密，就此缄默。哪一种抉择与奔跑，都不能抵达潮汐的漩涡。

退出江湖的休书，已经让烽烟传送。金盆洗手的封喉剑，却还在墙上发出狞笑。

岔道已经被荆棘封锁，侠士无路可走。但一统天下的梦想却挥之不去。左边是湖泊，右侧是大海，它们都用低沉的声威逼迫你，自首或者是投降。抑或是，让流淌到最后的一滴热血，来作为报答大地的秘语。

设想这里是草原，风吹草低，牛羊未现。风声鹤唳的却是大兵压境，箭矢正呼啸而来。长路暂且消失，躲藏在森林背后的，仅仅只是一些风声。

歧路茫茫，只见孤雁高飞，马头琴低泣。融雪的季节里，脚下的路，是否又会纷至沓来，寻找着各自的出口？

内心的荒漠与恐惧，不再是流言蜚语，不再是山高水长。

草长莺飞的河流上，破冰的时刻已经莅临。无须加以修饰的，只有踽踽独行的星辰。

无数条消失之路，仍然还在地平线外做最后的潜伏，弯曲的脊梁若隐若现。

那就让我选择一堆篝火吧，青烟袅袅，盘旋而至。

空旷的野地上，只能用一朵白云，来作为颤动的指针。

只能用一个牦牛的骨架与灵魂，俯瞰大地的心脏。

原载《大沽河》2020 年 6 月

一个人的仰望或俯视［组章］

王长敏

大野茫茫

我们曾拥有的青春光焰，也无法完成一次真正相爱的过程。

当昆虫的鸣叫过于单薄，我感知到每一夜都是冷的，因为丢失了相牵的那一双手。

哪一双秀手能点燃神秘的火焰？让失恋者的爱情复燃。亲爱的，请别离我太远，即使剩下了骨头，也追求相拥行走的梦想。

在春日响亮的柳笛声里，我们划着小船，一边歌唱，一边讲述小小的感动，快乐漂泊在深夜的梦里。

大野茫茫，花草还没有阅读过我们的笑声。海浪的歌谣正延伸到心灵的窗口，别让我忘记你。

春天就是四季的青春期，花草在春天度蜜月。我们携手行走，享受生命的华美。我已学会了各种消费，购买越来越多的日光，月光，花粉，香果。

学习高雅，做一朵花的同胞。

大音的鸟鸣

我不知疲倦地忙碌，是为了怀抱希望睡去。我怕我会郁郁寡欢。

轻薄的诱惑无处不在，看，那暖巢里的享受甜蜜爱情的鸟儿，那灯火辉煌处的诱人的歌舞。

从夏末秋初就有一只大音的鸟来到我的窗前，它的叫声华美、洪亮，不同凡俗，它说：请你出来，我们约会吧。这诱惑的音传给我，我的寂寞因此加剧。

我拼命逃离，从此地，走向彼地，看到时光在急速消失。

我知道我在做什么，我明白我要朝哪个方向走，我在整理自己飞行的装备，修剪凌乱的羽翼，我即将飞出并超脱自己的脚步。

我需要理智。我必须先冷静。

流浪的云

记忆被忧伤割成碎片。我无法回来，无法回到从前的那一片春光明媚里。

一朵云和故乡的一朵云对话。我的眼睛湿润，是否归去？我拿不定主意。得过且过，让我重得像蛹。

一些鸟站立在天空倾听，我的心底再没有秘密。

我不知道能否止住流浪的脚步，摆来摆去的思绪如一河的波浪。人生真的是一个长梦。路一条一条，门一道一道，不计其数，我从哪里进，从哪里出呢？

一条蛇吐火，把泥土烧成红色，它说，这就是路，这是火锻造的土，我忽然明白，一条由火锻造的路，不管曲直，坎坷，都毕竟是路。一定能伸向远方。

人的思想，就是这么神奇，一分钟，你可以改变自己！

那么你就开始创造你的路，铺设你的路，一条通向柳暗花明的路吧。

圆月当空，我向一根木头借了火种。

巨树的梦

荒野上一棵巨大的树说梦话，一条浓荫伸向远方。它惊醒花草的蝶梦，荒芜的田野开始醒来。

醒来的雨水，醒来的谷物，醒来的牛羊。它们的身影在缩小，像大地上的一个个黑影。

醒来的我。感到自己异常渺小。一棵巨大的树，它的梦有多大，我感到了自己气喘吁吁，够不着一棵巨树的梦。

因为树的无用，它走向荒野，它用自己的梦话鞭策自己，让自己活着，日夜生长，它终于成了参天的巨树，立在空旷的原野。它的心面向太阳，它让荒芜的原野有了一颗鲜活的心脏。

它召唤着风雨雷电，四季循环。

春回大地，百草的气息浓郁时，巨树的梦继续上路。

春天里的幻象

花团锦簇的春天来临，飞天们借助于风弹奏的琵琶声，凌空而动。

没有贵贱之别的花草，它们在雪花的梦里醒来，它们织大地的布衣，织柔情绵长的地毯，为了不让大地荒凉。

一棵树辽阔，深邃。在水淹没的地方，也能站稳自己的脚跟。它们平淡无奇，无语若有语。它们简单而丰富，令我迷惑不解。

尘世间善变的魔术师们，让我看不清一切真相。一瞬间，他们就会变得面目全非，我看见一只狂叫的狗，我梦魇了。

“忘乎物，忘乎天，其名为忘己”，我在忘我，让美丽的意象如一群鸟，一起在幻象春天的花园，朝向我飞翔。

走过大地

这里的时间很多，我们不用滔滔不绝地讲话，慢下来的语言，定会婉转动听。我把大野的空旷，用思念充满。我爱着，那些花朵就格外芬芳。

我爱着我的田野，祖先的国度啊，我在意它的土厚天高，在意它的春温秋肃，我书写春天，从不惜墨如金。

唯有大地，才会包容我的荣辱孤单，我曾贫穷地走过荒芜得只有蛐蛐鸣叫的荒野，此时的我是多么多情。

擦身而过的鸟群、花草，都像我的亲戚，我接受它们的问候。我向他们请求道：“请归还我童年的亲人和歌谣吧。”

身体内的疼痛，灼烫。痊愈。

原载《散文诗》2020 年 3 月

舞勺之年

张梓蘅

篝火升得很高
从蹿向星空的火花
回忆喷薄出来
每个熟悉的面孔
独特的笑脸
在火光明灭里
映射出最初
最初的美好
……

篝火晚会。

三百多人围在柴火堆成的巨大篝火周边，一曲婉转悠扬的笛音飘至天际，身着汉服的女孩们腾起曼妙的舞姿，仿佛与丝绒般的夜幕融在了一起。

在欢乐吵闹的气氛中，大家早已忘却属于毕业旅行的那份忧伤。音质一般的音响和偶尔出错的音乐、同学们的高声欢笑和低声细语，让大家感觉此时和往常没什么大的区别。

直到烟花燃起的那一刻——

从行程表上隐去的烟花，在篝火中突然蹿向高空。破空声鼓动着心跳，一条歪扭的线飞速冲上夜空，绽开七彩的光芒。惊喜在眼中冉冉而起，全场默契地没有一个人说话。大家都用最安静的心，认真凝视着炫美的花火，一朵、两朵、三朵地露出笑颜……

直到烟花燃起的那一刻。

烟花，是整整三天的毕业旅行的高潮。它象征着结束，也象征着开始。

所以才会在欢乐中感到一种遥远却清晰的落寞，所以才会默默祈祷最后就着柴木噼啪作响的火星可以在空中多停留一刹。而任何开始都创造了将来的结局，因为不存在永恒。如此我们也只能一次又一次地迎来下一个开始和结局，因为时走，风吹，树动，影摇，没有人能永远停下。

太阳和空气都很清新。途经一片辽阔的草地，浩荡的人马一趟趟搬着砖块与木柴，开心又笨拙地将砖块摆成能架起锅的阵形。七手八脚地垒高，然后把沉甸甸的、被阳光烤得滚烫的铁锅搬上来，又呼呼地将脸烤成炭色，锅底下跃起火焰与浓烟……被烧黑的砖块与脸上的汗水，成就了竟也还算上相的农家美食。

透过炊烟看去，一切都在波浪般舞动着，如梦似幻的汩汩清泉，远处的水坝与木桥，草丛中潜伏着的跳动的小青蛙、细长的花色小蛇和叫不出名字的虫儿。知了的叫声猛地炸响又戛然而止，像害怕蛇虫的同学一惊一乍的尖叫。一切都像是来到了只有语文课本里才存在的那个多彩的世界。

炊烟燃尽，夕阳西下。郊区格外明朗的蓝天，晕开橙色紫色红色的绚丽晚霞，像是大自然在宣布自己最强画家的实力。它美得太漂亮，令人羡慕、崇拜，想去描摹，想去触及。

可是这整片的天，又定然会有失去夕阳与晚霞而迎来黑夜的时候。

如此亦无妨。因为与一切的相遇，与它们共度的绚烂与美好的总和，要比它们离去时的悲伤，强烈得多。

而夜正值满月之时。月极明亮，清晰而圆满。月下却并非多么安静的风光：一群大呼小叫的少年争抢着坐上不堪重负的木秋千，汽车木马与滑滑梯的轮回，暗明扑朔的手电筒的光芒，白色的橙色的黄色的……五彩斑斓的身影不断在滑梯壁与丛生的树林间留下转瞬即逝的痕迹。

持着手电筒向月光照去，形成一道光束，像能和月呼应似的。在夜色中辨认着北斗七星与北极星，远离人群的草坪难得寂静下来。

另一处草坪搭满了帐篷。各色的帐篷睡袋，就是今晚我们要入睡的地方。可是这样两三人窝在一个帐篷中，自然是很难睡着的。十点就宣布熄灯入寝的营地，直到凌晨仍传来窃窃私语的声音。露水渐渐浸湿了帐篷，直至第二天清晨，整个帐篷表层都已经湿漉漉的了。太阳刚刚升起，大家就陆续从帐篷里钻了出来，互相串着门，又追逐打闹起来。烈日当空以后，令人直打寒战的气温才开始突然转为酷热。

从羽绒服到单薄短袖，只是太阳升起的距离。

启程去梯田的茶山上采茶。很高很陡峭的山坡，没有石头的阶梯，必须从松动的土坡踉踉跄跄地爬上去。我们相扶着登上去，采毕又相扶着下来。从山脚到山顶其实都是有茶可采的，所以从大家采茶的位置也能看出性格来。

不过那山顶是不让上的：下来会十分艰难，也很危险。我们把采的茶送到茶厂加工，茶厂又送回我们手中带回家里。径山茶，有一股沁香与淡苦，浅浅化在舌尖。可是它已不仅仅是径山茶了，它成为我们的独家记忆，将在人散之时，留下余温。

第三次晚霞泼墨般潇洒在天际的时候，我们已经返程，结束了毕业之旅。

《礼记·内则》记载：“十有三年，学乐，诵诗，舞勺。成童，舞象，学射御。”孔颖达疏：“舞勺者，熊氏云：‘勺，籥也。’言十三之时，学此舞勺之文舞也。”世人于是以舞勺代指十三岁。

十三岁的我们，正值舞勺之年。在这场毕业旅行之后，我们的缘分或终将如那篝火暖光消散殆尽，只留下丝丝细烟迷失在寰宇。

即便如此，校园里宽到能通行车辆的柏油马路、春天会落满樱花的石板小径，下雨时会掉色的在阳光下仿佛闪着光的红色塑胶跑道，统统汇成一条记忆深处的路，散发童真与青春交错的光。

即便到了六月，带着温度的风吹散了这篝火下一大群人的日后之缘。

这场长达六年、独一无二的温暖邂逅，也必定会逆风而行，经久不息地守候着来日我们的归途。

原载《中国校园文学》（少年号）2020 年第 3 期

杨塘纪事

陈　俊

果壳里的杨塘

杨塘向北三百里是淮河，向南三百里是长江，向西三百里是楚尾，向东三百里是吴头。向北三千里是沙尘暴的北京，向南三千里是狂风大作的伶仃洋，向西三千里是踏了一只脚印的神农架，向东三千里是泊了一只手印的东海。

杨塘向上三百年是竹山陈氏偏离了江州义门陈氏的开宗接代，向下三百年是我的一封没有诞生就寄出的收官之作。

在天地中心，果壳里的杨塘，波澜不惊，从某一点出发的水波无限扩散成宇宙深处的风暴，而我仅向塘中扔过一颗石子而已。

低　头

云会低头，鲁王墩会低头。低下去流水不腐。
萤火虫会有光亮。听到虫鸣和低处的叹息
泥水一身，汗水一身，粪水和臭气一身。不会更低。
白云，清风，麦香。不会更脏。
低头止于流水，止于平常，止于用心，止于耕耘。
低处有低处的戒律。
低处更有一杆秤，秤砣压千斤。一头压着，另一头不会翘起。
父母早起的墩上，麦苗青青。渴望风调雨顺，渴望自己在墩上长得更壮。
总想往高处蹦得更高，总想远走他乡。

看不到鲁王河的头也看不到鲁王河的尾。流水无情。

奋力地离开，奋力地回溯。

鲁王墩仍在原地，守望。像当初一样，不高不矮。

让我归来，一抬头就看清方位，一低头就遇见故乡。

我的鲁王墩

马蹄踏过，风云踏过，王在其上。

苦艾遍地。麦苗和山芋分享春夏。秋霜冬雪，不落一只飞鸟。有漏下的月色，有残存的墓碑，擦着河水，遗世孑立。

有远古先民的石器，在庄稼的根部，与黑暗较量多年，出土时比种子更稀缺，比骨头更硬。

有三国的兵马留下的蹄声，在风雨大作的暗夜，复述着吴魏的厮杀和凶险。然后死寂。然后半夜惊魂。然后金戈铁马皆化作尘土，六畜安宁。

有鲁肃的王旗在看不见的草泽和民间口口相传，一半是敬畏，一半是骄傲。来过王，驻扎过威武，保佑过一方百姓。故意不提显赫，让你去猜。它的久远和正统。但墩以鲁王名之，河以鲁王名之。

试剑石和读书亭像星星一样环绕着。墩似月，静。河似月光，动。

扼七省通衢之要冲，一夫当关。扼山谷河口之绝险，万夫莫开。

却在目送南来北往之时，从不阻挡。

原载《星星·散文诗》2020年第3期

爱的岁月

刘晓平

一、假日里约你去看看乡下的小屋

假日里约你去看看乡下的小屋，你没来我独自去了；小屋已经很老，长满的苔痕是她的老年斑。……你一定记得，那个堆满柴的屋角，你藏着喊我去找，已找了十八年，如今只见蘑菇旋起苍白的微笑。

假日里约你去看看乡下的小屋，你没来我独自去了（那是我们爱的小屋啊！）如今小屋已经很老，但她也曾年轻过……

二、唯见窗外的月色茫茫

我曾站在岸边，轻轻地挥手，让我小小的白纸船伴你远行，记不清它装走多少童趣，也许从此不会再有相逢。

昨夜里的白纸船忽然伴你归来，我站在码头，惊喜地向你挥手，我没疑心自己是在梦里，拉着你让你讲这些年的漂泊奇遇……

白纸船呀白纸船，我的白纸船呢？一梦醒来，唯见窗外的月色茫茫。

三、你是一部书

你是一部书，一部动人的书，有生动的细节和韵味，许多人喜欢读你，我也喜欢，但真正读懂你的只有我。

有人喜欢读你美丽的封面，待你失去了初版时的光泽，就会置你于废书篓而不顾，淡忘你于日月于流年；有人喜欢读你仅因动人的细节，等他熟了厌了的时候，又会去寻找更引人的情节，你不过是他空落时的安慰，孤独和寂寞时的一种平衡。

我喜欢你的封面也因你的细节难眠，更喜欢的是你天资独具的神韵和内涵；我读你重在你人生故事的哲理，我读你读成了自己的人生经历，日月加深其含义，流年也不至于淡忘。

你是一部动人也引人的书，但人人翻读的书不一定是好书，有些好书不是人人都愿意读的，我只希望你只属于我，我会百读不厌……

四、思念折磨着岁月

初遇你，感觉如同是五月的山花芳艳，数个跋涉的白天旋转成夜晚以后，我便感悟到似乎走错了一段路程。

人生之路，走错便不能回返，也没有必要，关键是从此不再走错。思念折磨着岁月，天空便洒下泪雨。寻觅的脚印被风雨抹去，而记忆如苔藓日益厚积了，黄昏里寻不见朦胧的你，失望便如沉重的山影。

我们曾为日夜没有归巢的鸟，我想让爱心磨成岁月的厚茧，时间却围困不了爱的激荡。吻你时我忘了世界，也忘了自己，我的记忆已长成树的年轮，还是晶莹为草叶的露珠呢？

有了缘分才有故事，故事有了开头，就该有个结尾，假如故事不该发生，那么谁是你抹不掉的影子？

五、我记忆里的麦秸扇

你总是送我一把麦秸扇，你亲手编的，上面还有两只蝴蝶呢；我捉了树上的蝉儿送你，你却把它放了，说：“它是哑的，还要生子呢！”说这话时你的脸微微有些发红，我不懂什么，因为那时我才是一个小顽童。

你总是送我一把麦秸扇，你自己编的，还有绒线绣上两只蝴蝶呢；我不再给你捉蝉了，我把我的诗读给你听，你听得入迷，还悄悄地咂着嘴巴；你说你喜欢我和我的诗，你总是笑眯眯地，满怀向往似的……

你总是送我一把麦秸扇，你自己编的，还有两只可爱的蝴蝶呢；可你哭得像个泪人儿，你说你要出嫁了。我只有茫然，只有陪你落泪，用你送我的麦秸扇，扇啊扇……

六、我们的爱之树

爱你的心是一枚种子，我悄悄地种在你窗前的小坪，时间的泥土将它覆盖，在春风吹拂的季节，你湿润的相思之晨发芽了，也许在一个黄昏后它便长大……

这就是我们的爱之树，它高高地撑起，绿荫着我们爱的岁月！

七、以石头般迟钝、充实而固执的方式爱你

在水一方，你是一个湖，那么宽那么深，我是杂陈于你四周的石头吧！你的每一次拍浪，你的潮涨，都温柔地抚摸了我受伤的心，我已失去棱角的躯体，便得到了你爱的滋润。

你是个好深好宽的湖，有帆影划过，有鸟翅掠过，还有你整整激动过一个季节的春的汛期花的飞翎；它们都有翅般的骄傲，而我是一颗沉默的石头，一颗虔诚守护的石头；在你的区域，只有我这石头，注定了永远的缘分。

石头自有石头的作用，石头自有石头的幸福；没有了棱角的躯体，你是一部人生的经书啊！坚硬的结构能承受所有的压力，已难移动的方位，可永葆你的一湖碧水，每一个风风雨雨的季节，我以特有的方式浸入你的身子，以一块石头般迟钝、充实而固执的方式爱你……

八、你是我深秋里的一朵金菊

在岁月的花事里，你是最后的那一朵？最后的你，爱我在深秋里，举瓣瓣凝思，让我静视你幽香的金黄，怎样在月白的窗纸上，急切地写丝丝缕缕爱的絮语。哦，我还有什么企求的呢？既然一颗金灿灿的芳心，已掏给了我一个完

整的季节，既然收获后还有新的播种，成熟后还有再一次的孕育，我又怎能撕一片薄薄的日历做屏风，挡住时间的步履，让思想的谷粒，在厢守中霉烂于屋角的潮湿？

爱，哪怕是来自一朵小花的眷恋赠予，也能给人双倍的责任和促使，纵然仅仅为自己而活着的羞辱，能药丸似的吞食，我又怎忍心在你的面前将做人的标准随意降低？也许，就在明天，你会被揉碎于冬的残掌，我虽不能与无情的自然对抗，决定你的留与去。但是，为使你茎秆上擎起的希冀不被落空，我又怎能不以生命的全部热情，铸一支枫叶般红透的歌，回答你最后倾吐的丝丝缕缕……

原载《青年文学家》2020 年 8 月

爱之“宅”[组章]

张　雷

宅，无关幸福；宅，无关灾难。

宅，有时是一种需要；宅，有时是一种安全。

——题记

宅

麻雀寂寞无聊，不紧不慢地啄食女贞果解闷。

斑鸠默不作声，用在旷野悠闲散步的方式打发时光。

红红的春联写满祝福和祈盼，火火的灯笼好似全力驱瘟辟邪。

没有车水马龙，没有迎来送往，没有聚会娱乐……这个庚子鼠年的春节怎么啦？

我独自一人数着自己的心跳，整个城市的街巷都能听见我的呼吸。

除了待在家里，我别无选择？

疫情阻路。家，成了新的远方？

除了宅家，你别无选择！

宅家。深深呼一口气再吸一口气，极力捕捉夜空下浮动的暗香。

宅家。关上所有的房门再推开一扇小窗，隔着纱网欣赏婀娜柳枝舞动春天的呓语。

远离了家，我身处何方？

街巷空荡荡。

在路阔人稀的马路上，我坚守疫情联防联控卡点。叫停行人，叫停车辆；测温路人，登记车辆行驶的轨迹……

隔着屏幕，向白衣天使致敬！

警察，是战“疫”勇士。

医生，是战“疫”英雄。

隔空对话。

卡点，是警察之“宅”的家；医院，是医生之“宅”的家。

回放澄澈玉宇的盈盈秋月。你宅在家中，他宅在家中，我们都不要乱跑乱窜，遵规守矩静候花开春暖。

我们彼此用“宅”的方式，记下庚子鼠年的正月时光。

用笑脸明媚阳光，用大爱挺直战“疫”必胜的脊梁。

病　了

拉上幕布，故事有了结局。

恭送落日，夜色抚平紊乱心绪。

找一粒对症的药丸，缓释疾病的痛楚。

溪流迎着呼啸北风欢歌，原野没有盼来落雪。

鹤发童颜的长者倚着墙根晒太阳，捋着白花花的胡子自言自语：“难道我过了一个假的寒冬腊月？”

“该冷不冷，人生灾病；该热不热，五谷不结。”一位民俗专家透过厚厚的镜片，心事重重为节气“把脉”。

窗台上的迎春花挨挨挤挤举着金灿灿的小喇叭，不停地擤着鼻涕的老母亲惦念老家菜园里的过冬青菜。

不能下楼呼吸呼吸新鲜空气，不能到大街上活动活动腿脚，不能去逛逛商场买点儿东西，不能去找熟人开开心心唠唠嗑……母亲唉声叹气地说：“这个新冠肺炎，到底是个什么折腾人的鬼东西？”

口罩的表情很严肃，该说不该说的话尽量咽进肚子里。

每一条路口都在设点检查，没有十万火急的事情，就尽量别出家门了。

母亲皱着眉头说，她头疼头晕的陈年老病又犯了。

带不带母亲去看医生？我心里特别纠结。

一个人

一场突如其来的新冠肺炎疫情，让孤独合情合理地成了暂时常态。

居家办公，居家学习，居家隔离……“居家”这个热词，焦灼着神州大地亿万人的心情。除了足不出户，戴着口罩的人们都渴望能为战胜疫情尽一份绵薄之力。

母亲一个人倚着墙根晒太阳，心里惦记着菜园里的菠菜苔菜芫荽和雪里蕻有没有返青。

一遍遍晾晒柴火，一趟趟绕着院子遛弯，一次次倾听老式落地钟的报时声……

母亲一天三次生火做饭，母亲用心烹煮一日三餐，母亲一步三回头送走夕阳……

母亲说，一个人的时光忒难打发了，白天没人说说话，夜间瞅着电灯等瞌睡。

一个人不需要什么时间观念，把鸡叫称作天明，把鸟归林称作傍晚，把关门休息称作黑间……母亲不停地唠叨，一个人闷在家里有点儿不太习惯。

母亲在阳光下刷洗旧家什，母亲在厨房里清理锅台的旧油污，母亲映着灯光缝补旧衣裳……母亲用忙忙碌碌的方式打发着一天天的时光。

菜园里的韭菜冒出了浅红的嫩芽，一畦畦的蒜苗一天比一天绿了，稀稀拉拉几株油菜打花苞了，有几只蜜蜂把杏花吵醒了……母亲把她每天的新发现通过电话一一说给我听。

母亲没有给我聊家长里短，她一再催问我："这个什么新冠肺炎怎么这么折腾人呢？俺什么时候才能到处去遛遛去转转？"

现在已是春光满园，我想回家看看母亲的笑脸。

孤独花开

口罩五颜六色，是庚子鼠年春天盛开的另类花朵。

服装各式各样，标注职业的迥异。

防控疫情，制服和口罩都在场。

每一个社区、每一处村庄、每一条路口，都有警惕的眼睛值守。

静候花开，期待春暖。

在阳台上种一株大白菜，粉粉的细碎黄花，期待蜂蝶的造访。

关紧门。推开窗。邀请阳光的温暖，邀请杨柳风穿堂。

摊开一张白纸，和妻子儿女一起画春天。

身前繁花似锦，背后鸟语欢唱。

杏花粉春风。

土地沉默，山野寂静。

野蜜蜂耐不住寂寞，用翩翩舞姿为悄悄绽放的花儿驱遣孤独，用细微乐音喝彩春暖喝彩花开。

阻断疫情。警察蓝在城市路口和乡村街巷站成风景，用肢体语言传递战“疫”必胜心声。

孤独花开，春天铺展画卷。

在心底珍存一份花香，每个人眼里都闯进融融春光。

原载《抱犊》2020 年 4 月

蚕

徐金秋

一

万物生长，赖于天意。

天在上，我在下。必须贴近地气，匍匐而行，才为蚕。

类似龟的人生，一生背着自己，背着沉重的躯壳。

我背着天。天大于己。

有天即有国，有国即有民，有民即有爱，有了此，是虫也不是虫了。

心中有天，视野乃大。

可以有白云，可以有雨露，可以有翅膀，即使不能飞。

足够远之远。

二

黑、褐、黄、白，和继续白。一层层褪去虫性躯壳。一次次蜕变，一次次超越，一次次打败自己，一次次清零。终而复始，恒而不穷。不断隐秘，寻找，谜一样神秘，梦一样迷离。

一旦梦醒，恍如隔世。飞出去，又飞回。辗转反侧。

最大的抉择，最勇敢的坚持，莫过于留下。为了子孙万代，为了千秋大业。

真理，从不会被表层外衣蒙蔽。只要内心保持丝质的，任何解释都为多余。

给点寂静月色，给点安逸憨眠。

沿着一条光明路线，一丝不苟；如咬住一条真理，不吐不快。

面对一枚蚕的沉默，我们的聒噪，是羞愧的。

三

生活总是单色调。除了青色还是青色，除了叶子还是叶子。

似啃读经书，不厌其烦。唯有夜深人静时，才有轻声细语，或念念有词。

自带月光，一字一句，咀嚼。从白天到黑夜，从春天到秋天，从名词到形容词，从简单朴素到朴素简单，寻找精髓，铸存巨大能量。

谁知，江南的湿润和丰盈，是从一片叶子开始？

那些唯美、温婉、光润的气质，是来自于细小的胸腔？

还有丝质的，缎面的，绸软的，玉润的，薄如蝉翼的，凉如月光的，亲如体肤的。

所有的一切，都是以前世的苦，修得今世的好。

四

白是多么难得！

雪是白的。

诗是白的。

我们赤裸裸来，赤裸裸去，就是一场白。

世间本身不白。

谁是可以独守洁白世界的人？

以白炼狱，自扪终生，直到尽。

又以一场满山满岭的大雪之美，转身。

以白，净其一生，自是难逃生命之阵痛，和莫大虚空。

或面目全非和无处指认。

或许彻底忘却鸡零狗碎，不值一提的旧事。

生命如此曲折离奇。

分明打入铜色的苍老，又给予短暂的相遇，以及爱的火花和欢愉的碰撞。

一袭白衣，几滴黑墨，挥就一纸遗书，寄予一粒粒渺小来生，见证爱和生生不息。

没人世想的那么脆弱和悲观。

所有的白，不是用来老，不是用来悲伤，也不是用来洗清些什么，全是用来爱。

爱如水女人，爱浪漫蝶舞，爱柔软江南，爱一条洁净溪流。

五

以圆开始，以圆结束。

那一刻，破地天荒。卵击石，风啄寒冰，光刺痛黑。

世界碎了，就得重整。

世事都在一个圆里矛盾、纠缠、破裂、重组。

用尽一生。画圆。

画完自己，还要想着怎样画未来。突似一场梦醒。

那些黑，那些禁锢，那些错过的，都不重要，关键是如何找到一条出口。趁秋风未至，趁山河青绿，趁余生未泯。

世界纷繁复杂，未来空茫宏远，不是一句话说得清，了结得了，那就继续画。画到天荒地老，也可以画至春情萌动。

一个圆，就是一个人的缩影，直指灵魂内核。一个圆，就是一个人的世界，千丝万缕，总是情。

六

若于你有用，那就全拿去。尽管淘洗，打磨，寻找灵魂的银光。

尽管借代、引鉴、指示、隐喻。

许多事物，可以工业或电子以代，唯我抱住旧时光，如同抱住祖母的大月亮，抱住内心仅存那份珍贵。

从匍匐，到展翅腾起。从空中，到再次跌入低处。烙下刻骨记忆，至今都无法让尘埃落定。比如：

死去的爱情，总要有人唤醒。涣散的士气，总要有人鼓起。丧失的意志、爱心，总要有人提及。

原载《散文诗世界》2020 年第 9 期

插　曲［节选］

鲜　然

一

新戏台，旧剧情，结局未知，又似乎，早已写好。

必须是窗前，而且是后窗。只有景色难以预料，才更适合摇曳生波，高潮迭起。

插曲的主调最好是春天。有兰花指，有翻卷的水袖。

最好是——尽管一切欣欣向荣，却藏有无声的深邈的沉寂。

这一次将跌落捡起的是谁？路人甲能不能有个成为主角的机会？

二

念白起，季节转换，草木就深了。

躲避着，不想被寻着的人闪身墙后。屏声，敛气，却不能收起心跳。

藕断是你，丝连是他。牵扯比纠结更准确。

碎步，蹑手蹑脚走。一圈万水，一圈千山。再一圈又一圈，就是告别了。

戏剧的第一个高潮产生。繁华的大幕拉开，谁将华丽登场，路人乙还是路人丙？

三

最爱插入的回忆是初夏，一地花的碎屑。

曾尝试丢掉鞋子，赤着脚走路，曾尝试以丑角的面目出现，插科打诨，跳跃腾挪。

从高处回到尘世，又从尘世跳脱出去。

欢悦是你的，也是他的。这被快乐掌控的调子，迂回婉转，越多的人分享，就越快活。

四

比起初夏，暮春也有着动人的曲调。活泼的不谙世事的葱茏。

等不来雨，就制造一场雨。

制造一场小雨，随着湿润回到故事之中，回到悠闲的午后，变奏之前。

不怕形象不够鲜明，也不怕意境晦涩。只要有足够的情绪潜伏着，命运就显现出应有的连续性。

且教回忆熟睡着。就像讲述卖了个关子——花开两朵，单表一枝。

低音太长久了，恍惚间置身事外，是一个不相干的观众。

五

只是一眨眼就漫天雪花了。白雪飞落，那些遗忘已久的正以不可挽回之势快速滚动。

漫步集市的你。穿越路口的你。徘徊南山的你。伫立黑夜的你。

要有独立性是多么难。从诺言里获得的那一点自信，能不能让你度过冬天？

旋风式，快步走。闪过一个暗影，又一个暗影，不叫人看见隐忍。

戏剧的又一个高潮出现。插曲变了调。成功变身主角的人，多么想歇歇脚，做个安睡的道具。

六

想要一把登高的扶梯，想一节节向上。至于登高后干什么，并没有想好。

或者，只是看看云彩？抓一把云的白做上上签？

套步，左右、右左地反复。左是山川和丛林，右是大漠连着戈壁。左一下右一下，终点站就不远了。

这一回将看见什么？是出乎意料，还是意料之中？

不过是长久的安静之后，想为变化做点铺垫。就像曲调的平缓处，不感伤，只过渡。

那些风中飘摇的，到底安排怎样的命运才算好？

七

又是新的春。绿开疆辟土，发出沙沙之声，犹如雪在夜里回落。

一年又一年。戏台旧了，剧目老了。絮絮叨叨的故事最爱讲一个皆大欢喜的结局。

插曲的主调当然选春天最好。有兰花掌，有云手，有花衫。

当然还要有完整的词语才合乎规范。一如规划好的天空，会按着剧情的发展刮风下雨。

拼尽一生，难道不就是为个花开遍地，青翠满园？

可是你为何去园子里浇个水，台上跑个龙套，就将自己缠绕？

原载《星星·散文诗》2020年第1期

居住者［外二章］

朝　颜

太多的辽阔和寂静，藏在山居的夜里。

没有电的时候，你就用星星照亮脚下的路。从村庄的深处经过，有时候，你会听见轻微的叹息，像风从屋瓦上吹过。

不用看，你也知道，围墙下的美人蕉是红色的，篱笆上的南瓜花是黄色的。一只乖顺的家狗卧在沙堆上，发出低低的亲热的呜咽，像迎接远归的亲人。

你走了太多的路，从春日到秋夜，从上坡到下坡。你穿过那么多蜿蜒的田埂，看过那么多荒芜的土地。你要说些什么呢？弯腰和负重的人越来越少，而荒草越来越多。从一扇半开的窗户望进去，一只水桶踞伏在炉灶边，发出铁锈的味道。

不远处，一亩荷塘开始衰败，芦苇在风中摇曳不停。你发现，要在人的心中种一个梦，其实并不容易。幸福还在高处，俯瞰着虚弱的众生。

你多么想坐下来，仔细地想一想：什么时候，苔藓开始肆意地铺满生活？什么时候，那么多被废弃的光阴，比大树的根须还要深刻地扎进村庄？

这细碎的日子，要么被虫蚁咬出缺口，要么被蛛丝拉出薄凉。你想起童年时的热闹：一大群的孩子在月光下奔跑，像泥鳅一样，从这条洞水窜到那条洞水，孤单无处躲藏。

这条路似乎越走越长。露水也渐渐起来，打湿了你的裤脚。这样的夜晚，不会有人前来打听你的心事。流水只管缓缓地淌，秋天只管静静地凉。

明天，会有什么样的声音，来掀开黎明的一角？

拒绝融化的冰

遭遇冰，遭遇漫长的冬季，其实并非你的选择。

就像一朵花，凝固在最后的鲜艳里，你抱住自己，收紧了清香的欲望。

隔着透明之镜，隔着吐露悲伤的咒语，触须和热爱埋进生冷的壳里。这时候，天堂和地狱都朝你敞开了大门。

一瓣唇摸不到另一瓣唇，一颗心暖不化另一颗心。你站在离幸福最近又最远的地方，看见绝望覆顶而至。

过往是用来沉溺的。内心被掏空的人，躯壳愈发沉重。

热闹的句子安静下来，你听不见世界，也听不见自己。煮好的茶热了又凉，一只忧伤的马匹在深夜穿城而过。

记住消逝的人和事，就记住了最后的坚硬和冰冷。

这霜白，这苦雨，这满世界疯长的冰凌。

什么样的药才能治愈命中的沉疴和顽症？如果春风不来，冰封的肌体要怎样接受慈悲？

去吧，去与良人夜话，与山川牵手，去心里种植一株兰草。

寒夜像一圈虚拟的细绳，你要学会自己为自己松绑，在黑暗中点起火焰，像一只候鸟热爱长途的迁徙和等待。

等时间来到冰面，再攀上高枝，你从冰凉的梦中醒来，听见窗外响起冰凌的瓦解声和动听的水流声。

这阳光，这花草的呼吸，这众鸟飞过的影迹，皆是你热爱多年的人世。

清晨来临，你从一块拒绝融化的冰里破壳而出。看啊，云层柔软，大地安详，病历上的字迹多么遥远，多么荒唐……

樱桃熟了

六月，时间走到了末端。熟即是落，落即是离。一树樱桃的成熟，直指事件最后的结局。

那时候，我们忽略了它的枝叶，也不关心花开的样子。我们只顾攫取它的甜蜜，对于那个坚硬的内核讳莫如深。

那时候，风摇落一地的星光，夜晚总是来得太迟。一只银光闪闪的小碗，一座小山一样冒尖的鲜红与晶莹，以及一枚又一枚喂到唇边的果实。我没有樱桃小口，你用密语将它装饰。余下的时光，全是你给的绯红和娇艳。

你说，在你的家乡，樱桃结得比这个还要小，还要红，还要甜。关于那片临水的大地，我还知道些什么呢？放羊的少年，慈祥的母亲，被大水淹没的家园……一切迢遥迷茫，一切又似乎近在咫尺。

几枚樱桃插在蛋糕上，祝福的人围坐一堂，光阴又老了一岁。我曾经以为，往后的日子，都将如眼前的樱桃一般圆满丰润。风雨兼程中，只要你在，春天就还会开花，那些光秃秃的枝干就还会被光芒照耀，泪就不会落下来。

相对于那些浮于表面的甜，酸涩总是如阴河里的流水，暗藏汹涌。只是我们更愿意捂着最后的微光，从不去触及黑暗。一扇门正在渐渐关闭，一些被反复啜饮的欢乐正在渐渐露出疲惫。

什么时候开始，樱桃就结在了石榴树上呢？我的名叫樱桃的姐姐，唱起了草原的歌曲。我们没有马匹，你在珠日河举起的果子，于风中飘零。谁曾贴着草叶倾听过我的名字，谁在我的世界下了一场寒彻心扉的大雪？

和红得发亮的樱桃相比，我从未抵达真正的成熟。多少日子过去，我仍在尘世里跌跌撞撞。有时伤了别人，有时伤了自己。你教给的那些处世的圆融之技，我一样都没有学会。

那又有什么关系呢？时间飞离枝头的时候，我还是我，你早已不是那个放羊的少年。

原载《草堂》2020 年第 7 期

沉郁的歌［外一章］

何　英

予初心，结绳数你、守护你。

雪之焰，灼痛冰封的河床，锋利的鳍，划过乡间四野，喷薄炯炯艳光，每根肋骨都泛着骨笛般的清音，渺渺婆娑，幽香四溢。

破晓的讯息，悬于最后的黑夜，如鲠在喉。

我怀疑过别的神明，是否比你的诞生更加神秘、绚烂，浸透了戏剧性的悲哀和狂喜。

习惯沉默的夜松、雨檐与屏息的狗尾草，习惯从一株不起眼的枣树、野椿、香樟树上，寻觅珍珠般的鸟鸣。

多数的雨，都浪费了，唯有被眼睛接住的水珠，沉郁如歌，活了下来。

微绻女郎

我的小小的微绻女郎，粉腮与玉齿谋取一双笑窝，浓浓的愁思匿于夜的肘弯。

她是故园一只细腰的窈窕蜂，停靠久违的记忆门楣，酝酿出我永企盼的别人收割的蜜。

“我是洁净的吗？”她睁大晶亮亮的双眼，展现孩童的幼稚。

如今，微醺的舞池旁，烟雾笼盖一张迷惑的脸。“我是疯狂的吗？”她脱掉高跟鞋，赐我这个旁观者一亲芳泽。“来吧！”续而未断的呓语退却，复合当年那轮微明的月。村子上空的星辰，追逐她的朗笑，为了幻梦，他们哪惧烈日、寒霜？

白露刚过，伊人即成一帧意境画，任人把玩，她身价倍增，辗转酒宴、狂喜之间，后被一名收藏家束之高阁。

年华水般淌去，虫蛀尘侵，伊人惨淡的光景，降临小小的微绻女郎，她高举无力的手，袖口滑落，呈现垂垂老态。

一只细腰蜂嗡鸣飞过，一双空洞的眼睛，紧随其后。

原载《散文诗世界》2020 年第 7 期

与一条河流交谈［组章］

陈于晓

老船泊在古渡边

确切地说，这已经是一条不能再历经风浪，抑或再也不用历经风浪的老船了。说是“泊”，也不确切，这条老船，搁浅在古渡边上。

水一次次地涨上来，不时地没过古渡，但从来不曾淹到老船。

不过，在我用文字描述老船的此刻，也许老船已经只剩下了一根木头，或者只剩下再一次启程漂泊的梦境了。老船是木船，所以我一直坚信，古渡边上的一棵树，是老船的从前或者未来。

因为老船具有着树的魂魄，燃烧着关于一棵树的不灭的信念。

在枝头鸣着的两个黄鹂，是春天神来的一笔。

带雨的春潮，在晚来的时候，依然急促了一些。不过，这已是古渡，岸边无人，水面也无人，横着竖着的，只是一些芦苇。古渡不是野渡，古渡只是斑驳而零乱的一堆时间。我喜欢在一切叫作时间的事物中穿行。

一切的事物，都从时间中来，都将消失于时间。但也许河流除外，河流是永恒的时间。

与一条河流交谈

可以有很多种方式，与一条河流相处。

一种是桥的方式，那叫守护。与河流一同历尽雨雪风霜，然后，成为河流的一部分。却又若即若离。

一种是鱼的方式，那叫相融。鱼群与河流，可谓是共呼吸同命运。不过，鱼群只占据了河流的一段。一生有限，很多的鱼，不往源头溯，也很少去向未知的下游。

另一种是人家的方式。他们或者枕水而居，或者让一条河流，绕村抑或穿村而过。但我们心里都清楚，人家的炊烟和风俗，都是一条河流养育的。

与一条河流相处的方式，还有很多种。例如，石的方式，岸的方式，船的方式，云朵的方式，行走的方式，以及吟咏的方式……

在梦中，有时我会游成一尾鱼，有时我会披着一匹浪花行走，有时我还会撒开一张网，打捞童年抑或浸润在梦中的梦境。

但与一条河流交谈，我固执地以为，只有一种方式，那就是：静静地坐在河边，面着流水，你沉默，河流无言。

水天之间，只剩下了你的呼吸，流水的呼吸。

淡出水面的一只鸟

向走在水边的人，打听一只鸟的去向，多半是没有答案的。如同一阵吹过水面的风，有谁会留意，一阵风的去向。

如同流水也从不记载，流水载过了多少船只。河流做的事情没有重点，它载船只，载落叶，也载天光云影，载一切可以承载的事物。

流水记的是流水账，不分主次，不重缓急，记着记着，又被流水带走了。流水把流水带走，流水把记忆也带走。无论多么挤挤挨挨的水面，最后，都将归于空旷。

岸上的许多人，走着走着，就走进了河流的深处，或者走出了河流的视野。除了生我养我的那座小村庄，至今还在河流的广袤中，生生不息。

没有人在意淡出水面的一只鸟，去了哪儿，直到它再一次落到水面之上。

只是那鸟儿，还是先前的那一只么？

涟漪是咕咚的回声

咕咚，是河流对于“空”的一种表达，但河流从不主动提供解释。

咕咚，说简单了，只是你的一种听觉，很多时候，也许与河流并无关系。

他说，是秋天的枝头，那枚熟透的果子，掉了下来，激起的一朵水花；她说，是岸边的泥巴，在流水天长日久的深吻中，塌掉了一块；孩子说，是童话里的一只小青蛙，突然从课本中蹦出，跳入了河中。

还记得我的祖母说过，如果河神回家太匆忙，或者遇上了高兴的事情，河神有时也会忘了“规矩”，一头砸入河中，留下一声咕咚。但更多时候，河神离开水面和回到河中，都是悄无声息的。我们看不见，河神也不让我们看见。我们看见的只是一曲涟漪，而河流所有的涟漪，都是同一模样的。

很多属于河流或者并不属于河流的事物，在进入河流的时候，都是无形的，顶多，它们在不经意间，掉落一种听觉。

咕咚是什么？咕咚只是咕咚。万物各有作息。

原载《散文诗世界》2020年第2期

城固叩古

韩树俊

玉琮，再现新石器时期祭祀盛典

静静地立在城固县博物馆的玻璃柜，接受千人万人的膜拜，接受五千年后今人的礼遇。

内圆外方，边角端正，是印证“璧圆象天，琮方象地”的亘古道理？

筒形玉器，光泽规整，中孔柱子为天地柱，是象征天地之间的贯通穿越？

独特的纹饰深藏着古代祭祀礼器神秘的美感。

祭祀中的礼器。巫师通天地敬鬼神的法器。殉葬中的葬器。

带有敬畏天地的虔诚，肃穆；带有原始巫术的神秘，奇幻。

祭祀大礼器之一，与玉璧、玉圭、玉璋、玉璜、玉琥统称“六器”。

“以苍璧礼天，以黄琮礼地”，你就是《周礼》中所说祭祀苍茫大地的玉琮。

“琮，瑞玉，大八寸，似车釭。”许慎《说文解字》如是说。

历代先民演绎着你神秘莫测的功能——

琮是烟囱崇拜的礼器；

是家族祭祀的对象；

象征地母的女阴，抑或男根之函，是生殖崇拜的对象；

是织布机上的部件；

是沟通天地之间的媒介，外方象征地，内圆象征天；

是兽面神神柱，属于图腾柱；

是燎祭用具；

是系于腰间的佩饰；

献给鬼神的猪、猪头、猪下颌的高贵替代物，是神的食物；

琮是井乃至黄泉的象征，是神龙浮出的通道。

一句话，你是权势和财富的象征，身份与身价的标志。

敬畏。虔诚。庄严。

肃穆。神秘。永恒。

青铜人面具，殷商时期的假面獠牙

殷商青铜人面具。一种在城固县出土的古代假面。

椭圆的脸形，洞空的眼球，直立的双耳，突起的悬鼻，张扬的獠牙。

尽显三千年前造型艺术之精湛卓越，见证殷商年代青铜铸造技术炉火纯青。

外凸内凹的脸壳，凶神恶煞的面目。戴上它，穿过时光隧道，三千年前的城固大地挟带着八百里秦川吹来的风，面具人演绎着各种角色。

兴许，是从战场归来骁勇善战的武士，抑或是扮演角色的艺人，戴上青铜人面具，再现两兵相接的刀光剑影，抑或是生活中的光怪陆离；

兴许，是在祭祀巫术活动中戴上青铜人面具的巫师，化身神灵手舞足蹈念念有词招魂祈祷；

兴许，是在巫师死后的墓穴，青铜人面具成了主人的随葬品，陪伴已逝的主人不离不弃。

城池巍然。固若金汤。

期冀神灵和祖先的保佑，期冀在战火中永胜，期冀风调雨顺盛世太平。

先民的生活在面具上折射，先民的愿景在面具上凝聚，殷商时期的历史风云在青铜人面具上再现。

汉陶烧烤炉，汉风中飘来烤炙牛羊的鲜香

汉陶烧烤炉。城固出土。

长约20厘米，宽高各约10厘米，四足，远看像个小水槽。

浅红色陶质上氧化成白色的表层，连同斑驳的陶面，述说着烧烤炉年代的久远。

侧面开出多道小口子，5道均等列在中部，1道单列在边侧。底部有小圆孔。

似鼎非鼎，似槽非槽。专家确认，汉陶烧烤炉。

站在你的面前，我进入了一个两千两百多年前的大汉年代。

汉人饮酒席地围炉而坐，是祭祀之吉礼？是冠婚之嘉礼？是宾客之宾礼？是军旅之军礼？抑或是丧葬之凶礼？

祭天、祭地、宗庙之祭，祭先师先圣、尊师乡……

烧烤炉的火焰上烤炙牛、猪、鹿、鸡、犬、羊、鱼……

出征前将士端起盛满烈酒的大碗一饮而尽；

狩猎而归的猎手割下麋鹿的腿肉当场烤炙；

祭奠先祖的家宴凝聚了供奉列祖列宗的虔诚和敬畏。

是春耕时节的开播宴？是秋收时间的开镰席？是新生儿的诞生礼？是成人的弱冠礼？

在汉代，一捧黄土制出的陶器让陶瓷史跨出了重要一步。

在城固，一只汉陶烧烤炉让人触摸到两千两百年前城固先民的温度。

原载《潮头文学》2020年1月

途中，看见［组章］

庞　白

到林子里去

想起那触摸不到的欢乐，从树木根部蔓延到每一片叶子；溪水流过丛林，吞没了它们的来路；很快，丛林中积压日久的燥热，在寂静中翻腾起来。

还想到小道上畏天知命的枯叶、断枝，按着耐心徘徊的风。

而我要朝着风的方向，穿过尘埃，去林子。我想去探看那些倒下的巨大树木，是否安好。我要由着那些枯枝的指引，去看看沿路返回的一队队蚂蚁，今晚睡在何方。

进入林子之前，我必须顶着漫天灰暗，拐过街角，离开热闹。到了野外，必须正好遇到一匹刚刚撒开蹄子跑向林子的马。而我，必须和那匹马一起，不假思索，纵情奔跑。

跑啊，跑啊，我们要忘记远近高低，忘记山川擦肩而过。

秋林无语

所有树木都不需要再次确认。

它们何其相似。

仿佛合一的树下，鸟儿低头觅食，蚂蚁爬过树皮，杂草四处蔓延……燃烧和寒冷相依相伴，温暖和死亡比肩而立。

这集体无意识的原野，是个人英雄主义的山峰。

无明亮，无黑暗，无邂逅，无错过，无悲悯，无欣喜，无惊讶。

这里瞬息万变，这里千年不动。

所谓天翻地覆，在此山林小道中，等同微风吹过高矮不一的树林，等同一片树叶在微风中随意落下。

等同天高云淡，北雁南飞——

一声声低沉的呼唤，胜过万千马匹惊天嘶鸣！

客栈前的芭蕉树

无数不曾命名的植物，和它一起，植进春天。

而现在已经是盛夏了。它们终于在夏天，用翠绿，在透不过气的炎热中，向全世界陈述生长的尊严——

发芽、茂盛和迎接死亡。

当这些植物按照它们的自由在杂乱世间一一进行时，我的怒放也悄然来临。

我的怒放是南方村野的怒放，是房前屋后稗草、碎米草、鸭舌草、慈姑的怒放，是村后山坡上野海棠、木槿、杜鹃、爬山虎、鸡屎藤、含羞草、过江龙的怒放，是高的、矮的、壮的、瘦的农人和肥瘦不一的牛马的怒放。

夜幕降临，在隆安，我和一棵芭蕉树站在客栈前，我学着它的样子，站进黑土。

天湖观鹰

阴阳交汇的地方，它一会降落，一会上升。

和深夜熟睡的呼吸一样，掠过我们的世界。

那么平缓。

凝固的双翅，引而不发的云与水，瞬间消逝和兴起的事物……

开合有序的迷茫中的蓬勃。

更灰，更暗，更阔大。

不可言说的，还有堤坝上的蒿草、隐居深山的青苔和湖底的琥珀……选择这块土地，作为葬身之所，同时用以清洗前生的痕迹。

山　中

空气中弥漫着的年迈气息，不能阻拦腐朽里源源不断泛出的年轻喜悦。蜷缩于树根边的虫子的迷恋，披满灰尘，仿佛轻轻一碰，就会掀起惊天激荡。

但是，山中，无论多激荡，也冲破不了天厚地重的马步。

整个下午，我就这样无所事事地躺在寂静里，让腐朽气息，一边把自己发酵成自己养胃的口粮，一边倾听灰暗和阴冷，倾听藤蔓背后大鸟扇动羽翼和怪兽哀鸣的声音。

声音里，有月落，有乌啼，有露水打湿茅草的应和。

似乎还有远古人们活动的回响——

他们在寒霜满天的大山里，兽皮遮体，追逐着一群和他们大小相似的动物，似是猎杀，更似在娱乐。

程阳寨里有一扇起伏的旧窗

相信荒漠终会布满心灵，孤独将伴随终生，乌云不会撤出天空，暴力和邪恶是人类永恒的赞歌。

也相信，星汉灿烂，掌心有温暖，大地上的植物沉寂后会重新茂盛。

更相信我的世界和世间的悲欢，起落一致。

但是，我的世界不是大千世界。

我的世界，在这个夜晚，只是程阳寨里一扇合不拢的旧窗。

旧窗上的破玻璃，泛着起伏不定的光。

原载《诗潮》2020 年第 1 期

煨在火炉上的那壶酒［组章］

鲁绪刚

草　垛

倘若令冬天旷野中流浪的草垛，找到它自己的故乡。

我们必须歌颂泥土的博大与慈爱。

尘土灌满了肉身，接着蒙蔽了太阳的眼睛，无法看清远处的瓦檐与炊烟。雪踩过我们内心最柔软的部分，把一种叫疼痛的感受强加给我们。压抑的灵魂在微弱地喘息，释放出最原始的悸动。风更加肆无忌惮，咬啮我们的四肢和傲慢的头颅。

于此，我看见。日子一直在飘忽不定。

我的瘦小和单薄，我的弓得不能再弓的腰，必须承受骨头上的阴影和岁月留下的斧痕，以及那种断裂的声音。必须扫净思想里的杂念，单纯地在有限的生命里活着。

让我们膜拜土地，感谢它的恩赐、芳醇。

只要能渡过自己的漩涡，哪怕成为一把土一缕焰火。

风　吹

山里的风就是我们的亲戚，温柔、亲切、和善。

从不凌驾于生活之上，仿佛看见茫茫旷野的孤独身影，把寂寞藏于内心，把歌声唱给人类。

流水从不屈服命运的安排，手中攥着岁月遗落的碎石，堵时间的枪口。只有风可以揭开阴影，露出礁石和暗藏的顽疾。真的，推波助澜不一定就是贬义的解释。犹如茫然地站在十字路口，如果有一缕风提醒，也许会选择正确的道路。

当然，活着。只有自己被自己左右。

与自然亲近的人，包括泥土和故乡，包括亲情和思念。

拥抱着无限的生命与渐渐老去的时光，以及慢慢被掏空的思想与肉身，与我们擦肩而过或者相撞一下，带着疼痛或寂寞，消融于茫茫旷野。

与春风握手

时间把我们推进三月，抽出蜷缩了一冬的胆怯，与春风握手。

身体上的残雪，已被故乡掸净。煨在火炉上的那壶酒，热气腾腾，温暖着世态炎凉和一路走来的惊恐。

把手臂伸成枝干，摇曳叶子和风影；把渐渐僵硬的思想，缓缓舒展。

犹如蓓蕾，犹如露珠，可以穿透厚重的心情和面容多变的天空。

毅力和耐心，已经被岁月磨砺得很锋利，藏得很深的火苗，在灵魂迷失时给我提示和指引，世界残酷地迫使我们，不能像一棵草一样，弯着身子活着。

原载《星星·散文诗》2019年第8期

五指山下，那茫茫胶林……［组章］

倪俊宇

山间的茅棚

棚顶，睁眼看中天的疏星。竹窗，张耳听半山的虫鸣。

茅檐悬挂一弧飞泉，摇曳一团团涌来的雾岚。

泥壁，回荡一阵阵风啸，回荡群峦间涌动的林涛，回荡一声声撕裂寒夜的兽嚎。

简陋的茅棚，撑起拓荒的岁月，孕育多彩的心思。

曾回绕过叹息，更荡响过笑声。见证了农垦传奇故事中，许许多多的风云变幻。

我们，紧追着季节的喘息，走过一岗又一岗。

铁锄敲山，炮响炸石，铿锵作响的脚步，深深印在莽荒的坡坡壑壑。

在那连绵起伏的群山间，茅棚，回荡我们踏响岁月的清晰步音。

哦，茅棚，那是农垦史册的起点啊，一串串脚板，从这里出发，

在茫茫荒山间，走出一派春色。身后，耸起一片片叠翠溢绿的胶林。

哦，茅棚，那是成排楼房的雏形啊，一双双茧手，从这里动工，

在偏僻的山区，添砖加瓦，盖出一栋栋高耸华美的景观。

在荒山老林，踏勘

这里，可是雷雨的窝、飞泉的巢？苍绿幽深的林莽，云缠雾绕。

这里，可有岩鹰展翅、猄豹扬蹄？层层叠叠的峰峦，乱石耸峙。

看不见飞鸟，却听到鸟啼一片。我们刚踩下脚印，瞬间就没进了草蓬藤丛。

看不见溪流，却听到水声轰然。远处，泉影一闪，就化入了翠谷绿坳……

桥，在绳索上搭起。路，在砍刀下延伸。

我们，扳住峭岩的肩，挽住古树的腰。

汗珠、歌声，在荆草丛中，在断崖前头，铺出了通路。

是大山多情相迎哟，送给我们遍野的山花。是大山为我们扇凉呀，招来了八面风吹飕飕。

经纬仪，向山林寻求方位。小土钻，向山地叩向归宿。

竖起标杆，撑起一片云天。挥动测旗，搅欢四野雾岚……

穿过林莽草丛，踏过坡坡壑壑。我们，

画出圈圈线线，画出希望的光环，牵出青春的心思：

一圈圈等高线，一层层环山行，看，乱石垒起梯田，胶苗，在山风中摇曳翠叶……

特别的《胶林晨曲》

叮咚，叮咚，叮咚……

一声高，一声低，似琴韵，在晓岚氤氲中，将葱郁绿荫洇染得愈浓了。

静听胶乳叮咚，她，裤脚被露水湿透，汗淋淋的云鬓贴住前额。

思绪，随着琴韵声声，在起伏……

胶树，用父亲常说的话，是挺着舍生取义的身姿，忍受重重刀割，献出洁白胶乳。

那汩汩流淌的胶乳，滴进胶杯，叮咚作响。

她，似乎听到，那是父亲在敲响木琴，弹奏他精心自编的《胶林晨曲》……

木琴声声，声声木琴，伴着父亲，走过几十春秋垦荒种胶的汗渍岁月。

洁白的胶乳，一点一点，携曙色，染白了父亲的双鬓。

胶树的割痕，一划一划，让山风，刻上了父亲的前额。

而今，每当她肩披夜色，脚踩虫鸣，挥汗割胶时，

听着胶乳叮咚，总觉得：父亲就在身旁，深情的目光抚慰着她。

此刻，胶乳滴杯，叮咚琴韵，一声声，一声声，迎来了山区第一缕曙光，第一声鸟鸣……

运胶船，驶过山溪

从胶林翠色的梦中，滑出；从晓岚轻柔的吻中，踱出……

清波绽开朵朵笑靥，山溪，荡起桨声的欢欣，惊飞几翅水鸭的啭鸣。

一篙晨曦。一舱笑语。一溪春潮。

船上，一个个胶桶，装满洁白的胶乳，溢出特有的香味。

水面，一张张笑脸，洒满青春的朝晖。哟，是谁摘来几束山花，让波影浪花间熠熠生辉……

撑开黎明亮眼的胶灯，熄灭了孤寂。浸透汗水露珠的工装，抖落了疲惫。

此时，他，说了戴着胶灯积肥的故事。她，讲起夜割有惊无险的插曲。

这个，哼一段琼戏板，牵来许多情趣。那个，唱几句流行歌，吼出心中的爽快……

缕缕波光，映过夜割的灯火。层层涟漪，荡漾收胶的身影。

山溪，深山晨曲中一条谱线，运胶船，就是一颗多彩的音符。

每天每天，铺开绿色的大山谱纸，我们，谱写着一曲曲胶林深处的丰收歌……

胶林边的小屋

几段木柱，那条条裂纹，刻着几十个春秋的风声雨声。

半截泥墙，那层层水渍，叠印着岁月的足迹，在向人们述说

深山胶林间，那许许多多有忧有喜的创业故事……

茅草顶，撑起半山湿漉漉的夜岚。竹窗边，一盏油灯与天边的寒星对话。

虫鸣，泉喧，兽眼的荧光，伴和着一声声诉说心思的竹笛声。在风啸与树影之间，

几个知青巡山护苗的脚步，夜夜，踏过漫漫浓黑的孤寂与恐惧，叩响大山的心跳。

那一年。当冷风飕飕，寒流肆虐，要吞噬胶苗翠色的时候，

队里的工友，过溪爬坡，前来给他们送暖被热食，与他们一同围草暖树，烧烟御霜……

看着他们脸上的黝黑，摸着他们手上的厚茧，大家七嘴八舌：胶苗壮了，人却瘦了。

此刻，面对着小茅屋的遗址，回访的知青，泪眼噙满感慨。

他们，攥着老工人的手，紧了又紧……在他们身旁，

是在城里长大的儿女，看着他们与老工人激动拥抱的情景，心中，该荡起怎样的风声雨声？

新居院里的茶话

走过多少风雨中的焦虑，走过多少汗渍里的晨暮……

我们，终于从旧屋跨进新房。瞧，在胶林深处，一排排小洋楼井然耸立。

窗外，铺展层层叠叠的绿云，一缕缕胶香，传来高产的喜讯。

院前，延伸果树的浓郁翠色，枝头挂满了圆圆的心愿……

台阶边的瓜棚下，叶茂果硕。繁多的绿蔓，缠紧了一阵阵夕光镀亮的欢声笑语。

一蓬绿风，荡响的是队里的一件新事。

一缕轻岚，绕着的是友邻的一桩趣闻……

工休闲暇，整个庭院，溢满了安睦祥和的气氛，溢满了田园诗的温馨韵味。

铜壶，煮沸一石桌的话题。茶杯，斟满了农事的信息、田园的馨香。

听，胶林葱翠，染绿你的设想。杧果挂果，香甜他的希望……

一席茶话，有欢欣，有思虑。常常，还要追踪天南地北的变幻风云。

这就是，山根队每天播放的一段插曲哟，火红的日子，又添加了和弦旋律。

原载《大沽河》2020 年春季号

渡　口［组章］

王猛仁

在椰林掩映的海的边缘，我默默地吟诵那首古诗，为了抚摸绿色的胸脯，我把那只动人的手伸向春天。

企盼有一双明亮的眼睛，在最后一抹朝霞坠落时，能独自摘取你沉默的背影，有如那一片疼人的落樱。

握别的双手，满是潮湿的情绪和三角梅粉红的诺言。

用诗的花朵编织成的遥遥旅途，在每一个漂泊的渡口，都有我无声的等待，饱含沙沙作响的欲望。

孤独静谧的时刻，一首诗被你轻轻读完。

从诗里到诗外，有我残缺的梦，有你散乱的惆怅和失眠的痛苦。

不断有海风吹来。

泪花濡湿每一个沉思的季节，此刻，我们和夜，都已被凝固如霜。

只有无休无止的风，悄悄翻译大地无声的誓言。

夕阳的余晖，已张开心灵之帆，并溅起点点飞白，悄悄驶向彼岸……

有太多太多的细暖与爱，溺在午夜的诗笺上，昂首凝视着，你那薄雾似的一脸娇羞。

栀子花盛开的时节，我就在落樱处等你。

岸　边

一个人的行走是异常的寂静。

坐在海滨小城的石凳上，一只皎洁的鸟，以踏烟的步履，款款踩响岸边透明的歌谣。

所有被光环隐去的日子，即便滋生诸多无法排遣的游思，也会进入芳馨馥郁的诗行。

甚至，淹没鲍肆飘来的铜臭。

看似一种火焰的温情，在接近春天的喧腾世界里，也会焚毁诸多陈腐的记忆。

我不相信每一株花草的叶尖，都藏着没有结局的秘密。

当一切成为既定的事实，你缥缈如纱的眼睛里依旧储满了温润的故事。

很多时候，我们常常被一种淡墨重彩深深地感染。

过早逝去的白昼，只留下一兀窈窕的帆影，和孑然一身的孤独。

心的城郭，天天哼着芬芳的小调，忽明忽暗的记忆，撩拨着声嘶力竭的眷恋。

写满梦境和翰墨的客栈，是否还有一颗心在倾听？

默　念

婆娑的树影，已把往昔的焦虑、寂寞、困惑一一隐蔽。

霓虹灯下的幽光，是我千里寻梦时的一双利眼。

醒来后，方知一切神韵的闪现，都在你的明眸中晶莹，或者旋转。

思念袭来时，默默地咀嚼着一粒咖啡豆，如同看到中原一朵洁白的雪花，正沿着大街小巷，慢悠悠地，奔向大海。

天天越积越厚的心事，阳光般地追赶着春天的脚步，等待夜的焰火再次闪耀。

我陷入了一棵古榕树的内心，不知所措。

一种默念，在嫩绿的色彩下诞生，又在泛黄的纸笺中倾诉。

一页页，一行行，熔成了茫茫的海洋。

旷日持久的追逐，终于揭开了深不可测的心底，那是滚烫的潮水，将涨满夕烟里的召唤，厚厚地嵌进房前屋后。

从此，春风一样的笑容，开始布满一个人的夜晚。

继而，裹进我海底般宽阔火热的胸怀。

声　息

你从晨风蛊惑的心海深处逸出，在亮光渲染的白榉树下起步，向着五颜六色的碧海金沙，撒开银白的双足……

无声。舒缓。柔和。有力。

像我们日夜未眠的渴望与帆影，暖昧，芬芳，葱茏。骤然之间，向风而歌的浮萍，凝成了神妙的诗句，并以清新的面容，把重重心事撒播出去，向着洁净的天空倾撒。

时间是透明的。不知困倦的游客，踯躅在心的港湾，一旦瞥见云游不定的奇观丽景，便会沐浴着冉冉欲来的曙色，把秋风一样的双眸，送入夜的缄默，以诗歌的理由，滋润着干燥的心情。

别后的雨季又要来临。

我的思绪，以奔涌的姿势，连同壮观的十里洋场，以及耀眼的黄金书屋，在走进的一刹那，都逐一隐去，化作轻烟淡影，躲着我，让我难舍难分。

其实，是诗歌的意象和悠扬的乐曲撩拨我。

在涛声不绝的彼岸，在稠人广众的街头，在蝉声反复吟唱的夜空，甚至，在身心被爱情磨损的那一刻……

我阅读着，瞻望着，挺拔着。

我的前方，尽管是一座宁静的孤岛，却明亮着一首诗的意境，大海沉缓粗重的呼吸，是向我传来的唯一声息。

碎　片

沉醉的月光，沿着仅有的空间伸展，隐约可见的山峦与浪花，纷纷奏起心灵的和弦。

谱满恋曲的扁船，顿时展开彩云般的胸怀，载着真实与光芒的宁静，驶向远方。

太多太多蓝盈盈的倩影，浮上唇吻，溺在骄阳下，向着一个人的方向昂首凝视。

微微起伏的心房，透露出思潮的澎湃。

随波逐浪的黄昏，已清晰地勾画出一幅痴痴遐想的剪影。

一株亮丽的植物，正迎风起舞，像或低或高在空中放飞的笑声，蓦然冲破了沉寂，寻找一杯酒之后，那种蔚蓝色的醉意。

心似燃烧的火，只有我，期待着另一颗心的会合。

尽管，我已老迈苍苍。

脱离了带着吻温的柔情，大海依旧呼号不息，浪花用又软又白的小手，涂抹着朝暮倩影里游人的足迹。

夜风低喃。

我记得月光里的叶片与花丛，光亮与暗影，甘甜与苦涩。

她不时地掠过我近似童稚的心灵——那旧日的欢娱，那早年的盟誓，终以安恬的音调重新回到我的身旁。

一如心底蕴藏的热语，还在唱着，却总不平静。

有些梦境，恐已泯灭；有些情景，却不能倾吐。

那些熟稔的街衢、酒肆，已布满蓝天的恩赐，在八月滚烫的枝头，低声细诉，曼声吟咏。

如同午夜里悠长的鸽鸣和奇异美妙的诗境……

原载《大沽河》2020年3月

淇水边的小山村，容光焕发［组章］

韩 峰

淇水，与小山村的相依相偎

淇水，是小山村的乳汁，人、禽、畜，花、草、树，吮吸了数百年、数千年，世世代代，生生不息。

淇水，是小山村的镜子，明清的容颜，古朴、凝重。

新时代的春风，吹拂着每一张笑脸。

淇水，是小山村的诗集，每打开一页，就荡漾着《诗经》的涟漪，就有一位唐宋元明清的诗人吟哦走来。

淇水，是小山村的聚宝盆，淇鲫鱼、缠丝蛋、无核枣……或闪亮在巴拿马世博会，或穿上贡品的黄马甲。

淇水，是小山村的摇钱树，蜜蜂似的城里人嗡嗡飞来，欢笑声溅起一束束开心的浪花。“蜜蜂”不仅采蜜，也采山小米、红薯、苹果、核桃、草莓……也采“农家乐”的乐。

淇水，是小山村的眼睛，即使五亿年过去，依然清澈、明亮。小山村保护着自己的眼睛，每天都是爱眼日。

那 光

胸前的铁锤镰刀，在脱贫攻坚的阳光下，熠熠闪光。

那光，闪烁着青春的活力与奔放；那光，照在脚下丈量的、孙思邈采药曾丈量的羊肠小道上；那光，照着走访贫困户的、鬼谷子和弟子们曾走过的石板路；那光，照着贫瘠的，《诗经》里喜鹊、燕子、斑鸠曾飞临的梯田和山梁；那光，打开一个个村民憧憬的心扉；那光，把小山村穷帽下的阴影，一一照亮。

城里的小家，星星般闪烁；偏僻的他乡，成了故乡。

不知洒下多少汗水，鞋袜不知跑烂多少双，不知熬走了多少星辰，不知勾画了多少山村蝶变的畅想。

终于，柏油路将羊肠小道甩到了一旁，城乡的距离，一下子缩短了许多。农家乐乐得合不拢嘴，土味的饭菜，兴奋着游人的味蕾。授鱼，授渔。扶贫车间酿造着甜蜜，贫困户枯萎的心花，在春风中绽放。梯田和山梁，穿上了绿色的新装，

棵棵果木，葳蕤着致富的梦想。

精准的输血、造血，贫血的乡村，泛出了丰满的红光。

《诗经》里喜鹊、燕子、斑鸠的后裔们，和着时代的节拍，啁啾歌唱，舞动着双翅，热烈鼓掌，为自己家乡的蝶变，也为，那光。

凉水泉村

石屋，石路，石阶，石磙，石碾，石磨……组成一个石头的村落。

岁月的沙砾，憔悴了它的容颜，脱贫攻坚的春雨，滋润得容光焕发。

石屋已成为高端民宿，憨厚的外表依旧，内心已变。卫生间、席梦思、沙发，温馨着游人的心。

院墙上挂的红辣椒、蒜辫儿、玉米辫儿，溢出农家风情，清洗着塞满了堵车、高楼的眼睛。

一泓山泉从崖壁跳下，将圆圆的水车玩转；闲置的牛棚、羊圈、猪圈，魔术般挂上了中英文对照的牛棚咖啡、羊圈西餐厅、猪舍茶吧的招牌；萨克斯悠扬着异国的浪漫，丝竹古筝，琤琮着小桥流水的古韵今声；路旁的“五谷磨房”，小毛驴拉着石磨或石碾，演绎着一圈圈历史的年轮。

荒野上，长出一座座“花田木屋”，三角形的头上，戴着红帽，大自然的草

木簇拥着，舒适着被钢筋水泥挤压的肺腑。“星空果岭”静卧着一艘艘“乌篷船”，分别挂着“苹果”“草莓”“柠檬”……躺在席梦思上品味着果香，遥望星空，或邀明月和诗仙对饮，捆绑的心，一定会放松，信马由缰。

山花节，梨花节，摄影，写生，度假……八方游客蜜蜂般拥来，吮吸着惬意。

一只金凤凰跃上枝头，拍打着双翅。

（2020 年 8 月获中国诗歌学会、河南省文联等举办的第六届“中国诗河 · 鹤壁”诗歌大赛“淇水诗歌奖”创作奖）

我们还有可以疗伤的药草［三章］

张　威

解构词

世事如书。庚子年，围城里的我们，薄如蝉翼。

一枚小小的，心形的胸针，还等待新年，再次敲响的钟声。

歧义解构的生活，被疫情打乱。

火舌暗中跳跃。肺叶里，病毒的尖叫沸腾。我们寻觅的嗓子，歌声沙哑。世上还有什么比这个叫新冠病毒的恶魔，更为犀利？它把新年的祝福，敲成警钟。

流动的光，慌乱节奏，我们在蒲团上打坐，在闭关中修行。

一场未知的遭遇，所有的经书，都是浮虚于世界的盲文。而过年的酒，增加了浓度，变成了消毒的酒精。

选择的词语，较轻。所看见的，听见的，上演人间，生离与死别。

寒冷已至，炸裂的信息，暗藏不可避免的离殇。

余下的解构，请勿直取。

暂停键

给我的，是谜一样的岑寂。

你无法忘记的，空阔的大街，疏离的高楼，霓虹灯影，执迷于虚无。

祷词，晃荡着的烟火气息，安慰暂停的行走。

武汉病了。生活的创伤，已经把我们打回了原形。窗外的风景，停留在遭遇创伤的地方。疫情以快捷键的方式，向我涌来。

喧哗和热闹，呜咽着一头扎进了汉江。

冠状，冠状，崭新的你，崭新的杀手。需要捂住我们惊慌失措的喷嚏，需要戴上口罩，屏息修行。

发热的黄鹤楼，诗声呜咽。

大风，还在晴川的汉阳树上不停地转。归于静寂的是古琴台，消失的琴声。珞珈山的一棵早樱，朝向，还在张望着春天。

惊叹这无言的静默。九省通衢的水路，咳嗽的东湖水，回旋着涟漪，惆怅的回声。

梦游者

恍如隔世。在巨大的恐惧和困惑之下，猜疑和苦熬。

所有的人如我，生如草芥。

整个春天，许多事我都忘了。蜗居，是让你别再迈开腿，尽一个个体的本分。

是的，这是对的。

此刻，不管迈开你哪一条腿外出，都是错误。我们小心翼翼，仿佛一夜之间，已懂得了什么叫敬畏。

每个人，都该承担起自己的责任。每个人，都应该尽可能地做好自己。

每个人，掏出履历，块垒和暗伤。借酒消愁的人，在宵禁之夜，把自己隔离成一粒，蜗居的萤火虫。

一个梦游者。

在水落石出前，此刻的境遇，你要独自承担。

耳边，无力追问。

原载《散文诗世界》2020 年第 4 期

留守姐弟［组章］

立　雪

夏　夜

当狼外婆的故事，讲到第二遍的时候，弟弟终于把上眼皮，交给了一天都未见面的下眼皮。

留守的姐姐，把脸上一些细小的汗珠子，带到院子，交给了一直安静地等在外面的微风。

月光浓浓的，正好可以把爸爸和妈妈的模样，拿出来，想一会，再想一会。

萤火虫提着灯笼，从空中路过，蟋蟀在墙角，不停地用小嗓门，举起断断续续的孤独。

一只黑白相间的猫，按昨天的时间跑过来，把一声“喵”，跳到她面前的一张木凳子上。

她摸了摸它的头，再顺手抱起，回到屋子。弟弟翻了一个身，把一句梦话，掉了一个方向。

黄　昏

太阳起得太早了，一路忙活，在走到村子西边后，身上的力气就少了许多。

一大早出去的鸟儿，又回到了院子外面，一棵结着大黄桃的树上。

弟弟想吃桃，留守的姐姐，用一根小竹竿敲下一只，让它掉在弟弟，摊开的衣襟上。

面对黄灿灿的果子，弟弟用衣襟擦了擦，使劲咬了一口，黄昏“哎呀”一声，姐姐忙问，怎么啦？

弟弟鼻子一嗅，被咬破的舌头，在经过一阵痛苦的表情装饰后，伸出来，给姐姐看。

姐姐眼圈一红，端来一碗凉水，让弟弟含一口，吐一口。黄昏不忍心再看，把颜色，暗了又暗。

起　早

都快四点了，天怎么还没有亮？留守的姐姐，把她的眼睛，一直疑问在窗外。

六岁的弟弟，虾米一样地睡着，眼角湿湿的。姐姐在想，一定是他刚刚的梦里，遇见了妈妈。

她昨天也在梦里遇见了妈妈，妈妈说明天会回来，现在就是明天了，妈妈会回来吗？

她怕万一是真的，和弟弟商量好了，早点起来，去村口，接接看。

墙上的挂钟，好像不想让她起早，故意拖延着时间，就是不给她的眼睛，拿出一丝的亮光。

她不等了，也等不及了。她高高地举起小手，让弟弟的屁股，大声地响了两下。

于是，一只小手，拉着一只小手的倦意，去了村口，去了妈妈每次回来，下车的地方。

接袖子

有几枚落叶，从院子外高高的树上，落到了院子里，落到了姐弟俩一起玩的跳方格的游戏上。

弟弟打了一个喷嚏，又打了一个喷嚏，告诉姐姐身上开始凉了，需要厚一点的衣服，制造一些温暖。

留守的姐姐，打开箱子，翻出弟弟去年的衣服，弟弟穿起来，袖子明显短了一截。

聪明的姐姐，找了一条自己已经不穿的裤子，剪下两截裤腿，用笨拙的针线，接到了袖子上。

弟弟穿上后，跳了三跳，转了三圈，对着姐姐，使劲地拍起了小手。

姐姐没有去拍，她收起针线的小手指，有几处针眼，还在不停地发出疼痛。

原载《星星·散文诗》2020 年第 4 期

鄂托克前旗

草人儿

一

草原一望无际，间或有几匹低头吃草的马甩动着马鬃，似有风吹过。黄灿灿的太阳花轻轻摇曳，站在鄂尔多斯大草原的最前排，犹如典雅多情的骑手。

鄂托克前旗干净、宽阔，小城宁静、温情。抬头仰望，天高，云淡，夜晚星星闪烁。

从银川进入鄂托克前旗，随处可见白杨树，树干笔直，挺拔。高耸着，似乎有一种向上生长的力量，正让顶端接近白云。蓝蓝的天空白云飘，鄂尔多斯背景辽阔，蓝天、白云、大地。在这里无论是一棵树，还是一个心灵，都可以找到一块安放之地。

二

春天放慢了脚步走进北方，五月的草原，草浅，贴近地面，风吹啊吹，不见草低。

成群的羊只在蓝蓝的天空下发出孩子般的咩咩声，一团一团的白，牵动着一束束目光，此刻，天空的云朵飘啊飘，地上的白羊啊，云朵一样在绿草间慢慢飘移。

在去玛拉迪的路上，我在想：做一根草或者一头羊都是幸福的，它们互相依存的方式，或许就是人类的爱情。

三

盘腿落座，几个蒙古汉子在喝酒，蒙古包里歌声嘹亮，豪放抒情的基调在蒙古汉子的血液中流淌，奶香飘过草原的夜空，手持酒杯，飘过草原的歌声里有酒的沉醉，有夜的多情。把酒喝醉，把草原喝醉。这个夜晚，谁醒着，星星就是谁的，天空就是谁的，谁醉着，谁就是草原上最多情的人。

四

草原的风冷，风裹携着蒙古汉子的皮袄。跨上马鞍，长靴里的刀鞘闪动着冷月的白光，策马转身，扬鞭而去的蒙古汉子，你便是我的江湖。

五

一团团，一簇簇沙蒿生长在沙漠里，它们在车外跳动着，那绿连成片，远眺，像极了草原。沙漠里的沙蒿，让人心生怜悯，想想生活在人世间的芸芸众生，最终拥有最后幸福的也必定是最坚强、最有耐力的勇敢者。

辛苦的草原阿妈，在蓝天下放牧羊只，那白的黑的浅棕的羊只，一一被阿妈叫着名字，它们犹如阿妈的儿女，被阿妈疼爱着。阿妈说，黑的是大儿子的，今年是一只，明年下了小羊羔是三只了，我掐着指头，如此繁衍下去，黑羊的家庭很快就壮大了。

假想阿妈的牧场里的三只羊，一只黑羊，一只白羊，一只黄羊。三只见过蓝天、白云、绿草的羊，必将引领人类走出雾霾。

六

其其格在朗诵，其其格是花一样的女人，她跪在草地上喝酒，也跪着朗诵。她用蒙古语，打着卷舌，时而仰起脸，凝视天空，时而低下头俯视大地，时而双手轻贴胸口，时而伸展手臂，似乎在承接长生天的恩赐。她微微皱起的眉心，她抑扬顿挫的蒙古语，她的声音一阵高昂一阵低沉，她的身体直挺或低垂，这一切都透着一个蒙古女人坚毅的美。她跪立着，用打着卷舌的蒙古语朗诵着，这一刻，众神下界，众生平等。

七

在鄂托克前旗，我拜访了一位老人，他是前旗一位高贵的蒙古族老人。

他坐在一张大书桌后面，沉陷在一张椅子里。这是清晨，一个八十四岁的老人，已经开始伏案工作，他翻译，蒙译汉，汉译蒙。他著书。他收藏。他耗费了几十年的时间，遍走蒙古大地，他收藏了蒙古服装、靴子、马鞍、马垫……他把一个与马结下历史渊源的民族，辉煌地呈现在他的个人收藏馆里。

这个老人就是曹纳木先生。

曹纳木先生已经八十四岁高龄了，但他依然每天坚持写作，每天清晨走向书桌，傍晚回家。

一张宽大的高背椅里深深地陷进一个略略佝偻的背影，案头摆放着蒙文书，汉文书。一位老人，一位八十四岁的老人，正用余生完成着自己的梦想，正用余生丰盈着自己的精神家园，我不禁肃然起敬。年龄在这位老人的身上悄悄隐退，他的精神花朵正装点着一个民族的辉煌。

在鄂托克前旗，有一位不一样的老人，如果你走进他，你就走进了自己的老年，走进了一个开满鲜花的精神的花园。

八

夕阳西下，洁白的蒙古包承接着天地间的余晖，草原此刻宁静、安详，它用十万棵、百万棵、千万棵青草，回望着一个民族的骁勇，倾听着八匹骏马的嘶鸣，一个马背上民族的勇敢和豪放，让我一次次伸出手拥抱着夕阳，夕阳送我，一程又一程。

原载《星星·散文诗》2020 年第 3 期

草木之心［五章］

赵目珍

有理想的人

有理想的人，从来不找寻不朽的方式，但有心成为一个孤本；或者成为一面镜子，但不为了鉴照他人。

有理想的人，可以失去风景，但青睐那个在沙上画着卜辞而不便解释真理的先知。

有理想的人，随身卸下高处不胜寒的谜。怀揣一个旧的时代，留下温暖的哀思。

有理想的人，很难处乎材与不材之间。

有理想的人，只为大木唱赞歌。

有理想的人，不因见到无涯之水而望洋兴叹。

有理想的人，不因掌握了天堂与地狱的轮廓而感到慰藉。

有理想的人，剥离假设的世界，注重自己的修为。

有理想的人，耽于梦境，追蹑续写的哲学。

有理想的人，看到采集者，回望赶不上的历史。

有理想的人，以退居为策源，颠倒相反的形而上学。

有理想的人，多少有点言外之意，摆脱顽固与致命的单调。

有理想的人，不惹啼痕。直面寂寥的顶峰，习惯了在无人的危石上消歇。

草木之心

焚烧——

沉沦之后，重又气聚神凝。不假外求，我有一颗草木之心。

不过，于狂歌中追逐韬光养晦。谈何容易？

心为形役。忿欲是剧烈的颠倒。

而“万物体量无穷，时序没有止期”。

狂风吹动衣襟，如何能不让其摇曳自由的意志？

世传南华有散木情结，可“材与不材之间”如何才能够分辨得清？

还是草木之心最得人心呀！

不紧不慢，欣欣然陶醉于功成身退的幽期。

无关的事物

当我们倾慕于其他，眼中所垂涎的那些滋味便已遥远。

相对于“吾爱吾庐”，我们已经选择了被搁置，并且成为一种病态的空间。

于是无法理会是非谴责，也更难做形迹之想。

至此，无关的事物乃打开另一种意义上的遍绕篱墙。

无关痛痒，亦遂成既定之局。

人生如果再回到火种刀耕，又到底会带来一种什么样的还乡？

与无关的事物走得更近？抑或是落入现实的泥淖之中，不可自拔？

这些都无法想象。

然而奇异的是，无关的事物总是被移植成隐喻，并且成为与有关者密不可分的一部分。

生活在一个绝非天然的世界中，我们永远都无法杜绝以沾染尘埃的湖水为镜。

虚度光阴的人

的确是他们创造了迷人的午后。

肉身以及所附带的历史的沉重，全部都离弦而去。
人与光阴的关系突然逆转。
光阴寄生于人，这不能不说是一件可喜的事情。

当他们沿着无边的广阔虚拟天空，“飘忽”很快成为对云鸟的命名。
最关心的事，无外乎山水间的花事，以及深渊中沉睡的游鱼。
没有什么陈旧的过往逆流成河，若有若无的花朵都只疯狂在今天。

不晓得应该以何种名义让他们就此隐去，但他们终将下落不明。
绝非四处逃散。
隐含的燃烧，始终不如瞬间的闪电。
但他们的确带走了光阴，成为不朽最痛恨的敌人。

在黄河故道

光阴的长势喜人。杞柳始终款待着这片不可穷尽的黄昏。
“两个相同的命运，在一刹那间，相互点头，默契和微笑。”
而独立的世界，需要的恰是独立的封存。

只有通过你，我们才能刺入河口的腹地。
在观河楼上，我们打量四周。此刻，夸张的修饰已全部隐去。
天空就像是一面镜子，一面鉴照野性的世界，一面鉴照着我们的内心。

一定有人的心头是多疑的：是谁老于世故，改变了狂热的初衷？
曾经的影像，无法还原。
但可以想象那些磅礴的力量。一旦付诸有意味的形式，定然带来深刻的革命。

揽蕴的奇观只能存在于想象之中了。

当我充满希望地登临，我就曾意料必有一种落魄的回归。

这不是星象的袒露。

只有沉溺于天空，才能看到交融的时间。

原载《青岛文学》2020 年第 5 期

隔窗听秋

吕敏讷

秋　分

秋——清瘦。孤独。

雨落，蝉鸣，枯叶风卷，可秋依旧孤独。它独自穿行，它独自变瘦。

一层一层雨，飘下，秋天一次一次变瘦。

它越来越瘦。浴着一层又一层的雨。

一直瘦到了秋分。

到了秋分，秋天开始层次分明了，该飘零的飘零了，正在繁盛的似乎还很繁盛的样子。有许多叶子枯萎了零落了，满眼的衰败，可是还有许多花盛放着妖娆着，满心的欢喜。生和死就在同一片天空下发生。生和死，就那么近，就是生命的两种形式。

阴阳相半，一半清寒，一半安暖。这样的状态，多好啊，不只是秋天，所有的事，都该是这样。昼夜均而寒暑平，秋分，这度把握得最好。残荷听雨。芦荻染霜。雁字成行。桂花飘香。

秋分，如若是在微凉的水边，有风拂面，撩动衣衫，将自己一分为二，一半在水中，一半在岸上。风里有秋意，阳光还有夏天的味道。寒鸦戏水，似是秋天，美人蕉独自在岸边璀璨，恍若早春正在进行。一袖秋风，一湖春色。好似冷暖相偎，悲喜参半，爱恨平分，相比之于人生不如意的十之八九，这不偏不倚不增不减的一半一半，该是多好的啊。

和另一个自己对视，身体和灵魂握手言和，自说自话，自问自答，如梦似幻。水天一色处，有暖阳一抹，有凉风一缕，有自己的影子作陪，青草青，黄叶黄，秋分该是秋天最美的意境了！

这一分为二的秋，繁茂和颓废均等了，冷热均匀了，内心的躁动和平静相互制衡了。心就越来越简单了，不再盛气凌人，一派生机咄咄逼人的繁茂。像忽然消瘦了的人，衣带渐宽，空灵了，轻盈了。热闹都散了去，不去追风，顾影，独自曲径徘徊。

秋天的光阴只剩下一半，一年的光阴却所剩无几了！像所剩无几的枝上的枯叶。像所剩无几的三两颗老牙，像，所剩无几的一些荒乱的发。光阴零落，肌肉和筋骨不再生长，像不再生长的一些心事，悄悄沉入水底，归于平静，准备安睡！

秋天终归安静了。

只剩下雨声。秋高气爽，云淡风轻，雁字成行，此番岁月静好，只是想象里的秋，人生绝少遇到啊！秋天还是剩下一片雨声，雨，覆盖了一切。秋水无尘，寂静无言，遮蔽了喧嚣，掩藏了叹息，独自沉静。藏在午夜，一片啜泣，独自，悠悠长长，没完没了的怨与恨！夜淹没了雨，雨包围了夜。打在窗上，像一声声刺骨的疼。

窗外，有雨飘落，有风吹过，有歌声渺茫，一片冰凉之外，独剩安静。

寒 露

雨是秋天的泪，流着流着，也就干了，最后只剩一滴寒凉而清亮的露。

秋分过后，风寒露重。露是秋晨洒落的第一滴清泪。

等到白露为霜，秋天的眼睛就干涸了，再也流不出无尘的水。寒露过后，结水成霜！寒露到来，不得不开始整理衣柜，收藏夏装，一条条裙子，都要退到角落里了。

午后阳光明媚，有微风从窗前轻轻吹过，想起了夏季，适合裙子的美妙时节，一条裙子就是一个故事。散乱的夏装，有很多都是摆设，不曾穿过。一路行走，总会准备很多行囊，背着它，又累又重，过后才发现，有很多都是没有用的。转眼夏天的时光就没了，清理衣服，拿起一件，反复思酌，犹豫不决，像是要挽回一些旧时光，像留恋那些不回头的青春。时光终究是挽不回了，你看，都已经是寒露了，清理那些薄纱衣吧！

临窗看秋风一次一次吹落枯叶，把它们埋进泥土，埋进大地的母腹，秋风是在适时地做着清理。好似让世间曾发生的一切，都被大地深藏，收藏一些回忆和往事，任凭你用一辈子的光阴都找不到。这就是最深的秋了，像包裹一些心事，让它密不透风。人世间经历的种种，到头来，还是要归于泥土，这都是自然的事。

人生的智慧，就是懂得，适时地清理。终要回归为静水深流，真水无香，就是要让纯美和宁静占据清淡而又意味深长的内心。

撑着伞，走在山间。天，灰的浓重，天上的云，慢慢俯身下来，漫向山头，成了远山的雾，再笼下来，铺满整片树林，就成了人间的烟。

雾终于还是填满了整片树林，铺满山间，把人们包裹起来了，丝丝缕缕，大地最终归于一片清寒。

雾雨落下来，成了草叶间一粒粒露，清凉，晶莹，一不小心就滑落了。

叶子上的露一滴滴散落，落下来的都是一场又一场的孤冷。

夜晚，月亮虽冷，还是在天上。秋风，带着露，借着夜色，偷偷地来了，像借着夜色，偷偷到来的思念。它从很远，走到从前。

今夜，借着窗玻璃的缝隙，偷偷溜进来的，还有月色，还有，隔年的灯光。

风继续吹，临窗听秋，听着秋声入眠。枕着秋露，梦境注定被夜风吹凉。

幸好有月光，它赐我夜光杯，盛得下满地寒露，盛得下旧时的忧伤。

清阳寺

清阳山上清阳寺，何以得名？去了，有此猜测，三条水在山脚汇流而下，簇拥满山的安宁，是为清。山在东面，太阳出来，从山顶望去，面前的群山逶迤，对面的九座山头以朝拜太阳的姿势趺坐山前，山间万物蓬勃，是为阳。这

“三水来朝，九凤朝阳”的地方，在这样的山上建起一座庙，供人们朝拜，也算是占得了这好风好水。取清阳二字，尽得其意，美哉妙哉。不光如此，旧时最初建寺的人姓杨，故寺名谐其音，也是为了永久的纪念，自古亦有之。比如，旧时曾有一个石姓人花钱建起一座庙，不好命名，就在寺里雕出一座石佛，将寺庙命名为石佛寺，永久流传。

清阳寺的香火鼎盛，年复一年，每逢盛大节日，都要集会或唱大戏以欢庆纪念。而世世代代，大大小小的活动要先请杨家以贵宾身份来到现场，一切方可就绪。杨家住得远，来来去去诸多不便。直到解放前后的某一年，这一次负责去请杨家贵宾的，是一位李姓人，他长得黑而胖，却也算得上当地致富带头人。他手里有些钱，腰杆直，说话有底气，这一次他向杨家提出一个大胆而空前的想法，杨家也爽快地答应了。于是李姓人留下了 28 个钱，以此方式算是转换了这座庙的“贵宾身份”。时隔数十年之后，旧时的古庙早已荒败不堪，而今又一位李姓老总投入千万资金，决心要重新修建庙宇。隔着一道山梁，有一个叫郭家沟的地方，地下工厂，地上花园，一幅生态文明与工业文明相得益彰的精美画卷正在那里展开。而那个投资兴建清阳山的李姓人，正是郭家沟矿业集团的老总。

一座山，遇见李姓，就像遇见杨姓，都是山的机缘。

清阳山下，这一条不大不小的沟，是旧时茶马古道，陕西四川的商人必从这条沟经过，走出高桥镇，到达天水再上兰州。清阳山一带曾经是商业繁荣地区，以抄纸、烤酒为主的手工业，一度成为当地人重要的生活来源。试想，抄纸和烤酒这样美妙的手工，多道工序全凭手来完成，以植物和粮食为原料，协调水之形，火之性的阴阳结合。它们有着很多的相似，泡蒸晒踏打溜，叮叮当当，嘁嘁喳喳，窸窸窣窣的声响长年累月在山间回荡，可以想见当年的热闹繁华。

清阳山晨钟暮鼓，仙音袅袅，更有马帮结队来来往往，马蹄踏踏，马铃铛铛，山歌苍凉。

清阳山，也算是听遍了世间的俗音凡响。

原载《青岛文学》2020 年第 6 期

抽象画

占　森

一

每天都这样醒来，在北边的小屋子里，离阳光有一段距离。因此我认为：北方故乡，即是那些冷的、逝了的东西，是背影，是埋着晾着飘着的一具小玩偶。

喜爱街道的清净，这样的一尘不染，玻璃明亮、铁物透彻，泥土要走入林子，塑料要消失……甚至，偶尔出现着的人都是被筛选过的。

敌人，已经蜷缩在那儿了，像虫子，似乎从今日起，将要做我的跟随者。它们很傲慢，如今却为我摇旗与呐喊。

二

拘泥于那些梦境。因为太想脱身了，所以才会反复梦到。

梦到海边空旷堂皇的酒店，始终没长大和变老的同事们，他们惊喜的重逢的眼，以及：必须以我此刻的落魄，再见它们而显出的自卑。

而想起的那些海啊，如此不真实。湛蓝如画的边缘，有涩涩的沙子，有绿绿的军服，有上个世纪没炸响的哑弹。

还有恐惧的水，我就那样独自在礁石上踱步，幻想一场永不世俗的爱情。

三

浪迹，无疑是那些失败者必不常见的曲折弧线。一启程，满天的烟火就开始熏绕，沙哑的琴弦和潮湿的空气就会袭来。就像男孩波特面临的黑魔法那样……可是，它们仍是我唯一的资粮。

拥挤的房子，高高的桥；枯黄的植物，蹩脚的路；以及一群戴帽子的华丽贵妇人，奢侈的轿子上的巨婴……这些，都是我某刻对着外界时，用于挥霍和慢慢掌嘴的，旧时光。

四

零碎的纸条即将被铺满新鲜，那朵叫作“黑玫瑰”的花才是经久不变的王。我有一副雷打不动的冷抒情的骨子，不对那些人那些事物妥协。

我所知道的逆行者，也并不只是戴着面罩的，相反，他可以夹杂在人群里，可以是最大声的，可以是叼着烟把烟头烧到嘴唇都不知觉的那个人。

你们说的，刺耳的摩擦声，窸窣的拐杖，包括任何一种具体的明示——都不像是我。

五

垒在坡上面的，高高的巨石，我觉得它们俊俏有型，不可一世。这并不算是恭维，因为我要警惕同细软的溪流保持距离，我有铁匠的血脉和姿态。

那个人啊，还在唱歌。那是个把长篇诗剧唱得像她自己日记的女人。她在黑伞里面，穿一身经年不变的破旧黑裙子，像我的妻子。

而还会有什么在地上流淌着呢？是尖锐的扁舟，或突然出现的未写寄处的信吗？

我们只是想简单地回避。回避，是我们最得体的礼貌与忍耐。

原载《散文诗世界》2020年第7期

炊烟里的乡愁

王世虎

一、飘散的炊烟

没风的时候，炊烟是直的。

直冲云霄。

有风的时候，炊烟就慢慢飘散了。

从瓦缝中绕出来。从屋顶上绕出来。从树梢上绕出来。从电线杆上绕出来。从河流上绕出来。从山林中绕出来。从父母的期盼中绕出来。从故乡的上空绕出来。

散的是形，不散的是神。

所以，炊烟迟早都是要回去的。

我就是一缕被吹散了的炊烟。

二、看不到尽头的铁轨

老师说，笔直的两条铁轨，是平行线。

这两条无限延伸的平行线，承载了我儿时的梦想。

我的心随着铁轨在流浪。

一步。两步。三步。四步。

我看不到它的尽头，只知道它一直通向前方。

跨过河流。穿过高山。不畏严寒。不畏酷暑。

平行的两条线，延伸着火车脚下平坦的道路。

我的人生，是纵横交错的。

三、奔流不息的河流

河流那种最原始的哗啦声，常撞击着我慵懒的心灵。

柔软的只是它的躯体，流淌的却是坚韧的血液。

所以才能激起浪花。

所以才能汹涌澎湃。

所以才能水滴穿石。

但它的归宿，只能是大海。

海纳百川，有容乃大。

所以，我选择奔流不息。

四、无声的风

微风拂过脸庞的时候，我依稀感觉母亲就站在我旁边。

它吹干我眼角的泪水。

它吹乱我整齐的头发。

它吹空我胸中的忧郁。

它吹得我不再感觉寒冷。

它吹得我孤独的心灵，不再寂寞。

风儿啊，请带去我的思念，请捎上我的祝福。

风儿啊，请告诉我的故乡，我爱她！

五、梦

终于做梦了。

很多时候，我自己都不了解自己。

天高云淡的日子。头顶呼啦啦飞过的鸟群。小溪里欢快嬉戏的鱼儿。屋檐下衔泥筑巢的燕子。身旁呼啸而过的火车。

没有风，唯有炊烟是直的。

母亲正站在村口的大槐树下冲我挥手——回家吃饭啦！

我甜甜地笑了起来……

醒来，一脸的泪痕。

六、游子　孩子

想家的时候，我回望故乡。

乡愁是烙印在心中挥之不去的一幅水墨画。

有人。有家。有树。有鸟。有山。有河。

有阳光。有森林。有蓝天。有白云。

还有炊烟。

想家的时候，我不再是个游子。我是个孩子。

原载《辽西风》2019 年第 11 期

春天的呼唤［组章］

梁冬梅

花之缘

清晨的一转身，惊喜击碎忧伤，一个金色的花船划过来。

今天是武汉解封，黄鹤展翅的日子，南瓜花绽放着春天的笑脸，惊艳了我的眼眸。在春天的留声机里唱着甜蜜蜜的歌。

时光滴答着故事，这是母亲拿来的南瓜留下的籽。在疫情期间，幼苗点燃希望之火。母亲种的 100 多个南瓜在地上，墙头，草垛嬉戏。生长着我童年的梦，燕子呢喃着母爱的音符。母亲用血和汗水刻着雕像。

文竹用渔线钓住春天，你用顽强不屈塑造了生命的春天。弹奏着一粒种子的《命运交响曲》。雪花扇动一对翅膀，叩击窗棂，驻足观望。喜鹊衔着一根爱情的杠杆筑巢，你从我的诗中走来。奔腾着生命河流的朵朵浪花。

荷叶状的叶片上留着蛙声。藤蔓弯曲着青春的九曲河。琥珀杯盛着爱的美酒。母亲的叮咛凝结成花蕊。

短暂盛开，收拢羽翼，孕育果实。花蕾想着春天的心事，次第盛开的三朵花，花苞串成项链，挂在春天的大门。

你是母亲绣的一方锦帕。从神农氏到如今，创造了一粒种子的神话。你在平仄中激起了新的韵脚。在同类嘲笑、幸灾乐祸中创作了一座生命的宫殿。凡·高画向日葵，我画南瓜花，阳光在历史的长廊中泼墨作画……

兰花之韵

一只白鸽衔来了春天的橄榄枝。早市的角落，一片彩云飘进眼眸。你从平仄中走来。你是我前世今生的缘，圣洁雪花的吻羞红了你的脸，娇小的花苞发酵着诗句。有人说：兰花枯萎了，把蒜头似的豆取出来晾干，教师节那天栽上，大年初一准开花。这是一个老师的经验。那是朵感恩的花。

兰生幽谷中，馥馥吐幽香。料峭的寒风中俏丽，温室的甜言蜜语腐化了骨头。一夜时光，月亮夺走了草叶的青春，不知病因。叶落归根，埋在土里是你的最好葬礼。

阳光在花儿脸上涂着胭脂，一个个美娇娘排队登上舞台。红色的花燃烧青春的火炬。一朵红边黄底花，红红的嘴唇，诱人亲吻。花瓣上带着几条红线，似肺部的血管惊魂。紫色花蕊梦幻着华年。

春光唤醒了你沉睡的灵魂，春风俘虏了芳心。阳台上给你建一座宫殿。而你却听惯山谷的回声，小溪水的叮咚。打开窗子让蜜蜂蝴蝶飞进来与你对话。窗外鸟儿叽喳着情歌。你扬起了笑脸，舞动着腰肢。抖落满屋香气，醉了柠檬树，醉了书籍，醉了嫦娥。

黄色的花瓣银色蕊，思念牵挂的银线扯向银河。搭建了一座鹊桥。

兰花在枯草间绘制着彩图。花瓣藏着一个不屈的灵魂。我听见你的笑声在山谷回荡……

净月潭之春

骑着春风去净月潭寻找杏花仙子。净月潭是仙女落下的一滴泪的化身，与台湾日月潭是姊妹潭，似半月弯着人们的情怀。

净月女神托举着太阳，守护着一方净土。碧松净月塔耸立着四季画卷，那根嫩绿的芦苇是否还记得蒹葭苍苍，在水一方的佳人？掬起早春嫩绿的倒影珍藏。

摇着一船快乐的诗句漂流。林中栈道的足音叩击着生命的力量。林中氧吧呼吸成高山流水的音符，鸟鸣衔来七弦琴的弦。

眼神在月亮湾上荡秋千。在河水中踏浪，坐在龙头船上读诗，垂钓春光。任带着海腥与杏花香的风儿吻着脸颊，儿童的银铃声与海浪共舞。坐在河边大堤缠绵着浪花的细语，在桥洞中抓拍到浪漫。打水漂父子快乐着时光。

金达莱粉色的云飘着蝴蝶的梦，温柔着怀抱。林中、河边的杏花桃花盛开着岁月的芬芳，点缀着唐风宋雨的韵。

我遗落了净月潭回眸的相思豆。

原载《吉林散文诗》2020 年第 2 期

村庄的另一种形态［外一章］

封期任

一头牛，在农谚里把时光嚼碎。

一只鸟，擎着最初的念想，在日渐泛红的叶影中，吹响家乡的牧笛。

一首老歌，流淌着原乡人的味道，把熟稔的音符洒在山间。

磨亮的镰刀，收割一季的收成，看草籽、葱蒜和豆角，以及油菜和小麦的种子，蛰伏在温润的田土里。

把父兄挥洒的汗水，酿成一碗烧酒，醉了沸腾的村庄。

我站在炊烟拂过的城郭里，守望风与谷的低语。

不说雁阵啼叫的温婉。

不说河水复活的纯清。

我只在日渐瘦削的路口，问询那棵老槐树是否读瘦了一寸一寸的光阴，是否像母亲一样扯开沙哑的嗓子，一遍一遍地喊着我的乳名。一遍又一遍地喊疼那些叫不出名字的花、草、树，以及那只泣血的鸟，把咸涩的往事，啼成思归的露水。

还扯一朵白云，擦拭思念的伤口，在挖掘机刨开的废墟里播下一个心愿。

浸血的目光，带着进城的农谚开始迁徙。

那颗安插在十万大山里的种子哦，以一种独特的方式开始叙述——

叙述一朵祥云，在老去的时光中，栽种秋天的母语。

叙述渐次变凉的季节，越来越懂那一声犬吠传出的乡音。

无论枫叶飘落。

无论霜雨日趋迫近。

我的心，同母亲一样，

山里，或山外，都洋溢着春。

村庄的呼吸

风把最后的誓言，吹成银白的露。

蚱蜢把最后一个蝶影，折叠成梦的衣裙。

喧嚣过后。

父兄把咸涩的汗水，酿制成一脸笑靥，挂在村口那棵柿子树上。

摇摆的枝丫，覆盖荒芜的路。

翻晒的辞藻，渴望站台的汽笛，作别霓虹、作坊，和低矮的工棚。

我站在季节深处，拔下一片羽毛，写下一地空白。

所有的爱、期待和牵挂，瞬间羽化成一只雁。

穿过父兄的第六根肋骨，暖和那粒寒星。

一起恭候春，及那枚太阳。

原载《星星·散文诗》2020年第4期

打折的生活［二章］

墨 凝

打折的生活

去龙华那个田少爷生蚝馆，先要一锅一元一个的生蚝，然后点瓶买一送一的青岛啤酒。

再来一小盘水煮毛豆，差不多了。

夜生活就这样开始了，白天上班太累，不谈工作。谈感情也累，谈了更纠结。餐厅很大很吵，谈了也听不清楚。

佐料拌好了，多放陈醋与酱油少放辣椒与芥末，生活寡味，夜生活一定要品品辛酸与甘甜。

我们举起酒杯轻轻碰一下，相视一笑然后你喝一小口我喝一大口。

我们不说话，语言似乎也被打了折，夜生活需要一种境界和优雅。

一杯接一杯，我们消费着夜晚，夜晚也消费着我们。

酒馆快打烊了，买单时我们的脸红红的，我们相视一笑。喝四瓶啤酒算两瓶的钱，能打折的夜生活真好。

想着那些幸福我偷偷笑了

吃饭的时候，走路的时候，发呆的时候，我都会想起那些幸福的时刻。想着想着我抿着嘴摇了摇头，还是忍不住笑出了声……

请原谅我不能告诉你那些，深藏内心的，只属于我们的幸福。

那些微不足道的时光，就像悄无声息滚过草地的太阳，沾染着初夏的味道。就像你第一次走进厨房，用刷子刷去小龙虾身上的泥土，然后剪掉它们的前肢，失去武器的小龙虾战栗着，你微红的脸庞生动着人间烟火。

我坐在椅子上听着《往后余生》，淡然地看着眼前这痛与快乐的生活……

上班的路上，独醉的夜晚，无聊的周末，我都会想起那些幸福的时刻，想着想着就笑了。

想着想着轻轻摇了摇头，忍着，还是没有忍住夺眶而出的情感或往事……

原载《星星·散文诗》2020年第7期

大风之夜［组章］

缪立士

在钢铁的吼叫声中

终于被破坏干净！

那迎风摇曳的竹林，不断摇曳着青翠的歌声，

连同蝉噪、鸟鸣和飞翔，都被彻彻底底地破坏干净。

那些土地，原本生长着金黄的玉米、喷香的稻谷，

被浇上厚厚的钢筋混凝土。一幢幢高楼拔地而起，

然而不是为了栖居，安顿人心和躯体。

宽敞的屋宇里，一架架庞大的轰鸣不息的钢铁，把人呼来喝去。

机器运转，轰响不绝。

人们围绕着它，旋转着，忙忙碌碌，日夜不息。

身体日益肥胖或日益消瘦，目光日益混沌、空虚。

清　扫

都市的藏污纳垢处，

一把小小的扫帚能否打扫干净？

借着晨曦的微光，一个扫街的老妇人多么像被罚下人间的神，孤独凄伤。

她首先要扫走的是心里的夜色，接着才是夜色一样的垃圾，

而最后，能否扫走谁垃圾一样的生活？

我曾经在凌晨时分穿过一条大街，幸福的人正在酣眠。

高大的楼房下，一只只装着垃圾的黑色塑料袋随地丢弃，有的已经散乱开来，剩菜残渣、卫生巾和草纸布满路面；有的随风飘起，如同狰狞的蝙蝠在空无一人的街巷上空恣意舞蹈。

成群的老鼠叽叽爬动，野猫和流浪狗在贪婪地吞咽着。

借着晨曦的微光，一个扫街的老妇人多么像被罚下人间的神，孤独凄伤。

她首先要扫走的是心里的夜色，接着才是夜色一样的垃圾，

而最后能否扫走谁垃圾一样的生活？

春　水

一江春水照出飞鸟和云影，清洗我的布衣和脚。

但它已污浊，结着一层油腻，如花。

但我仍然需要洗涤，洗去身上的尘埃。

在这尘世，我想做一个纤尘不染的人。

我把手伸进这一江春水，粼粼的夜色便荡漾开来。

我感到，有些东西依然清澈、洁净，是不会被污浊的。

青山两岸。江水如酒。

从远方缓缓流来的，依然向远方缓缓流去。

大风之夜

我必须把门窗关上。

大风已经跑过空旷的田野，扑进村庄。
树木们在不停地战栗着，唰啦唰啦地惊叫。

我必须把门窗关上。
大风像狂躁的疯狗，在屋外一遍遍嚎叫，转圈。
它会不会破门而入，吹灭我的灯火？
夜已经很黑，如果没有了灯火，我会更加害怕和孤单。

我仿佛看见大风正在窗外用锐利的爪子恶狠狠地拍打着……
门窗不断地发出吱嘎吱嘎的呻吟声，
灯火抖颤，我久久不敢睡去。

原载《星星·散文诗》2020年第1期

大河之上

夏 寒

一

先民，将目光伸向河水。

探寻，文明之源……

旧时的语境，犁出烟波浩渺。

河水东流，舞动鸟鸣、水草和树枝。

时光深处，草原、山川、闪电、雷霆，还有霞光和月色，勾勒成苍茫。

一阵风吹来，远古——在赤峰醒了。

克什克腾红山子北麓，枝繁叶茂的草木遍野。

草根和树根把泥土沙石抱紧，拽出水的涌动，枝叶拨动着水——

去远行。

在潢源。水，隐藏的神性，披荆斩棘。

浪花滚动，义无反顾地穿梭，夙愿里是改天换地的使命。

白槽沟，扛起了西拉木伦河的旗帜。

百岔河、碧流河、萨岭河、苇塘河、查干木伦河、少冷河，一股股力量先后加盟，使你形成更加强大的生命体系。

母亲河，古老。而祖母河——西拉木伦河——你，

更古老。

河水，向东流去……

缓缓地打开山的真容。

密林深处，天地的灵气发力。西拉木伦河，你孕育了史前文明。

八千个星移斗转的年年岁岁，在每一个风风雨雨的日子都会诞生许许多多动人的故事。

你是一条巨龙，一条静静地卧在草原的巨龙。

水，是你的血液。

在你生命的血管奔流，在草原腹地浸染生命的色彩。

你激荡着饱含的深情，从每一朵浪花里，喷涌而出。

清晨。阳光，与蓝天白云做伴；

黄昏。晚霞，与河流树影对话。

视线与神经的缝隙里，蓄藏着草原的河，带着草原的生命基因，穿过岁月与生命的记忆。

是谁翻动了河水的光泽？是谁的激情化作涟漪？是谁在七月的草滩，抚摸着牛羊的呼吸？

清凉，划破了草原的沉默，河边的草撩起蒙古长调的悠扬。

河水，把一路豪情带向西辽河，又推向渤海湾。

河水，写着草原的风情，满载着远古的梦，向东方奔流。

时光，在春天的冰面、在枝头、在嫣红的那朵红梅之上融化，沿着春天的

方向行走在枝头。

阳光抵达心口的边缘，一蕾一蕾地鼓胀着千千万万的思绪与畅想。

枝头一苞一苞地发芽。

一树风靡，不问古时月，浅笑颦眉，手牵手的搀扶，让日子醉于风雨。

一剪鸟鸣，一剪花香，演绎时空的深情，洇透每一段光阴。

先民，从深山里走来，扎根河畔……

曲笔蜿蜒，一阕一阕柔婉的语言宣泄。

捉笔含笑，一指春光，著述人间冷暖。

梦里梦外，一朵浪花，在浩渺的沧海奔逐着，彩虹搭起的桥通向云端。

泥土与沙石共筑梦的草木，在祖先的胸怀里生根。

先民，从山上，采摘着野果、种子走下山来。

他们在林间狩猎，披着兽皮在河畔扎根。

临水而居，搭起遮风避雨的房子，新的生活在炊烟里展开。

二

炊烟，充满阳光。

远处连绵起伏的群山，像带子飘动的河流，近处的田野、菜园、篱笆，沐浴在温柔的霞辉里。

袅袅的炊烟，像一位婀娜多姿的少女，轻轻舞蹈，在乡村的上空构成了最美丽的风景。

种子，进化了生活。

先民，脸上摇曳着惬意。

兴隆洼，那个秋天，碾子碾出了小米。

那是人类最早的粮食，扑鼻的米香彻底告别了深山生活的过去。

山涧溪流，杵声回荡。小米和糜子的翻滚，把先民喂养，也把他们的智慧喂养。

兴隆洼的炊烟，在种子的孕育中升起，在骨制的刀锋上升起。

这一缕炊烟，从夹砂壶里升起，从石刀石斧的披沥中升起。

几千年了，朝朝暮暮，在黄河上下悠悠弥散。

猛然的一刹那，这一缕炊烟，化成一条腾龙，钻进渤海畅游。

风轻轻地吹，夕阳的余晖渐渐地变淡变薄，像轻纱一样笼罩着生生不息的田野和大地。村庄，被炊烟点燃，被雪花覆盖，它的内核写满花语，在一片雨水和月色里绵延。河流在梦的边缘萦绕，年复一年，炊烟袅袅飘荡。

倾听大地的呐喊与叹息，越过空气和尘埃，抵达庄严而战栗的感触，啜饮那迷人的春色。翻阅往事。北方以北，种子高举着誓言，一条河流唤醒生命，给每一个人内心补白。

文明的源头，是进步与文明的出口。

河流的内心，飘浮着曙色升起，

一滴水，掠过枯草，湿润花朵。

空旷。苍茫而辽远的兴隆洼。

百十户人家，每一户人家上空的炊烟，都在渐行渐远的蓝色里传出划时代的文明缕缕。

那是一座人间殿堂，那是人类播撒文明的心脏。

兴隆洼，远古的兴隆洼……

是小米，喂养了先民的智慧！

原载《星星诗刊》2020 年第 3 期

秋的幻象［外一章］

伍　岳

荒凉以光速成片生长，金黄爬满日历，为秋分贴好标记，冷雨把夏天的余热打得体无完肤，喧闹后洗出沧桑，敷上一阕哀怨的诗。

你拾起败落之叶，水痕是残存的记忆，在接下来的日子里逐渐风干，犹如曾经的功名与荣华，只把干净的灵魂留给诗歌成就一场幻象，背景是蓬勃的金黄。

慢

听一曲《从前慢》，时光踩着音节逆向追溯，追溯到二十世纪，物质匮乏，灯影昏黄，没有网络资讯，一切都还停留在报纸上，可以从容地端起一杯晚霞，慢慢抿下一天过去的时辰，没有俗事打扰，在舌尖回味这温柔，有你脸颊蔷薇花般的味道，把心事记在日记本里，想象年老时同你翻看的模样。

原载《散文诗》（青年版）2020 年第 3 期

人间物象［组章］

王冷阳

桃　花

我们的嘴说出真实，我们交换黑暗的词。

——保罗·策兰

一

桃花在三月醒来。一个人将怀念推上枝头，内心每一滴透明的汁液，仿若桃花用日光讲述的命运细小的部分。

桃花低语，云雀和月亮在倾听。那被沉默俘虏的人，从虚构的场景里取出她身体里的光与美德，心灵在语言的长廊中逡巡。

春天来了，是否要时间的大钟为内心的城堡再次轰鸣？桃花无法建筑昨夜的雨水和黑暗，无法建筑契约、火与黎明。枝丫伸出浩浩荡荡的诘问，她捧出月色，但我无法用冰凉的诗句敲醒她的秘密。陈旧的拥抱与辛酸的路程在春天化为齑粉，化为生锈的月光，宛若桃花的灵魂在大地穿行。

你可以擦去她的身世，却不能抹杀她的尺寸。她是音乐，但不是音乐本身；拥有爱，但不独占。一瓣瓣桃花在我的叙述中纷纷登场，又黯然撤离，花瓣溅起的灰尘清洗人间伤痛。

二

没有任何事物高过生命，没有任何阴影高过爱情。时间的废墟佩戴着荣光和大地的苍凉。

纯净但不完美的桃花，只要我驻足，她们就扑向我怀中。燕子斜飞，它剪刀似的尾巴将谁的话题岔开？时间的流水潺潺。桃花是天使的羽翼，也是月亮的妹妹。她丰腴的双乳晃动，粉红的面容挡住月亮的去路。云朵落在湖面，如初吻落在夜晚。

炊烟，幸福，爱情，到底哪一样最值得怀念？撇开爱和彻骨的寒冷，一朵桃花仿若一个人曲折的进程，要承受多少生命中不能承受之轻？

谁的寂寞落地生根？是谁把红颜读作天涯，在桃花的词根里暗藏了颜料、句法和清音？时间犁铧般开辟肉体。这神的坐骑，音乐的人质，在天空的闪耀中坚守肯定与否定的光，分蘖的姓氏在大地上留下语言的把柄。

月光打碎花瓣，这是神的创意。桃花在一张旧照片中怒放，犹如词语在词典的阴影中鼓掌——桃花概括了整个春天，然后返回纸上。

猫

一只猫运来黑暗。

月亮只是一种公共经验。

需要写下清风和花香。需要把枪口藏在词的背后。需要在路灯的上方安装星星的按钮。猫一开口，星星就歌唱。

午夜，人被梦境接走。猫是一种幻象。

夜行者酩酊大醉。他侧耳谛听，只听到时间的流淌声。

这由时间和流水构成的睡眠，重新赋予了猫以血肉。

它的叫声悬挂中天。

这世界过多的法则倒向物质的黑暗。

象征幸福的倨傲而博大精深的火焰女神从不认为：这世界给予辛苦的劳作者多少光亮和爱意。

火焰住在木头的心里。

那是猫凝固的叫声，被一个词锁进纸的内部。

猫有时恨不得飞起来。假如它有翅膀，它一定会飞到星空，避开人和老鼠。

人如果重获青春与爱情，一定恨不得迁居至梦境深处，避开这多舛的一生。

每只猫都有一颗星星对称它的灵魂。

每个人都有一颗星星解读他的一生。

人所缺乏的，或许正是对事物的认知能力。在肉体深处，灵魂的颗粒照耀每个日夜。在这种特殊符号照耀下，人被自己的心性笼罩，统治。

活在宿命般的尘世，我们像一个个孤单的词，遭到语法的围困，被押解至意义的本源，返回生命黑暗的核心。

一只猫的孤独，加上另一只猫的孤独，无非是两把锋利的刀子，以尖锐对抗疲惫，以光亮对抗荒芜。

猫是一份黑夜的提纲、语言的召唤、心灵的巫师。

生而为人，我们给自身佩戴枷锁、花环，脆弱而孤单。

一滴雨水熄灭高处的悼词。

一棵发光的树

我看见那棵树已经准备好了思路。我的嘴唇出发，撞见了我想说的词。

现在它仍在坚持着阴影：半裸的树干，一半献身于阳光，一半隐藏于晦暗。

我不知道一棵树和人的处境是否相同，披露尘埃，在黑暗中感受到光的来临。那灼热的部分就是灵魂本身。它是否如我一样，脱掉疲倦的生活，剔除内心的杂质，在静穆中献出了声带？

但我不能说出欢乐和悲戚。时间帮助我听见了自身的杂音，但不能听见来自天空的神的言语。我热爱鸟的羽毛和风的外衣，也热爱幸福编织的花朵和叶子，但从未停下过脚步，从未研究过幸福的纹理和布局。一片叶子什么也不说，成百上千的叶子拥挤在心里——树也什么都不说，从地心升起的乌云点燃了它的心。

对一棵树来说，人是会走动的树，都有看不见的根。

人一走动，上帝就发出笑声。而一棵树本身就是一场凝固的火灾，焚烧寂寞和黑暗。滚过天空的雷霆，重塑了它的梦境，构成血液和骨骼。

四月并非残忍。只有过于放大内心的人才会感到处处残忍。一棵树也是这样，它隐藏了自身，但并不张扬欢乐；它暴露叶子，但并不暴露生命的来历。尘埃和鸟鸣吹拂我的草稿和房间。它在这片土地上等待了很久吧？从雪花的造访到黄昏倾斜的光线，它被祖传的基因扶正。一个老人给了它黑夜，一个少女给了它黎明。

我们散步、咳嗽、哭泣和拥抱，把多余的想法扫到树下，而谁又清扫过灵魂的庭院？

我们小心活着，在寂寞中练习隐忍。此刻，我目睹了一棵树被风劫持，被我的词语虏获。

那么我又被谁虏获，谁又在操纵我的肉身？四月的闪电劫掠光阴，从我的身体里搬出发霉的鸟巢和青春。

一棵树吐纳阴影，把光的粉末从空中卸下来，像一口沉默已久的井，皮肤下的波涛在唱歌，不打扰我手中的诗歌和远处的花朵。苔藓布满手指，发芽的是流水，从喉咙横扫过来，向树靠拢，也向天空靠拢。

它血液中的翅膀就要张开，沿着尖利的牙齿逆光上升。

原载《散文诗》2020 年 7 月

余生漫长，愿有岁月深爱

徐宏敏

小时候盼望长大，后来才明白，不盼望也会长大。长大后，怕自己会老去，结果是，即使害怕，自己也一样会老去。原来，这一切都是那么身不由己。所以，从现在开始，不要再活得那么纠结，走出去，踏雪寻梅，去感受雪舞梅香的优雅；邀一程素月，把酒话桑麻；沿着一段叫作缘分的小路，寻找一处淡暖清欢。

岁月翩然，盛大而隆重，唯有用心感受，才能体会人生的真谛。无论是春暖花开，还是海棠微雨，抑或是人淡如菊，花红雪白，都是生命里最清喜的味道。守一段清欢，静待流年。虽然，这个冬天凉薄了些，可是，雪花飞舞又何尝不是别样的风情?

光阴娴静，我们在轻雪落痕的流年里行走，这一程，悲喜与沧桑结伴，琐碎与烟火交织，那些水墨飞花，依旧在流年里落笔，从春花念到冬月，从晨曦念到暮雪，经年的故事，已经在笔下长满岁月的青苔，多少春花飘零水自流，多少沧海化了桑田。

陌上的冷风，依旧吹落绽放的寒梅，时间像古旧的柴门，吱吱呀呀响个不停，我与时光把酒言欢，与往事握手言和，以平常之心，与余生邂逅。用一笔一画，一针一线，书写锦绣年华。

人生，去有去处，归有归途。岁月如歌，唱着一路的悲欢离合，聚散别离都是故事，如此，笔下的每一次感悟，都是人生最美的修行。

每天，都要学着微笑，并不是因为多么快乐，而是不想让忧伤住进来；让温暖的阳光，暖去心底不知名的凉薄；让洁白柔软的雪花，点缀冬天的温柔浪漫。身在尘埃，心在云端，余生，好好爱自己，向美而生，朝着远方去旅行，去看那美丽的风景，去寻找梦想的归宿。

日去月来一天，花开花落又是一季。

岁暮回首，过去的已经过去，未来已经在路上。这一年，走得太匆忙，还没来得及停下细细欣赏沿途的风景，时光就忽而收回了手。

渐渐地，学会独立，告别依赖，学会了风雨兼程，学会对曾经软弱的自己说声再见。站在时光的门楣边，学会拈花微笑，慢慢变好，活成自己喜欢的样子，才是给自己的最好的礼物。

挥别过去，送走满满一载，终于迎来崭新的篇章，我在轻雪纷飞的江南，隔着天涯，写一阕残章断句，与往事道别。静静栖息在文字深处，挽住岁月枝头的一剪寒梅。都说岁月无情，只有有情人才能读懂它的情深，走过多少荆棘，踏平多少坎坷，总有一个人，陪你细嗅花香，看落日烟霞，悲欢不弃，结伴而行。

我途经的山河岁月，清远，近幽，遗世，婀娜，开成一朵洁白的莲。请相信，你所付出的情深，岁月一定深情还你，愿未来，所有的美好都应运而生，愿你的生命，是一场永不凋谢的花期。

或许，人生本来就是一场重逢与错过，聚也罢，散也罢，不过是缘起缘灭，一念之间，转身一别两宽。走过多少春夏秋冬，心境也渐渐豁然开朗，变得淡泊宁静，自得其乐，愿岁月厚待，赐予你的尽是温柔，愿时光带走，终有一天会成全。

岁末，冬来过，雪来过，手拈往事，静品茶香。且将新火试新茶，诗酒趁年华，无论对过往有多么不舍，都要学着放下，因为未来还有无限可能，有很多希望和梦想，我们要享受当下的时刻，用莞尔的笑意，让祝福盈香。余生漫长，请与岁月深爱。

美篇平台官方散文专题精华首页推荐，2019 年 10 月 13 日

低头思故乡［组章］

许泽夫

出远门

爷爷走得太急，没带上换洗的衣服。

爷爷走得太远，至今没有再跨进恋恋不舍的家。

妈奶把爷爷的四季衣服，晒了又洗，洗了又晒，便于爷爷随时回家取走。

到了晚上，奶奶发疯似的纺线、纳鞋，吱吱呀呀的纺车把小村的夜叫痛了。

奶奶要走了，走得很安静，她再三叮嘱她要穿着爷爷的衣服，里三层外三层，她还要穿着爷爷的鞋子和袜子，穿不完的就打成包袱，随身携带。

奶奶说，她要到很远很远的那边去，给爷爷送去换洗衣服，奶奶说，她要揪着爷爷的耳朵责骂他为什么自己独自远行，招呼也不打一声……

正　午

老牛在吃草时，专心致志，如我在课堂上听老师讲课那样。

它只顾低头，顺着草埂从埂头到埂尾，井井有条地囫囵吞草。它有四个胃，每个胃都空空荡荡，它必须利用太阳越过头顶的那一节空当，把胃填满。

它吃草的样子，颇像我读课文，不同的是牛频频点头，而我摇头晃脑。它的脚所经之处凹下深印，像是给课文做了批注。

主人端着一大海碗稀饭，边喝边走近，他吧唧吧唧喝一口，静静的太阳就往西偏一点。

老牛听到主人的一声响，猛地抬头。

那神情像看到捧着教科书夹着教鞭的老师来了。

它一抬头，周围的几座山头以及山下的千顷良田都跟着晃动……

村　路

偌大的村庄瞬间退缩到火柴盒般的拆迁恢复楼。

千顷良田被那个叫开发商的怪兽一口吞下，渣都不剩。

还是乡村，却不见黄土地。

只有冷在天上的月亮，像是黄土地的模样。

那段我赤脚走过的山路，在我体内长成了一根盲肠。

月圆也痛，月缺也痛。

祖　屋

几十年的风雨飘摇，祖屋已经破漏不堪，仿佛一阵风就能推倒。

一生低眉顺眼的奶奶，执意不肯搬迁，执意住在祖屋。

破旧家具不许更换。

家里已接上自来水，破损的水缸不许移走。

那把歪歪倒倒的竹椅，更是不许挪动半寸。

奶奶说，爷爷每天半夜都要回来，给水缸挑满水，在竹椅上坐坐，抽袋烟。

奶奶出殡那天，随着一阵夹着唢呐的山风，木门倒了。

祖屋睁着失神的眼睛，望着举着白幡的队伍，渐行渐远……

倒春寒

爷爷下葬那天，艳阳高照，春暖花开。

谁料第二天，天寒地冻。哦，人间的五月还有倒春寒！

冬天啊，都以为你走了，走远了——你不走远，春天怎么会来？

春天来了，风才会暖，情窦才会初开。

你却又返回了。是有什么牵肠挂肚放不下的吧！

奶奶穿上了爷爷亲手缝制的对襟新棉衣，戴上爷爷从集市上用鸭蛋换回的蓝头巾。

这些爷爷肯定看见了，于是倒春寒，悄然退场……

原载《散文诗世界》2019 年第 11 期

背　负［外一章］

蔡华建

当我在一个温暖湿润的地方孕育，你的身体就是我的整个宇宙。

每一次躁动，你都感受到阵痛，我越来越沉重，成了你无法摆脱的背负，让你的喘息在寒冷中瑟瑟。

然而，你仍然满怀喜悦，期待我的出现。

你的世界开始阳光普照，你的世界也开始一点点下沉。

我以为离开温暖之乡，割断了血脉相连脐带，不再是你的背负。

我趴在你的背上，瘦小的身子轻飘飘的，仿佛要被风吹走，可这也是贫穷中榨取了你的血肉。于是，我的瘦弱便成了你一生的歉意。

风吹起你的短发，一如草羽，愁苦成为你的精神背负。

田里的叶子为你拂去汗珠，生怕耽搁了你地里的刨食。

夕阳为你染一层浅红，薄衫褪成苍白，你推开低矮的木栅栏，残垣断壁中有一些黄昏。

那张开的一张张嘴，是饥饿的黑色山洞，无穷地吞噬着你的年华。

艰难，树影般，越来越深浓。

告别，在远离的路上不断延长，我以为那是放飞的小鸟，却原来是一只无形的风筝。

你卸下的是草篓，却背负了更沉重的心篓。

那一个城市的天气，那一个冷暖，成为你最关心的事情。

黄昏潜入黑夜，背负潜入深渊。

点起了灯，看不见归来的人，只有芳草萋萋的院落。

电话，声音穿越了时空，流向更远的彼端。

回忆，总是从早到晚，从春到秋。河岸边，此刻正晨曦，迎着晓风捡草菇的男孩，草上的露珠把他的脚趾打湿了。大树下，正是，正跳跃玩耍的男孩，被唤归的炊烟牵手而行。

思念才是母亲最深沉的背负。

地　铁

早晨，我数着星星落下的余光，沉入地底，长长的走廊有风吹过，我却无法辨别这是哪个季节的风。

安检机把我扫描了一遍，我虽然穿着厚厚的衣服，却又裸露在机器面前，还好，只是机器。

我向闸机出示我的通行证，那是一个芯片，它记载了我四处奔波的机密，但它能读出我的劳累与辛苦么？

屏风隔离了我与铁轨的距离，里边黑洞洞的，我看着静静的铁轨，点头时，我的双眼与它成了井字形的交叉，但我实际是无路可走的，摇头时却与它同了方向，向两个终点延伸，生或者死，黑或者白，进或者退……

地铁风驰电掣，把我的头发、衣襟撩动，我骑着地铁，遁地而行，这是一种怎样的坐骑，如脚踩祥云两耳生风。

短暂的迷离，在地里看不见泥土的颜色，甚至没有土腥气息，心底里有一丝悲凉，行走的路上，并不是所见即所想了。

我去一个地方晃荡，我到另一个地方忙乱，我把自己当一支箭，绷紧的铁轨把我在城市的角落间弹来射往，有规则却无心绪的流浪。

越来越长的铁轨，耗去了一日的大好时光，等我回到地面，我又看见星星的光芒，光阴都去哪儿了？

地铁是一条时光隧道，我在里边穿梭，连缀了我的早晨与夜晚，或许还有我遥远的将来。

地铁是一块立体魔方，我在里边升降，兜转在我的客居与故乡，不知是否还有我的天堂。

我站在生活的背景板上，画着地铁里的景象，我无法画出一行行绿树，还有一缕缕阳光。

选自《湛江科技报》2020年10月26日

枫染栖霞

李　泳

大约秋已深，栖霞山的“枫”情指数这些天正逐日飙升。

举目望去——景区入口主干道两侧，以及枫花湖、枫林湖和万米登山步道周遭，数十个品种的枫叶五彩斑斓，层林尽染，万叶流丹……

萧瑟秋风缕缕掠过，丝丝秋意分不清是微凉，还是稍暖？

秋衣秋裤已然上身，依然难挡深秋的料峭轻寒。

登山途中总在默默想，是谁让这秋天变成参天大树的摇晃，留下落叶漫天飘散，更使落叶幻化山岗？

耳畔秋风阵阵，重重喟叹想必是为着前世与来生？

环顾求索才上眉梢，恍然间流泉飞溅，白云横渡，只见得那薄雾浓霞搂去了五彩山坳，七色峰峦。

看呐！山野里五角枫红了，刺毛栗红了，三角枫红了，茅草葛藤灌木林，一丛丛一片片地红了！

更有那新近引进景区的一株株金陵黄枫，这些林林总总、富有生命的枫树在这季节奔着秋色而来，可是为了追究人生某个元素？

是当年青春将太艳太艳的枫叶铺陈开来，陶醉成对所有岁月的倾情浪漫？

那样的枫叶，是任何一棵树都会拥有的火热之心。那样的枫叶，是任何一个人都能点燃的红烛青灯。那样的枫叶，是藏得太久的心在轮回。那样的枫叶，是迸发太多的情在凝眸。

是昨日晚霞的宿醉，还是今朝晨露的浓妆？抑或二者合谋将天堂迷倒，摔落银河里的许多星斗，权且栖身枫林树梢。

风不来时，绵绵枫叶可忘情？雨不落时，磅礴枫叶胜雨声。

片片只只，层层叠叠，团团簇簇。

终于能够不必相信灿烂等于匆匆，匆匆过后还有足以撼动心魄的重逢。

饱经风霜的磨砺之后，终于明白夏天偶尔可忆春花，冬日永远记得秋色。

放眼望去，离千佛岩不远，一整面峭壁上，“栖霞秋色”四个大字很是亮眼。

这里的枫叶开得格外让人惊艳！

几位水墨画发烧友对着山崖枫叶，在画板前一坐就是半天。

毗卢宝殿前的两株银杏，大约最早进入金黄变色模式。铺天盖地的茂密黄叶，耀眼动人。僧人走过，但见禅意四起……

其实无所谓欢乐，欢乐再多，枫叶也不会为了某种心情而特殊热烈；

亦不必矜持，含蓄再美，枫叶也不会为了某种性格而改变明艳。

平平常常、踏踏实实便好，用挤满落叶酽香的沃土铺路，款款地走向用枫叶燃烧的山野。

轻轻松松、明明白白亦可，受丛生花草芳菲的季节拥戴，悠悠然迈向用枫叶拥抱的胸怀。

没有忍耐，亦无须急躁。没有伤感，也不需要欣悦。

唯独不能缺席的是记忆中的怀念，或者是怀念中的记忆。枫叶是情怀中的一颗心，枫叶是一颗心中的情怀。记住了枫叶，就不会有对初心的忘怀。

不用盼望，明年，明年的明年，还会在这里；

不用纪念，去年，去年的去年，总是在这里。

枫叶让春花的来世提前，又让其前缘重现。

枫树，将一切愁苦尽数冬眠在斑驳的树干上，又将枫叶高擎于天，就像人世间总是需要的执着与信念 ......

原载《金陵晚报》2019 年 11 月 9 日

乡愁引我回家

王清铭

诺瓦利斯说，人类怀着乡愁的冲动到处寻找精神家园。

——题记

一

乡村是我们生命的发源地，河流是我们血液的源头。我们从鸡鸣狗吠中，学到最初的语言。我们牙牙学语，刮过枝头的山风和天空的鸟语是最好的老师。

我们是乡村的一茬庄稼，父亲用汗水，母亲用乳汁喂养了我们。我们在父母的土地上生长，麦子的香味和母亲身上的乳香培养了我们最初的嗅觉。苦难和乡下的泪水培养了我们最初的味觉，酸甜苦辣，活在乡下的我们什么没有尝过?

乡下的阳光制造我们皮肤黝黑的原色，这生铁的品格足够影响我们一生。

二

在乡下，我们赤足走惯了路，从此学会了脚踏实地。城市的水泥地是无法留下足迹的，它们太硬，走的人太多。乡下的泥泞总会印满我们生命的印痕。柔软的泥土除了生长庄稼，还会种植我茁壮的脚印。

在乡下，我们不怕风雨，我们敞开胸怀，把自己当作汇聚雨水的河流。雨制造泥泞，但我们知道，只有经历风雨，泥泞上才留下我们生命最初的履印。

三

城市的霓虹灯很明亮，但它照亮的更多是孤单的影子。乡下的萤火虫很黯淡，但那是它们生命的灯盏。

乡下没有公园里的修剪整齐的花草，但杂草丛生更接近生命的原生态，生命力也更旺盛。

听够了靡靡之音后，我们会被一把唢呐撞得荡气回肠，唢呐是延伸出来的喉管，将爱和恨夹着血丝将你裹挟，冲荡，你于是懂得生命原来很简单，因简单而绚丽。

乡下的海拔一般都很高，于是你拥有一种眺望人生的高度。

在城市望不到的地平线，在乡下总是伴随太阳的光线镀亮了你对远方的遐思。

四

我们在城市中受到伤害的时候，很容易想到乡村天空无羁的飞鸟，我们向往重归乡村的怀抱。

羁鸟恋旧林，池鱼思故渊。陶渊明最难舍的是他手种的五棵柳树。荷锄带月归，带他回家的是一轮属于自己的明月。

五

乡村是一把七弦琴，总是喑哑着流浪的主题。我们漂泊在城市，我们在城市狭窄的空间寻找。在乡村的时候，我们以为城市就是我们的远方。尘埃落定之后，我们才知道，我们的身后就是跋涉的远方。寻找梦中的橄榄树，于是有了流浪。蓦然回首，故乡的橄榄树引领回归的仆仆身影。

六

在寻找和渴望之间，就有了乡愁。大雁从空中飞过，凄清的鸣啼就是乡愁。

城市多的是钢筋水泥的丛林，却很少能够在人们的仰望中安置一只雁包扎伤口的巢。

人们把离家的人比作一只孤雁，它孤独的身影穿越了许多人的凝望。月亮升起来了，诗人于是写到——

月亮是一滴明亮的泪，挂在乡愁憔悴的脸庞。

七

乡村是一棵朴实的橄榄树，总在我们的远方摇曳生姿。我们的凝望是扑棱翅膀的候鸟总想栖息在它高悬的巢。

橄榄，常绿乔木，羽状复叶，据说在风中会飞；开白色的花，从不姹紫嫣红，甘于寂寞，像一种纯净的忧伤；叶长椭圆形，果实也是椭圆形，总不会圆满，总带有缺项，像我们漂依无定的一生；果实绿色，可以吃，可以入药，对咽喉肿痛有疗效，兼治乡愁这种千古未痊愈的内心隐痛。

橄榄苦涩但回味甘永，如同我们现在怀念乡村的思绪。

八

乡村总与家的概念连在一起，老家是具体的，一滴在残笛中滑落的晶莹露珠，一条大辫子般的炊烟，一种阳光蒸发出来的汗香。老家是日出而作，是瓜棚豆架，是隔篱传杯推盏。老家的炊烟飘着，那是亲情的袅袅直上；老家的河流流淌，那是直面天空的淡泊……

鸡鸣狗吠都带着乡音的老家，离身很远，离心很近，是我们心上那一角最温柔的角落。

九

乡村也总是用宽容的手臂拥抱沾染风尘的游子，用纯净的水洗去他们的尘埃，清风像一位母亲，将孩子抚摩。

谁都是乡村枝上的一片叶，飘多远，总有根牵挂我们的步履。

当游子重新出发，乡村知道自己——只是一只高举的巢。

从乡下走出的人，只是一棵移植城市的庄稼。

十

像你无法割断与母亲的联系，乡村是你的生命（或者说是精神）的一条脐带。在乡村，你总有一个乳名，是牛奶、羊奶喂大的乳名，是乡村乳汁喂大的乳名，是被庄稼用叶子苍翠地喊大的乳名。

喊一声乳名是你的耳鬓厮磨的牛羊，替你答应的可是那单脚支立的老树。

十一

在布谷鸟的叫声中 / 父亲舒展卷缩 / 一夜的翅膀 / 鼾声 / 被走出栅栏的鸡鸭 / 叫得清脆激越

炊烟升起了娘的凝望 / 和姐姐的歌谣 / 长发飘拂的妹妹 / 用晨风梳理 / 杨柳的风姿

枝头的太阳成熟了 / 甜蜜的果汁 / 流淌一地 / 母亲舀一瓢 / 泼向拔节的庄稼

父亲踩响了 / 大地的心跳 / 他的背影 / 是一条黑色的沟垄

孩子咀嚼 / 文字的芳香 / 散落山坡的羊 / 咩咩地朗诵 / 村晨的课文

十二

乡村的早晨留给我们最深刻的印象。我们可以这么说，山上的太阳是勤劳的父母吵醒，其实太阳就像在城市中慵懒的我们，总想用夜色捂住酣睡的脸庞。

城市孩子耳熟能详《种太阳》这歌曲，其实太阳是起早摸黑的乡下人用汗水种出来的。汗水是太阳的种子，在农人的日子里生根发芽。

十三

我们乡下的姐妹不用涂脂抹粉。最好的化妆是生命，她们用溶溶月色、漾漾日光和粼粼波澜装饰生命的质地。她们像庄稼粗枝大叶地生长，像石榴一样丰盈，最后像荒野上的黄叶飘零风声中。

我们也曾为她们感慨，如同感慨一棵花开花落的无名树。

十四

放牧文字的乡下孩子，或许会在凝望一片云飘向远方后想，山那边是什么。书本上说，山那边有海，海那边有水泥的丛林，有起伏如山丘的大楼。

城市里的孩子问大人，楼那边是什么。大人说，楼那边有山，有城市里看不到的大鹰，那里有向天空拔节的大树，它们开花，然后飘落。在树下，有简陋的小屋，那是我们的老家。

于是有人从乡村出发，又有人从城市出发，他们把仆仆的风尘称作——回归！

十五

通衢和速度已使我们失去了远方，传说中的天涯海角只需飞机嗡鸣数小时便能抵达。我们的天空多了钢铁的翅膀，大地却少了鸟的翩跹身影。

在城市的动物园，我们与鸟儿对望。有心灵在啼鸣：不是笼子布满天空，天空也是另一种拘束的网。脚踏在乡土上，一只看门的狗也对我们狂吠时，我们才知道——

敞开的家园有一扇门紧锁着。

发达的交通使乡村很近，但我们知道自己离乡村还很远。——隔一条心的距离。

原载《莆田文学》2020 年第 2 期

写故乡［组章］

海　叶

写故乡

公路是要写的。从棠下桥，到村前的陡坡，刚好是九公里。我没有徒步过，但坐过生产队的手扶拖拉机。曾步行去区中学参加高考的大哥说过，这条十八里土马路，真是九曲十八弯。他磨破了一双半新的塑料凉鞋。

瓦房是要写的。在彭家坳，解放后爷爷从地主手里分得的两间瓦房，就坐落在大四合院的中部。那时一家六口，就生活在那逼仄的地方。那一半是青砖，一半是土砖的房子，就是我的出生地。隔壁公用的宽大的堂屋，成了儿时嬉戏的天堂。

童年的玩伴是要写的。几个年龄相仿的小伙伴，有的成了银行行长、作家，有的成了货车司机、下岗职工，有的一直在故园耕作。那个英年早逝的伙伴，儿时玩扑克游戏最厉害，后来娶的媳妇也漂亮，但他无缘享受世俗的幸福，没到不惑之年就撒手人寰。

村小的老师是要写的。那个漂亮的女民办老师，安排我坐在靠近讲台的位置，开启我对美的启蒙。我的同桌是个女生，她胖乎乎的模样，与上课时我们一起，偷吃生姜的快乐，生动了校园时光。

如今，故乡是埋人的地方。我的爷爷奶奶，我的母亲都长眠在屋后的半山腰。若干年后，我的父亲也会魂归故里。

至于我自己，对于故乡，或许永远是一个游子。

巡水记

天旱了很久。离村庄几十里外的水库，才开始调水救旱。田里的禾苗没水灌浆，都一副蔫蔫的模样。

终于轮到我们村接水了。瘦高的队长，把集合的口哨吹得呼啦呼啦响。

全村男女老少百十号人，散布在几十里长的水渠边。从晚上七点开始，将巡护到后天上午的十一点。夜晚漆黑一片，马灯和手电筒组成的长龙，在窄小的水渠上蜿蜒着。蜿蜒着……

母亲还卧病在床，十三岁的我也夹杂在这支队伍里。我的身高刚及自带的锄头柄。全村的劳力每三人分成一组，我则由经验丰富的庆福叔带着。庆福叔说巡水很简单的：一是防止水渠决堤，一是阻拦沿途的村民在水贵如油时来偷截。

流经两个乡镇的水，终于淌进了彭家坳。站在村口接水的老人，敲着锣鼓，仿佛在迎接一个盛大的节日。小孩则赤条着身子，在哗哗的水声里打闹。

在守水的四十个小时里，大家都自带了干粮。我肚子饿得实在难受时，趁着夜色的遮掩，去邻村的瓜地里摸了四根黄瓜，和一个尚未熟透的西瓜（西瓜还是三人一起分享的）。

其实，我知道比自己还饥渴的，是村里的稻田和池塘。经过一番畅快的灌溉，一垄一垄的稻田，终于亮汪汪了；池塘里的鱼儿，也在新蓄进的水里欢腾着。

陆陆续续回村的巡水人，一沾着木床就呼呼地进入了梦乡。

我没有急着补睡。我来到屋前的池塘里，打上一盆水，先替母亲好好地擦一把脸。

检屋漏

把两架木梯子绑接在一起。下面，还要垫上两块厚厚的土砖，才可以够到被炊烟熏黑了的瓦檐。父亲踏上去，一级一级向上。

我在下面双手扶住，仰望他散发着烟味和汗味的灰色外套。

一排排整齐的青瓦，由低往高延伸着。窄窄的下水槽里，积满了陈年的败叶和枯枝。枯枝败叶上，还铺着一层薄薄的霜花。

这处屋漏，像顽疾一样搁置多时了。以前父亲抽空只在屋内用长竹竿，做些小手术，但总是旧病复发。以至泥墙上，已留下了一抹深深的沟痕。

深秋的早晨。太阳，正从屋后的草垛上升起。

父亲弓着腰在屋顶上，对着手使劲哈气。还不时搓搓双手，并回过头要我站远一些，当心溜下的碎瓦砾，砸着了我光光的脑袋。

父亲直起身子时，刚好头顶上掠过了一朵干净的云。他应该看见了。

站在彭家坳的高处——

他应该还看见了，我从未看到过的东西。

马灯魂

那时，乡村的风总似黑夜一样阔大。

出门前，母亲总要将马灯的灯芯，调到最高。

能种植的地，在山那边。生产队将挖好的红薯，按人口分成一小堆，然后家家户户都要抓阄，分得半年的口粮。

看到母亲挑着空箩筐，提着马灯远远向我走来，我那颗因为害怕而悬着的心，终于咯噔一声落下。

那时，煤油要凭票供应。

看到风小了，我马上将灯芯调低些，提着在前面给母亲引路。

记得有一回，由于我将灯芯调得过低，马灯突然被大风吹灭，害挑着担子的母亲摔了一跤。

红薯，沿着山坡滚落一地。母亲一边揉着红肿的膝盖，一边从口袋里掏出火柴，命我重新点亮马灯。

后来，母亲总是教导我，当风雨大起来以后，一定要将手里的灯调到最亮，这样才不会无辜摔跟头。

如今，童年的马灯，与母亲一道悄然消逝了。

此刻，我只能借着微弱的光，将遗落在村庄的文字一一找回。

大雪忆

父亲的那记耳光，可能至今还在彭家坳的上空回响。虽然，我红肿的右脸，早已长满络腮胡子。

那是冬天，雪大得把后山的青松都压弯了。

屋前的台阶上，早起的母亲用锄头，正在开辟出门的路。

似一群小麻雀，我们早已按捺不住，叽叽喳喳拢在一起用雪球互致问候。踮起脚尖，大伙儿还堆起雪人，再用顶破草帽让其过足绅士的瘾。

院子里，四处晃荡着红扑扑的小脸。热气腾腾的景象，令堆起的雪人仿佛即刻融化了几分。

在坪里刚疯够，我们又旋风般来到村东的坡地。立在坡顶，伙伴们个个都是电影里的杨子云。寒风中飘飘的衣袂，叫坡底的小树都睁开了眼睛。

唯我觉得还不够味道，不够刺激。便悄然回家，拿来一条新漆的长板凳。

倒翻的板凳，搭乘着忠诚于自己的三五部下，在一片尖叫声里快乐若仙。

喧闹声的戛然而止，就是父亲的突然到来。他看到那条新崭崭的凳子，已变成大花脸，猛地甩过来一巴掌。

稻草垛

从一根稻草的侧面，观看古老的村庄。

从农历的阴影里，观看这一大滴集结在冬天的温暖。

草垛上的麻雀，在静候一场大雪。终身厮守乡野的清风，匆忙又掠过落日的余晖。

父亲倚坐在草垛边，脱下快要穿底的棉布鞋，倾倒出硌脚的土疙瘩。一双浑浊的眼里，村庄的影子依旧那样清晰。

老屋后山上过膝的茅草，遮住了进山的小路。年少时用过的镰刀，如今已去向不明。虽早已历经了风霜，但草叶还是划破了我的手指。

带着花朵一样的女儿，走进自己童年的风景里。在异乡出生、成长的孩子，对这片土地似乎有着血脉的感应，她的表情与眼神流露出的是亲切，是一种绿叶对根的认同。

面对矮下去的稻草垛，我安静地坐在半山腰。坐进一片永不褪色的风景，一片永属于我的风景。不！同时也是属于女儿的风景。

那块我曾平躺过的石头，似乎还残留着我少年时的体温；那矮矮的草垛，似乎还被温暖浸泡着。只是昔日通向远方的那条青石板小路，已被一条水泥公路所取代。

而村东的那条小溪，在继续消瘦下去。

乡村的夜晚，开始变得稀薄。

藏在草垛里的梦，那么轻。仿佛一声犬吠，就能抬得老高！

与母书

母亲，村头的桂花又开了。一朵朵的金盏，那么绚烂无瑕。

那时，我牵着小妹，手挽着竹篮，那股香气呵，紧跟着我们，不肯松懈。

多么蓝的天，仿佛一块水晶，跌进大地的怀里。

黄昏，你弯着腰，扶起那些被风吹倒的豌豆苗，那么安详。好像扶着幼小的妹妹，跨过田坎。

一只白蝴蝶，轻盈着细小的身躯，悄悄地把香气捎来。那些清淡的香气，拂起你的心事，悠悠忽忽。

这是多么显而易见的乡村场景：简单，快乐，而又忧伤。却那么深深激起了我的热爱！

如今，万物皆在子夜归隐。古老的村落，呈现出一片无际涯的黑和静。醒在夜里的人，笃爱含泪，仿佛一个回家的游子。

母亲，我坚信明月，终将归隐于脚下的泥土。这泥土，必将与你的背影融为一体，不再害怕时光无情的流逝。

母亲，每个深夜你都把自己绽放成一朵月色，为我那些发芽的文字，你甘愿献出了所有的体温。

母亲，十年了。我一直是独醒在夜里的人，心底的怀念已汇成一条小河，守护着满目的柔波。

多年以后，你会魂兮归来，依旧牵着点点星光。

而浮世喧哗。闹剧一场接着一场，母亲，因为始终有你，我已做到心若止水。

即使偏居一隅，你的一声轻唤，也能安放我一生的幸福。

原载《散文诗世界》2020 年第 2 期

心道场［组章］

李俊功

脚印里的人

呼喊着，离开，离开。迅行者是一道绿色的闪电。

有人，脚印里赖以生存。

脚印安家。逡巡，间或望着迅行者的身影，再次发出迟疑的感叹。

捡拾脚印的人，横行于马路。

叫卖脚印的门店，持续提高收售价格。他们，臃肿的安详，

在脚印上几度膨胀。

鱼事件

贬低、嘲笑或者挤压，人类的专属，不是植物的长项。

我与煎鱼店铁架上悬首示众的鲜鱼交谈，听它淅沥泪雨，阐述一场场人为事件。

生死喧嚣，鱼不喜欢非虚构。

当一切成为死亡的真实，水的家乡只是象征符号，它多么愿意把每个离别瞬间重重裁断，当一切成为人类无法缝补的时间碎片，它是否已经作为暂时能够存活的奢侈？

饕餮，这个词，作为人类洋洋得意的创造，到底是贬义还是褒扬？人类以食肉狂欢和名利自肥，企图淹没无数生灵疼痛的嚎叫，横亘人间的肥硕身体，绝对不是一架隔音板，而是高架天桥，允许他的心机像重载的高速火车，一列列行驶而去。

强大或者霸占，或是胜利者的标签？

张大世界的口吞吃欲望。弱小者，人类的共在，像这些迟早被煎熟的鱼类，像它们一样卑微的生物群体，牺牲于人类唯我独尊的扫荡之中。

我已经听到被煎熟的鱼的大声哭号了，听到了它复仇的毒誓。一条鱼完全分割成聚餐人群的酒席，一声声哭号仍然大如海啸。淹没人类的头顶，和狂醉的不知不觉。大大小小的鱼事件，上演着人间自以为芳香的鱼尸气味，弥漫了城市上空和乡镇酒吧。鱼因弱小被视为应该无罪的服刑，事实却如烟，即刻在煎鱼店老板身外无痕消散。

人类，坚硬的笑，似乎和重复命运的鱼，和日常化生活的伤害丝毫无关。

剩下水，鱼最后哭尽的眼泪。

场景无须虚构

这么多烟尘喧嚣，是擦破脸面的铁屑飞扬。

收不住脚步的飞，身体的气球，内部膨胀，利益泛光，如果欲望就是如此不停地上升，如果笑声豪壮，

无疑，所有的决绝都为了成沓的钱币而赴难！

熙攘人间，手与肉体的交易，在口水和酒精里争锋。

走动如飞，永远无法忽略。

走动如飞，人群意识里总是大于站着，或者安静。

终究不能收束自身，

像纸片，飞翔，飞翔，凌空而舞，凌空而舞。

一些飞起来的脚步，飞起来的衣袂，飞起来的狂喜。

企图触摸到摇摆的金色的——悬空气球，膨胀人群的特写：连根拔起的脚步，连根拔起的手臂，于半空，无序地比画，或者飞。

空气支撑不了辎重的砝码自身。人群终要无力下坠，坠落到实际的地面。

双手在脚边的摸爬——有人在寻找自己，有人在寻找伤口，有人在寻找气球耀眼的碎屑。

有人赶紧扶住轻飘飘的灵魂，阻止它的再度倾倒。

原载《散文诗》2020 年 7 月

喧嚣与孤独

温新阶

墙上的火铳

冷峻的青砖，一根铁钉的进入异常艰难。

一管火铳悬挂在铁钉上，兽皮的带子绷得很直。

三十年的光阴，一万多个日日夜夜，时光的箭镞穿过太阳的光芒和无痕的月华，把五彩的日历装订成一本猎手的《史记》。

三十年前的一个黄昏，太阳歇在一株栎树上跟白昼依依惜别，风吹动栎树叶子沙沙作响。

溪水漫过卵石，夜虫的啁啾拉开序幕。

峭崖上的茅草在风中摇曳，稀稀拉拉的叶片在夕阳中张开绒毛。

经过大半天的周旋，翻过了三道山梁，树爷把一只黄麂逼到了峭崖边上。

火药的气味在树林间弥漫，火绳燃烧，红色的光点忽明忽暗。

他再次瞄准，冷飕飕的铳管直指黄麂的身躯，它已经没有退路，只要火绳靠上火铳的引线，一个也许微不足道的生命将会谢幕，鲜血会绽开最后的花朵。

死亡已经无法选择，黄麂忽然后退站立，把两条前腿搭在崖壁上，树爷这才看到它的腹下是一只小黄麂，正在妈妈的奶头上做最后的吮吸……

树爷右脚被荆棘刺破，他应该追不上这善跑的黄麂，原来它带着它的孩子。

树爷忽然想到母亲奶他弟弟的情景，忽然想到自己的媳妇在暴风雪中护佑儿子的画面，他忽然想到了罪恶、审判、饶恕、挣扎等等词语，想到生命的伟大和珍贵。

他的铳还是响了，一把铁砂打残了许多片栎树叶子，树叶的残片在风中飞舞，夕阳倏地落了下来。

夜幕祥和，月色宁静。

树爷回到家，在墙上钉下一枚铁钉，他把火铳挂上去，三十年日出日落，火铳成为这面墙上的一个符号。

树爷把生日改成了那个特殊的日子。

每年陪他过生日的是一条冲的猎人，他们的火铳也挂在墙上，偶尔也搁在晒豆豉的簸箕上吓吓偷吃豆豉的飞鸟。

舞　者

鄂西土家族，老人去世，称为“顺头路”，人们围着棺材唱歌跳舞，这种舞蹈称为跳丧舞，又称为“撒叶儿嗬”，为国家级非物质文化遗产。

夜的幕帷自天而降，鞭炮的言语诉说肃穆。

人流从四面八方汇聚而来，车灯闪烁，谦让的喇叭亲切呢喃。

棺材漆黑，释放庄严，花花绿绿的岁签将悲怆淡化成一出诙谐剧，挽幛像演出的侧幕。

鼓声激越铿锵，在夜幕中越过清江，江面波涛如昨。

舞者出场，红色的头巾像跳跃的火把，赤裸上身，古铜色的肌肤闪烁光泽，舞步粗犷，歌唱豪放，原始狩猎时期的场景瞬时再现，据说这正是撒叶儿嗬的真正起源。孔武之人丧身熊掌虎口，人们歌之咏之，舞之蹈之，悼念逝者，激励后人。

鼓声咚咚，激起阵阵松涛。

舞者的步伐穿越时光隧道，叙述先祖的勇武，爱情成为永不落幕的重头大戏。

在厚重沧桑的歌谣中，让自己沉入历史，沉入一段鲜活的生活，他们仿佛走进先祖的内心，走进他们蓬勃的生命长河之中，领略一种勇武，一种阔达，一种宁静，一种平淡中的绚烂。

周遭的目光投射在舞者古铜色的皮肤上，涂抹了艳羡的色彩。

一拨一拨的舞者上场，歌和舞通宵达旦。

一个人的出生也许平平淡淡，每个人的辞世都轰轰烈烈。

一个民族，面对生死，如此豁达，还有什么不能逾越。

舞者，每一步都是对生命的哲学诠释。每一曲，都是对生和死的礼赞。

三　弦

秋风吹拂，新稻的芳香随风弥漫。

一弯新月，挂在溪边的合欢树上，轮廓清晰，光芒柔和。

三弦响起，黝黑的云板敲击，声音厚实富有质感。

一拨人，坐在丹墀里，一壶浓茶，两杯淡酒，三两盘核桃花生，点缀秋日温情。

老者鹤发童颜，看不出人生的沧桑。

他抖起后襟，在一把久违的太师椅上落座，然后开始吟唱春去夏来。

声音圆润，有板有眼，人生的陡峭化为平坦，世事的艰辛不过一曲轻歌，蹚过九曲十八弯的清江，一帆高悬，忘不了船尾上的小酌轻唱。

南曲，这悠扬婉转的宫廷音乐，不知何时流落清江两岸，三彪子听不得这曲儿，三弦一响，他就挪不动步子。

拜了师，抄了谱，记了词，但是他没有一把三弦。

他把船泊在柳林湾，在草丛里守了三天，终于捕获了一条墨蛇，那张蛇皮蒙了五把三弦。

三彪子已经成了筲箕湾有名的三爷，四把三弦送走了多少日月，弹奏了多少悲欢离合。

第五把在他手上已经出神入化，他把对历史的洞察对生命的体味融入每一曲的吟唱，在一支支曲子里，他看到巍峨的大山，汤汤的河流，看到山花烂漫，新秒茁壮……

一把三弦，成为三爷精神的图腾。

拔稗人

蓝天深不可测，太阳悬挂当空。

风像吐火的舌头，舔着七月的大地，树叶垂头丧气，河水的流淌无精打采。

拔稗人站在水田中央，热气蒸腾。一顶草帽，酷似吓鸟的稻草人，一条汗巾，搭在肩头，汗味的萦绕真实可靠。

必须在成熟之前，将稗子一一拔除，有一粒成熟的稗子落入水田，明年，将是一田稗草。

世界总是奇妙，有害的东西，你用力扑灭，它总是顽强地生存，而有益的东西，你用心呵护，它往往出人意料地残败。

稻子经过选种育苗，把秧插到田里，总有各种病虫害来侵扰，盼到金秋十月的丰收，每一粒稻子都凝结着农人的心血。而一粒稗子落入水田，经历严寒的冰冻，犁铧的翻耕，它依然在一缕春风之后，从水田冒出，而且，它极善伪装，跟秧苗的长相几乎一模一样。

因此，只有稗子抽穗，露出它的狐狸尾巴，农人们一块田一块田来拔掉稗穗，然后集中烧毁，不给它再生的机会。

水稻的叶片在阳光中张开锯齿，农人的手臂被划出纵横交错的血印，撩过汗巾轻轻擦拭，血印立马愈合。

前面的水田越来越短，手中的竹筐越来越重。

消灭邪恶的快感，剪除罪恶的惬意。

虽然不会一劳永逸，生命的树叶不蔫，就会一直坚守。

拔稗人，坚毅和微笑是他经典的表情。

把月色铺开

新稻芬芳随风飘荡，板栗战胜羞涩，终于开口向一个季节求爱。

秋虫啁啾，鸟窝高悬在刺楸树上。

把月色铺开，铺向山山岭岭，铺过那条永不停息的河流。

村庄在月色中成为一幅剪纸。

我在深秋回到久违的故乡。

我在村口迷路，老槐树的身影更加苍老，那盘被村长贩卖出去的石碾又兀然立在村口，干涸的猴子河响起汩汩水声，石板路隐藏在乡土作家的书页中，狗吠已经迁移到城市，麻将声稀稀落落不成气候。

月色染浓了乡村的宁静。

道路宽阔，停泊的汽车木刻般伏于路旁首尾相继，偶然有摩托驶过，月色下的影子像一只飞翔的蜻蜓。

房舍俨然，白墙黑瓦，在月光下异常分明。

我努力搜索记忆中的碎片，将其拼接，试图复原村庄的原始图画，时光的河流洇湿了旧时画幅，无法辨认纵横的阡陌，交叉的小道以及黏土夯筑的土房。

沿着侄子发来的共享走进村庄，走进曾经盛满童年欢乐的那片土地，一切都如刚生长起来的树木，蓬勃光鲜，叶绿花红。

只有月光没变，一如当初的皎洁明亮。

把月色铺开，同时铺开的是宁静乡村的画卷。

月色照亮了山水，也照亮了我的内心。

棉布衣

阳光的气味。泥土的气味。棉花秆的气味。

柔软而不生硬，真实而不做作，每一缕经线和纬线的交织，都阐释了生命的融合。

秦汉的风吹拂华夏，诸子百家散文的纵横捭阖没有让你神采飘逸，汉赋的铺采摛文没有让你花俏华丽，你的本分像一个关中农人，没有炫耀，没有张扬，却把文明的车辇向前推动了不短的距离。更多的人因为你抗御了严寒，提升了尊严的尺度。

曾几何时，光鲜亮丽的服饰材料如汹涌大潮而至，占尽风光，你静静地偎于一隅，没有诉说，没有怨言，默默地张望世界。

时光流逝，岁月更迭。

蓦然回首，记起曾经的熨帖，曾经的舒适，曾经的俯首帖耳，像猛然记起初恋一样，揪心的疼痛。

失去的爱加倍补偿，抚摸的快感灼伤了手指的罗纹，拥抱你朴实的身躯，吮吸你植物的气味。

从此不再错过，不再分离。让你紧贴我的心脏，聆听我对你的热爱，对你的依恋，对你的百依百顺。

岁月从此光彩夺目。

陶　罐

山的身躯，跟水融合，在匠人手中，成为另外一种姿势。

在烈火中煅烧，在高温中涅槃升华，柔和的身躯变得刚强，依然是山石的颜色，泥土的本真。

年复一年，以火为伴。农家的火塘里，依偎柴火，米饭的醇香，腊肉的芬芳像山花绽放，一屋的饭香菜甜，一屋的万般惬意。

烤火炉走进千家万户，农家的火塘熄灭，电饭锅、电压力锅陈列于农家厨房，像穿上新铠甲的兵勇，威武光鲜，熠熠生辉。

于是，陶罐被置于库房墙角，咣当一声，木门紧锁。

时光停留，日月羁滞。

永远的黑夜，永远的寂静，小虫的啁啾，老鼠的窸窣都是奢望。

虽然蜘蛛的光临悄无声息，也是温暖的慰安。

光阴的翅膀不停飞翔，记忆的屏幕目不暇接，每个今日都是对昨日的覆盖。

陶罐在墙角休眠，似乎已经被主人从记忆中删除。

一个晚霞燃烧的黄昏，夕阳笼罩着山乡，像一张泛黄的旧照片，一种怀旧的情绪油然而生，主人忽然想起往日陶罐炖肉煮饭的芳香，久违的依恋一旦唤醒，竟然是如此强烈。

铁锁打开，从墙角拿起陶罐，罐口蛛网密布，罐身是厚厚的尘土。擦拭，清洗，黑釉铮亮，原来陶罐也有如此的光彩。

陶罐，不惊不喜，低调是它的本色。

陶罐，依然没有回到火边，被主人缠上红绸，陈列在博物柜里。

主人从网上买了大大小小一批陶罐，履行烹调的职责。

陶罐兄弟，成为一组乡土组诗，释放着农耕文明最后的光辉，让我们的生活接近自然的质地。往日的风尚萦绕，或许是另一种温情，另一种曲高和寡。

陶罐，储藏着我们最本质的记忆。

我们的身心，最终和陶罐一起归于泥土。

木 升

木升，往日乡村的度量器具，借几升包谷，还几升小米，是左邻右舍常做的功课。

饥馑像山坡上的田鼠，处心积虑地捕杀，但是它从来没有完全离开我们，因为常有粮食的借贷，木升成了用得最勤的度量工具。

那年四月，外祖父给我们送来自己炒的新茶，我去对门人家借过半升米——乡人其实聪明，盛满一升，然后把木升倾斜，升口到升底形成一个斜面时就是半升。

升平斗满成为衡量乡下人道德的标尺。

四十年前开始，庄稼开始疯长，收获的粮食往往越过我们期望的基准线，再也没有人借粮还粮，木升突然变得没有用处。

起初，母亲用它盛物，来了客人，用木升装些核桃板栗，再用瓷盅倒一盅土酒，在乡间，那算是很高的礼遇。

后来，有了漂亮的果盘果篮，土里土气的木升自惭形秽，再也没有勇气在客人面前出现。

前几年，我去一个农家乐吃饭，稻场坎上整整齐齐一排花架，每个花架上都放着一个木升，木升里栽着茂盛的青蒿，青蒿乃苹，呦呦鹿鸣，食野之苹，诗经中的句子。升中植苹，取升平之意。

这些木升是他从附近收购而来，说不定，就有我们家的木升。

回到家，我们的木升还在，母亲用红布包了，吊在房梁上，她说，这个不能卖，保佑全家升平吉祥。

母亲收藏的，是一段岁月。

还有附着在那段岁月上的文化的痕迹。

原载《散文诗》2020 年 6 月

雪尽马蹄轻

孙　斌

夜晚，它应该有万马奔腾的江河，有万象涌动的山谷与峰峦。

只是扼住了得意的马蹄，我该如何记述这片城池，才能返回春天。

拨开流云和星辰，摒弃丛生的杂念，一场大雪在深空泼洒。

夜是黑的，树是黑的，奔腾在雪中的那匹马，也是黑的。

骑马的人，心中的期盼，那一种无语的辽阔，都安放在自己苍茫的双肩上。

趁月色蹚过一条河流，马蹄声里，漾动连绵起伏的乡愁。

雪尽处，浅草没过马蹄，一抬头望见了清风、明月，一低头听见的是尘埃的疼痛和静默的孤独。

原载《孝感日报》2020 年 1 月 14 日

寻常事［组章］

小　葱

彼　时

阳光一寸寸吻下来，透过叶子的罅隙，由浅及深。

人世之美，从左眼看见光，开始。

左眼，通灵；右眼，顿悟。

左眼望去，光影斑驳，紫薇带着宿命的色彩，或纯白，或浅紫，或娇粉，或深红，拥挤得有些啰嗦。

右眼望去，枝头的木槿，花瓣有丝绸褶皱的质感，无规矩，又性情，率真宛如山间云。

我看见的欢乐，多与忧伤同在，有光必有阴影处，有花必有凋零时。

比如人间情爱，抵达顶点之后，便会下沉。

比如有人敏感偏执，删了微信。

比如我们，在六月的缓慢中，消耗着，磨损着，揣测着，幽怨着。

无非是慢一些，再慢一些。

通透和敞开。静默与沉思。哦，那最温柔的坚持。

雨　夜

墙纸上的叶子，像尘世中英雄的浮雕，悬空而立。

我困在积云的房间，记忆开始漏雨，这么多雨，复数和单数的，相同又不同，收进耳朵，滴答滴答。

时间无声的刀锋下，对着黑暗数羊，数星星，用诗句制造流星雨。

时光把人抛，少女江湖老。

七成人在梦里，二成人在做梦的路上，剩下的在清醒中老去。

眼睫毛像灰色的蛾翅。

我们皆是飞蛾，亦是火焰。

在黑暗的角落，有一个神安排的小天使在值夜班。

此刻，没有什么修辞，可形容伟大的理想。

我写过的诗，寂寞如野中蔓草。

赵定河

光影里的赵定河是芬芳的。

岸边多出许多葱兰，低矮又紧密，花色纯洁干净，水润光泽。河水被光抱着，万物都被光抱着。

我看见一只小乌龟笨吞吞地爬进水塘，

看见夕光照上了鸡冠花的帽子，

除却可爱一词，还有什么能恰到好处地形容此时心境？

父亲曾说，他小时候，河水碧绿，中有群鱼，水上通船，货船划开柳树的阴影，直抵天津卫，他常常在丢石子的同时，幻想河那端的模样。

就像我曾经过海河大桥，想到家乡的卫河。

每一条河流都是一种情愫。

佩索阿也曾在河边的宫殿广场一待好几个小时，沉思，虚幻牧羊人手中的长笛。

这不是诗人独有的行为，每个人都有过这样的时刻，或忧伤，或迷茫，或沉醉。

今天的我和昨天的我不同，想念随葱兰增三朵，理性付流水减一分。

这是一种遥远的神奇的感觉，像透过河水隐约看见的远方，像与虚无的天空对话，会被深深地懂得，并得到回应。

现在，我走在河边，走在光明中，与孤独背道而驰，像一个拥有了世界的贵族，从容平和。

镜　中

清少纳言说：“凡是在夜里叫的东西，无论什么都是好的。”

那么，夜里不叫的东西，统统不好；

或者说，天下生物都良善，全部宇宙都在叫；

又或者，叫着的那些好的东西，打碎坏东西们的沉默不语和这世间黑暗的秩序。

此时，窗外无月，心中的月亮却高悬如镜，映着草丛中的积雪。

爱犬丑丑欢快地在铺满月光的雪上细嗅梧桐叶，那是黄昏美人身上的余香，可追忆，可幻想，可一晌贪欢。

生活中，清凉空气无趣，灰色雾霾无趣，写诗为寻合适的词语伤透脑筋无趣。

丑丑无聊时，满屋子追逐一个粉红色布娃娃，发泄少年的精力，它快一岁了，已经习惯作为一只不能恋爱、不能看书、不能于山林中自由奔跑的狗狗的无趣。

我们都无趣的时候，大眼瞪小眼，人说人话，狗说狗语，听不懂，散去，继续着各自的无趣。

我常追忆过去，鄙视现在，半夜分享给个别人看，如同寄去裹着陨石的信札，又生怕地址疏忽有误。

可是，俗世又去哪儿造那么多朝露暮雨一样新鲜的话题，无非是写给自己，记录生活的流水账，记录抽刀断水的小伤感，记录欲赠给英雄的金错刀生了锈。

我喜欢对着镜子，看女神经和林妹妹合体的自己：一个喜欢在夜里叫的好人，比子规拥有更多寂寥的残月晓风。

无可否认，我也是极富情趣的人，适才在幻想出来的明月下站了很久，很久。

新　雪

雪一直飘，比想象中还要大朵，几十步的路，帽顶就积了层白，湿漉漉的。

小时候堆雪人，小煤球做黑眼睛，胡萝卜做鼻子，以为它会一直活着，就在那儿坐到天荒地老。

可是呢？小煤球还是小煤球，胡萝卜还是胡萝卜，被抱在大地的怀抱，雪人却化成天上云，成为另一种形态存在。

好像看见，无数个自己。

在其他时空，或稚子天真，或青春貌美，都不会老去。

而某人还是会再次出现。他总能带来更巨大的孤单，如镜花水月，参商两星，墙上一抹蚊子血，和痴梦一场。

如空山新雪，终有融时。

夜　归

一弯新月挂在空荡荡的枝头，好像一个人在荡秋千。

北方的冬天，河冰封，草零落。姑娘们缩在羽绒服里，裹得如同素粽子。

小情绪紧跟着来，它是友邦还是敌国？我偏偏又拗不过，任由它带着天上幽泉般奔跑，霎儿西，霎儿东。

梦中的白月光，不经意间洒落枕边，似一场天昏地暗的欢爱。

但再浓烈的爱恋，惹出祸的苯基乙胺，也只是时间的毒药，是烟笼寒水月笼纱。

我在河边望月，信誓旦旦，自己不过是一条小星河，掀不起大浪。

要做一个与世间情爱无关的佛系青年，不问深情，不问西东，不百转千回，不失去，也不六道轮回。

原载《散文诗》2020 年 3 月

蓝　调

严　正

壁虎爬上墙壁，醉酒之后我语焉不详。

阴天，傍晚遇到小雨，收音机嘈杂，街上无人，白茫茫的一片，油然而生的亲切。

暧昧的事物让人产生小小的潜泳感。

玉兰树放着香，灵感之出人意料。一支烟之后，小智大声朗读“我迷路了”，回音传得很远，像笆篱一样把我们围着。

我迷路了，念头自然总是很多，比如这些年，我是脸上有刀疤的零余者。比如这么多年，阴天下雨，水往低处流，屋檐下挤满哑巴。

一首诗潮湿得比较蓝，他在电话线里冒着汗。

玫瑰和红缨枪低声唱啊，火车在转弯的地方停下来，个中的病假突如其来地臃长，流出蚕丝。

星期天的头发剪短了。

喝酒，假寐，把香烟盒摆成三角形，不说话。仅仅是一个冬季，嘴唇干燥，方言太重，树上的叶子漫不经心地死去。

他显得很安静，我无法理解，他有意制造失语，遮住那些过时的歌曲闪出来，仿佛刻意阻止发烧的火车从胸口开出。

硬闯。软磨。严冬沸扬，鲜嫩的早晨再回首。

下水道流出黑头发，枝状吊灯，下水道流出黑头发……彼此对应，丝毫不爽。

素面的忧郁，并非仅局限于湛蓝的枕词默默行李，行旅长流水。

茕茕孑立。

某一日夜梦，困厄场所，太平间，音栓上滴出丝绸。

温室，锁链，觥筹交错。二楼的噩梦开始了，逼仄和虚词，我想象遥远之远，远得让不敢去想，不比一包烟，抽着抽着就见底了。

地图之上进入隆冬。一切的改变始于我不停地漏水。

夜半听风醉歌。我那时很小，很蓝。安静地等着满满一潭湖水。

原载《湛江科技报》2020 年 10 月 26 日

约会月季仙子［外一章］

唐　朝

事实上，我是个迟到的男人。

和莱州的街景没有缠绵，内心的奔跑注定我的归属。

在莱州中华月季园，我让心跳低于泥土，让失散多年的相思慢慢回流，引导我疲惫的脚步，向圣洁的月季仙子轻轻移去——

她是那么安静，那么洁白，飘逸玉立。

我的体温慢慢上升，所有的倾诉，似乎都会喷涌而出，可最终是默默。我用虔诚，抚摸她，拂去岁月留在她身上的尘埃；用眼眶中的湿润和暖，洗去她身上的冰凉。

我是个迟到的男人，我应该在情与爱、善与美，给予我最青春的那一天，就该来的，用仰慕的姿态来守护她，陪伴她的理想和善良，还有大爱的情怀。

我们本该拥有星月的见证，花鸟的欢呼，还有那深情慷慨海水的远望和祝福。遗憾的是，我的青春被中原都市的马路缠绕了，被汽车的尾气迷蒙了……

我是个迟到的男人，不该留恋虚幻的霓虹舞台。

好在，我还是来了！

我要放下以往的奢想，抛弃名利的诱惑，重新回归自然；在泥土的气息中，在花草的环抱下，在仙子的家园，寻找她的最美，呵护她那颗曾经孤寂的心。

——直到永远！

阅读云峰山

云峰山是自私的，来源于一代书家对父亲的书写。

当然，它也是勤勉的，来源于一方高官对书法艺术的追爱。

云峰山更是宝贵的，来源于它散发的文化财富魅力。

在幽谷，在密林，岩石依偎着苍翠，牵挂着白云。一座305米的山峰，生动了古莱州的水土，如一支浸润了风雨的大笔，它注定要对天空写下什么。

那时，没有人知道。

被山道缠绕的乡民找不到答案，青山绿水找不到答案，远眺的海水找不到答案。

答案，生长在一个人的心里。

就是那个可以改写古莱州历史的姓郑名道昭的男人，它要把乡民对父亲瑕疵行为的议论，埋入泥土；让父亲的美谈，在他主持的土地上生根发芽，鲜花开满海天。

把心愿变为真实，或者化作可以留世的历史，是一厢情愿，是杜撰的真实。但，其中不乏亲情孝意。

赞美，或者拷问，一直在岁月的内心里。

孰是孰非，今天已不重要。岁月的风，早已把世间的谈说，吹得无边无际。

重要的是，这个男人，用文字将他设计的父德大爱，虚构的赞歌，写在心里，刻在云峰山坚硬的身体上，发表在莱州湾的时空中。

为了吸引更多的人去赏阅，这个显赫的内心复杂的男人，努力将毛笔尖流淌下的文字笔画，愈加神奇，化身为惊人的艺术。

为此，他百遍千遍万遍地书写自己，书写时间，书写执着……终于练就了绝世的书法，成就了中华文字隶书向楷书的演绎。

这是珍贵的过程，发表在云峰山的上半身。从山麓到山顶，37 处石刻，如同 37 页精美的史书，记载一个心愿的成长，散发着激动人心的墨香。

我们的历代阅读，从宽容开始；当日本书者每年远涉来此仰读，从对中华文化的崇拜开始；而我的阅读，从默默地思考开始——

原载《大河诗歌》2020 年春之卷

干草村

十　果

山　谷

这里只有一座破旧的庙和一条从它身边绕过的山道；这里只有一地鸟音和不知名的空响；这里只有鸣叫的知了演奏悲伤逝去的星辰。

寂寞的山谷哟，那些匆匆的岁月，多少朋友远离了，多少纯美的时光，淡化在闷热朦胧的空中。只有我这位过客坐下来，审视断梢处，摆弄羽毛歌唱的，你忠实的伙伴——小鸟，倾听它讲述你的历史，现在与未来——而南风过处，雨要来了。

干草村

让我再回一次山那边的干草村，绕过忧郁的山脚，我看见消失于峡谷中小小的童年，折叠着花纹的碧蓝晴空。我的父母用亲切的微笑，让流逝的艰辛沐浴阳光的树丛。

让我再回一次小小的祈祷，我的梦没有荆棘，那孤寂旅途布满亲友的祝福。我的家在哪里？在悲伤和欢欣的乡亲的目光里飘浮。

让我再回一次山那边的干草村，悄悄告诉你景物依旧，我在外面依然两手空空。我惊慌无主地拾起飞落的青春，我匆匆与你依依作别。

请来这里

经过漫长的雨季，晴日再次造访我们的世界，轰鸣于偃卧的麦沙，拥抱楚楚的莺时。你能否来这里，看看如海的天宇，滑翔壮丽的光谱？你能否来这里，听听发芽、开花、结果的田谣？

难道你愿被拒之千里，被群山围困？难道你不能像一绺藏不住又消不了的狂风，要么带来渴求的雨，输灌炽热的血；要么浩劫乌云无情地卷过，遮盖爱的空间？

请来这里，麦地、村之边缘，在新开的马路，才做最后辉煌的一言，好吗？

原载《作家文苑》2020 年第 5 期

灌　木［组章］

罗明清

灌　木

一个弱势群体。无姓无氏，也无婆娑个性。

生命的存在，葱茏与斑斓，靠的都是相互怜惜和关照。

一个低矮的阶级。与草莽为伍，远离泥土与树木。只有攀崖爬壁，才能赶超一棵树的高度，被习惯仰视的人们灌之为木。

但它们从不自暴自弃，以顽强的毅力结集。

它们在坡坎沟壑间、悬岩峭壁上，抱团取暖，砥砺生发，共同开辟出一片属于自己的声色世界。风来了，手挽手抵挡；雨来了，肩并肩扛住。共同掩护遇险的鸟兽，向世间呈现多姿多彩的四季。

它们你中有我，我中有你，关系十分紧密。没有高低贵贱和阶级仇恨，有的只是一种荣辱与共的情谊和一颗感恩的心。哪怕一只飞鸟，一缕薄雾，它们都会视之为生命的种源，倍加爱戴和珍惜。

灌木，成不了箱柜梁柱，也成不了摆设雅物。但却能够成为一把柴火，温暖世界，热腾生活。

灌木的一生，也是一部传奇的书，如同我们每一个平凡的人。

我是有靠山的

我家扎着秦岭的根，背靠有头有面的大巴山。一边有黄河呐喊，一边有长江助威。

所以我不管走到哪儿，都气宇昂然，敢对世界满口方言。

我没什么好怕的，豺狼虎豹都见过。谁敢绊痛我的脚，我就踢断谁的腿，半斤八两一杯拿下。但我也是有教养的，遇事不怕事，绝不会无端生事。这是我的家训，家里的一草一木都世代遵循。

尽管有如此牢固的靠山，但我从来不胡作非为。一直保持谦逊质朴的秉性，为人待事讲究礼数和原则。你若让我三寸，我必敬你六尺。知恩图报都是水土的教育。

也有很多事情，我始终没弄明白。比如生死，乾坤，利益……草木没那么多心思。一岁一枯荣，自在度春秋。虽是不求大鱼大肉，但也绝非只是吃素。

我说我是有靠山的，是因为有一颗叠山转水的心。

做一棵灌木是体面的

不埋怨生世和境遇，在悬崖峭壁间默默存活。

体格虽是瘦弱，却一生开朗活泼。春天绽开些小花，夏日点缀些绿意，瑟瑟秋风里更是抖擞出金黄艳红……即便是在被冰雪包裹的隆冬，也要把生命摆弄个百态千姿。

从不在乎孤单寂寞，自娱自乐于风霜雪雨中……生命是小鸟给予，就得像小鸟般自由自在；成长靠岩石帮衬，就得像岩石般硬朗精神。

既然成活了下来，没有土壤的滋养，也要活得有模有样。

一只翱翔的山鹰，既是远亲，又是近邻。隔三岔五会来换换心情，摆摆高在云端的龙门阵。就像对待各种风声，左耳朵进，右耳朵出，始终恪守自己的本分。目送身边的小溪远行，擦肩的云雾高升，把道别和祝福悄然留在内心。

报恩生养的崖壁，就像大山孝顺的儿女。

做一棵灌木是体面的。虽不能成为栋梁之材，却能得到大山的珍爱。

原载《散文诗世界》2020 年第 3 期

荷是我水中的姓氏［外一章］

何　文

何是我人间的姓氏，但将荷叶当作草字头，顶在头上遮阳的童年最接近我灵魂的姓氏。

走路都带着水响。清澈从纯真的眼里淌出，世界被我用观看的目光清洗。

丢掉植物的属性，西装包裹的身躯早已残败。佯装高雅，满嘴颂词，却吐不出一朵莲花。全身洒满香水，也引不来一只蝴蝶青睐。

此生长已矣。被欲望腐蚀了的身体正被时间慢慢沤成泥土。

素食清饮，行善持正。努力像荷保护藕一样，保持骨骼的完整与坚硬。

死后，请将我葬于水。

在来生，让我重生为植物的荷。

荷叶上的露是水凝成的珍珠

生在水中，但一直渴着。

荷叶大片大片地张开，向着上苍祈求水。

带着悲伤的泪不要，带着抱怨的苦雨不要。只要干净的水。一座海也只能提炼出一滴甘霖。

荷叶将阳光接住，将月光接住，将梦接住。将小女孩的歌谣接住，将年轻母亲的摇篮曲接住，将小伙子的情话接住。一点点地攒着，汇成内心的温暖与感动，在太阳出来之前，在黎明前最暗的黑里，炼成水的珍珠。

晶莹剔透，纯净高洁。

小小的一颗，便能容纳下那喷薄而出的太阳。

原载《星星·散文诗》2020 年第 1 期

让万物相遇［组章］

胡　昕

一

骤然亮起的烛火，同样可以漫过浅淡的夜色，重新返照殿堂。

风绕过有光的地方，追逐着深秋最后一堆云；森林被清空，而雪是不需要酝酿的，总是说来就来。

在燃烧的干柴旁，有一位取暖的老妇，她从少女一直坐到现在。

烛光中只剩下一幅油画，在大海干涸前，一簇浪花飞溅在半空，从此没再落回去。一艘沉船终于回到浅滩，用一场遭遇躲过另一场劫难，只有帆还僵持着，等风来。

二

夜越黑，路灯越是孤寂，尽管一盏挨着一盏，但光终难突破自己，如同街边的玉兰花蕾，只好隐忍着不开。

在一个陌生的城市，当然没有故事可以抚慰自己。迎面走来的一只猫，并没有因为我的出现而绕道，径直从我的脚边溜过去，仿佛一段刚刚结束的恋情，无声无息。

那么渴望倾诉，但一旦说出来，注定全盘皆输。

最后一班公交车刚刚开走，撂下我一个人在夜的深处，像一件无人认领的行李。

三

只有经历了一场暴风雨之后，大街才会如此清静。都不说话，都在自己的心事中努力地接近神性。

一位园丁站在残枝败叶间，一筹莫展。美丽的花枝，一旦遭到摧残，就连阳光也会别过脸去。

风抖了抖身子，重新照拂那些从至暗中挺过来的事物。

在屋子里困久了，大街显得特别亲切，直到天黑也没有回家的打算。

不回头，想必前面会有一扇虚掩的门。

四

冬天已经过去，你仍没走出这片山林。但能望见山外的世界，看那些曾被大雪埋没过的人们，是如何在朗然的晴空下扬眉吐气；看那些绚烂的景致是如何在腐朽的植物间卓然惊艳。

你隐入鸟声，你需要这样一种没有杂质的喧闹，你可以肆无忌惮地想起在酷寒中遭受的伤害，并发出一阵又一阵的呻吟。

正因为走出山林的这条路鲜为人知，所以你必须坚持下去。

接下来，你觉得自己活着的意义，就是把这条路上的风景诉与他人。

五

我横陈在残枝败叶之间，像一截荒野。

最后一群蝴蝶，已葬入风暴，只有天空仿佛上帝的手掌，向着它们缓缓摊开。此时，不需要颂歌，需要有人走过来，让万物相遇。

我仰面躺着，并非等待阳光的普照，请给一个黑夜，看我能不能在沉睡中醒来。

残破之中，不拒绝任何景象迎面而来。

六

我在一条巷子里待了很长时间。突然有一天，我忘记了最初到底因何而来。

风声由远而近，矫健的鸟影，渐渐零落成空中漂泊的羽翎。只有五月的石榴花，还存着一些有棱有角的时光。

我是在等一场雨吗？找回我丢失的纸伞。

巷子一直很安静，檐下的阳光一点一点地挪开。

人们在彼此的影子里走进走出，不知是相互潜入，还是就此散开。

七

春天同样是一道沟壑，但要逾越是需要依据的。

你只是不想在这里待得太久，很多亲密的人便走失于烂漫的花草中。冬天的冻伤已在最后的一场雪里自愈，你拒绝在和风中拿出来示人。

你习惯于没有浓稠的枝叶遮挡的天空，习惯于没有婉转的鸟鸣修饰的时光。

你决意直接抵向一片秋色，用粮食和酒祭奠在死亡中不能重生的亲人，他们让你对这个世界怀念至深。

八

没有人去打听你的下落。

成片成片的栎树林，在一个风和日丽的季节被全部伐掉，故乡一下子变得异常开阔。

无遮无挡的，以至于杵立的山崖和裸露的树根，都会在夕红中表现出一份羞赧。

没有人愿意逆河流而上，去寻找时光背后的你。月色遍地，隐约可见爬满的青苔。

风找不到出口，你遗留下来的松油火把，找不到可以照亮的山峰。

九

自从涉过一条河流后，故乡就已经很远了。重复的季节，很随意地成为精神中的景点。

灯光和月色从内心透出来，照耀着手掌，辨别粮食和武器，眼神和谎言。

无所谓流离失所。唯孩子们可以诞生在任何情境；在对孩子们的注目中，我们拥有神一样的觉悟。

孩子们是我们留给这个世界的把柄。

十

隐没在云雾里，可以是山，是森林，是一座庙宇。

转过身，恍惚为一种怀念。疼痛与爱恋，已然是肃穆的石头。

水在低处自成湖泊，觅食的天鹅，继续用优雅的姿态，捍卫羽毛的洁白。

安静的炊烟留不住山路上的僧人；晨钟暮鼓里，又有多少从俗世中赶来的魂灵？

用秋天的果子供奉内心的灯盏，只有汗水坚持不懈地照耀着尘埃。

原载《遵义晚报》2020 年 8 月 16 日

云上的日子［组章］

湖南锈才

隐于小镇

不必金盆洗手，

悄悄在一个星夜，前往一个六靖那样的秘境小镇即可。最好不通车马、邮路，只能步行。掐断电话，不通 Wi-Fi……

做一个小镇良民，不能比公鸡起得晚；见人要保持谦逊姿态；学习讲两广白话。

最好住五间瓦房，要有房前庭院，扎一个竹篱笆；喂一条叫付欣那样会摇尾巴还会撒娇的狗狗；开一间荷塘，种半亩蛙声；每天掘两亩阳光耕半分薄地，可以种茶、水稻、豆角、南瓜、韭菜、萤火虫，蝴蝶蜜蜂都不能少。

如果树荫要收点保护费，只要不过分，无所谓。

有空就去谢垌宗祠看看，沾点从屋宇一角泄漏下来，斜射到土漆大门上的佛光。

喝点碧螺春，看春风怎样让小镇慢慢花红柳绿起来，是一种学问。

有老友来，随时接待——

方正大师可以有，曲洋可以有，平一指可以有，桃谷六仙可以有，甚至田伯光都可以有；唯有

——岳不群那样的，滚犊子。

寂寞天堂山

天堂山是寂寞的——

寂寞得树长老高了，年轮圈圈；

寂寞得云走老快了，往事如云走。苔藓寂寞成绿意；

寂寞修炼出一团一团，红的，白的，黑的，五颜六色，一串串有故事的菌。

鸟寂寞得互相对话，叽叽喳喳。它们正在开会，讨论怎么迎接深山里的第一拨诗人。

诗人寂寞，诗意盎然。非亚，盘妙彬，黄土路，湖南锈才，谢夷珊，吕小春秋，马路寂寞得夜不能寐，诗歌一首接一首。

寂寞得高山都长草甸了，长着长着，长出无数野牛，成群结队的牛。

寂寞长着长着，长出白发老神仙。

谷物二两，青菜一搓，清风当酒，明月为灯

——还有什么放不下？

空谷寂寞成风，世事如烟，流下来；

白发三千尺。流出万千愁绪，流出小小安平村；

流出紫烟里的天堂河，流过梁晓阳家门口，家家门前姹紫嫣红；

流出蛙鸣流荧，梦里不知身是客，疑是回到故乡。

——天堂山寂寞，寂寞过一千座山，寂寞得接近天堂。

云上的日子

大隐隐于市，我愿隐于东山之上。

我曾无数次仰望东山
——那里云卷云舒，时而云蒸霞蔚；时而流泉千里。

关掉手机和互联网，关掉工作，烦心和琐事。

东山顶上，不沾尘埃，不闻俗务。这里鸡犬相闻，野花盛开。

东山水库，清风徐来，波澜不惊，像个深度诗人。

打牌，闲聊，学习种菜，看瓜叶上的萤火虫，像我家小丫般进进出出，忙忙碌碌。

几碟瓜苗，一粥一咸菜，快乐似神仙。

这是五月。你根本感觉不到，一天的慢时光
桑叶一般，叫蚕慢慢啃完了。

夜里，虫子和青蛙合奏《大自然奏鸣曲》。

东山顶上，星星也很隐秘。窃窃私语。像丫丫在跟她的小伙伴们悄悄耳语什么。

翌日清晨，我在东山闲逛，发现——
更高，更缥缈的云，向我走来。

月光族

那时，月亮比我富有——

它还有嫦娥、玉兔、桂花树，和那个失意的砍柴郎；而我，只有一间 30 平方的出租房，几卷诗书，发黄卷角的情书，和自以为是的一腔情怀。

那时，这个城市还没有地产大鳄，月亮出来一马平川——

晴朗的夜晚，月光透过窗户爬到我枕边；夜凉如水，常常一个人孤独地听着电台，接受月亮姐姐的温柔抚慰进入梦乡。

那时，还没有手机，朋友圈和 Wi-Fi，只有唧唧作响的 BP 机；

那时，一杯清茶，月光朗照，几个年轻人竟能彻夜谈着遥不可及的理想。

那时，我还不懂一个叫物价的东西会疯长——

那时，我一个月五百大洋，已经知足。一百五交房东，两百寄回家，一百生活费，剩下的五十，偶尔买包烟，比谁吐的圈圈更多，更细，更缠绵。与几个文艺青年常常光顾江边那家夜宵摊，一碟辣田螺，几只盐焗鸭脚，一碟红瓜子，常常啃半夜。几杯啤酒下去就敢大声说话，湖南牌普通话，和“四、十不分”的广西牌普通话在纠缠。或疯子般高声读诗，惹得那个漂亮的老板娘，看猩猩一样盯着我们，哧哧地笑。喝多了跑远点就地解决，常常这边吆五喝六地喝着，那边淅淅飒飒地拉着，黄色的液体在与南流江比着长短。

——那样小南风肆虐的夜晚，我听到南流江的激荡，

多好啊！

月光，是个小资的文艺青年；

月光族是这个城市最富有的人。

原载《散文诗世界》2020 年第 2 期

华威民俗苑·时光馈赠的上善［组章］

侯之涛

一、墓志铭碑刻

刀刃与时间打磨，文字与石头永恒。

撇捺中镂空一个人的一生，横竖里上善岁月的恩典。字词慈悲，一缕缕过往的时光，雕刻出生命的轨迹，招安着灵魂的坦荡。文字镀身，一块块冰冷的石头，裹紧岁月的袈裟，守望着来世的膜拜。

尘世的锤炼，时光的打磨，日月星辰下素心上善的修行；失败的砥砺，成功的谦虚，风雨雷电中初心坚固的刚毅。一叠叠心语交织的香馨，一阕阕情感沉淀的宽厚，构筑着字词的香暖与经典。

一块石头打上文字的烙印，让词语来证明白骨，让文字来树立不朽。让爱的修辞延展一个生命的价值，整定或补录线装历史的诠释。

岁月江湖，一生的苦难或辉煌都凝聚沉淀在字词中，故事的余音，生命的厚重，感受情的浓郁与炽热，爱的崇高与神圣！

二、汉代画像砖

一团土浸满大汉的风月，一团土凝聚汉风的彪悍，一团土彰显汉域的辽阔。一团土飘逸汉韵的睿智。

心怀赤诚，凭吊或追忆，于袅袅歌舞中，缥缈着铁骑的征战，丝路的漫延……

一团土抱紧梦想，从汉风汉韵里出发，心灵里的山河，闭关在烈火中焚烧，升腾出厚重与纯朴。精致的笔画，飘逸的线条，一幅幅栩栩如生的画面恢宏着大汉的灿烂。

似乎有佩玉的细碎之声，似乎有凤琴的轻弦之音，似乎有驼铃的叮当之声，似乎有凯旋的欢歌载舞之盛，由远而近，徐徐而来……

懂得生命的价值在于生命的付出，如若一团土，凝聚、焚烧、雕刻，沿上善的走向提纯自我的高度！

黄土地凝聚的魂魄，是华夏的根脉，昂扬着龙族腾飞的版图！

三、陶瓷器

搭乘火焰的良苦用心，活出自我的精彩。

我出自于哪方净土所圈养的上善之身，我分娩于哪粒汗水所孕育的慈悲之怀，我修行于哪座佛尊所睿智的勤劳之手。时光清浅，岁月宽厚，我收紧内心的寂寞和火焰。

我腾空前世的谷物或粮食，我贱卖过往的劳累与清欢。安坐在周口华威民俗文化博物苑一隅，轻聆风雨的词韵。浸润在曙光里，轩窗中收紧小小的心跳，任目光的敬仰和口吐莲花的修辞，弹落内心的空虚与寂寥。

时光的经文，岁月的辞韵，汗水浸泡的甘润和素手爱抚的香馨，镀纯灵魂的底色，芬芳弥漫到谁的梦里？

四、农耕（民俗）文化物件

远离喧闹的江湖，只想隐居在这里修身养性。

不说沧桑，不说泥土中泛滥着生命的香味。

我和它们一样的心平气和，放下躬耕的腰身和步伐匆匆的忙碌，招安村志中传奇丰富的章节和凝聚着日月星辰的倩影，坦荡田园里血汗浸泡的庄稼和风雨掌心中躬耕砥砺着的身影。

晨露润梦，梦在月光的翅膀里扇动。路未醒，已在磨刀石上霍霍镀身，与霞光映照汗水的晶莹，茁壮庄稼挺拔的腰身，上善人间烟火的纯净。

拙朴被血汗浸泡，被手掌打磨，丰盈着日子的富足。在时光的沉淀里，绵绵不绝地带着温情和爱，饱满着生活的欢愉。

雕刻下岁月的经文，赢得坦荡的内心中所有的高洁与神圣。

五、古家具

恬淡光阴，一枚古朴雅致的花朵，镶嵌入岁月的花边，泛滥着线装的故事。蜿蜒成一行柔软的心绪，招安着一阕诗韵的灵魂。

静静如斯，俯仰之间，任暮色轻卷时序，缓缓装束时光之微茫。

我的城，倒塌在镂空的云霓之上，古朴着前世的暗香。风叩心弦，根植千年的执着与凝望，任一念灵犀，滑过沧海，回响流年。

润朗凝眸眼底，如你缭绕的笑声穿越心海，便任由折叠的心事逍遥月下。

读懂，藏于周口淮阳的祭拜伏羲盛典、画八卦、造甲历、制嫁娶、定姓氏，渊源于华夏文明之源远流长。读懂，华威人勤劳、智慧、高尚质朴，又与时俱进的初心与担当。

安住心性，引渡普天之下的众生，拥有属于自己的圣洁与高度！

原载《华威杯全国诗歌大奖赛获奖作品集》

会跳舞的水［组章］

罗国雄

捉迷藏

“爸爸，我抓住你了。”听到小嘉禾的笑声，回头见我的影子，蹲在地上束手就擒，像不懂呼救的孩提。

“妈妈，你眼睛里住着一个娃娃？”连问三声，妻子心里的天空，就变得非常蓝、非常蓝、非常蓝。仿佛被洗净了三次，藏不下一丝乌云。

当月亮在树下荡秋千，星星开始唱摇篮曲，我知道夜晚还有很多角落，藏那些在喊我名字的人。比如花草深处、假山背后，等我疲惫了，我将回到他们的躲藏之中。但无论如何，我也不会选择藏进一道皱纹里，伸手去够你的那片童真。

今夜，我的想象很美也很轻，只愿藏在你萤火虫的翅膀下，提着灯笼到梦的田野低飞，被天使捉住，才幸福地尖叫。

会跳舞的水

梦见我亲吻了你，孩子。梦见你在音乐喷泉池边，与离地三尺的水跳兔子舞。想飞的水，和牙牙学语的你，分享同一个梦。梦里时光，轻盈得像获得了自由的鱼，游进我的童年。用昨天的脚，穿上今天的鞋子，踩一片虚光，伸手能摸到回人间吃奶的星辰。

夜柔软得越来越像绸缎，清风唱曲，月牙安静。你额头上渗出的汗珠，尖叫着加入了水的广场舞。只有一滴，落在我梦的荷盘，像一片血脉温暖的大海，光滑而急促，摊开了让我心生嫉妒、爱屋及乌的秘密。

不管我是否梦见过你的梦。我在这个梦里，听到和看到了那么多流水的清亮舞姿，拱卫着你的梦。多么迷人的游戏！多么干净的赤子！多么欢快的天使！仿佛我打开每扇窗户，都有一抹新绿如闪电花环，唤醒蔚蓝的天空，从不说流逝，也不藏一丝乌云。

整夜我都睡在一首童谣里，听流水的鼓掌声。梦醒了，我会因为追逐一滴跳舞的水的顽皮背影，而突然鼻子一酸。热泪难以控制，仿佛在下毛毛雨，滴在一张 A4 纸上，练分行的瑜伽，如睁着眼说梦话："孩子，爸爸太多的担忧，已配不上你水一样透明的渴望。"

"宝贝，你要把这世间的欢喜，爱得比生命更长久，才能心生水花，随时抱紧自己，洗灵魂的噪音。"

两个月亮

那晚的月亮很温暖、很美，像挂在天边的一盏油灯。

那晚我的妈妈，靠着草垛唱歌，歌声年轻，吹送稻花香的风，也很年轻。

鸟儿们飞累了，在巢里做着各种美梦。那晚的月光，像妈妈唱的摇篮曲，摇篮里躺着柔软的春日，戴一顶月光雪的婴儿帽。

一片云飘过来，遮住了天上那个月亮妈妈的脸。但我的妈妈眼睛里，还有一个月亮，提着灯笼在走，像提着故乡和童年，在走。

包粽子

晨起烧水洗澡，洒扫庭院，挂艾枝，悬菖蒲，晒雄黄酒。

其余的整个一上午母亲都在包粽子。

井水洗过的粽叶晾在筲箕里，不用裁剪的墨绿旗袍跃跃欲试。准备好糯米、绿豆、花生、红枣，咸蛋黄代替鸡肉，猪油炒葱、姜。取两张粽叶折成斗状，装入馅料，棉线包好，入锅冷水煮沸一小时，改文火再煮一小时，空荡荡的屋里顿时飘出诱人的清香，等田野里一边放风筝，一边看麦儿黄的馋虫，麻雀一样飞回家过端阳。

解开系绳，剥开粽叶，咬一口柔软黏韧的粽子，洁白米团仿佛嵌着几颗深红的玛瑙。如母亲怦怦跳动的心，裸露油亮的美，舍不得吃的甜蜜礼物，自带电流，一直在记忆的味蕾深处珍藏。

二十多年前的端阳。母亲终于把自己，也裹进了青蓝色粽叶一样的寿衣里。仅六十多年人间沧桑的蒸煮，让她像裹着一幅枯山水，被离乱的炊烟，缠了又缠的，熟透了的粽子。

只有她微笑的遗容，永远站在故乡年年生长的艾枝上，像平静的露水可以清澈见底。

忆菖蒲

悲伤是失去了孩子的母亲。她突然走进一个人心时，像在迎迓一场暴风骤雨。身体里早已泥泞不堪，既无瓦盆可倾，也无屋檐躲避。

但她还爱着这样的人间：骤雨初歇，恩怨洗净的村路旁，比我更快到来，又更快离去的一株叫菖蒲的植物，被连根拔起。在她临死之际，细瘦的秆稃，像剜走了我心跳的剑状的手，还举着一片湿漉漉的天。

她的爱会有力不可支的时候，时间也终将松开攥紧的拳头。

原载《星星·散文诗》2020年第8期

老相集

钟远锦

一、相集

逝去的一段，捧在手里。薄是薄点，但都是渗透在血液的种子和呼唤，所以，再见时，肯定是繁盛的。就像那棵树，谁说不能吐露出火焰？

不要燃烧，也有沸点。我看到我们的童年，从消瘦的背景里走出。消瘦，是一把利剑，直透小院。何处是华山，何必是华山。我看见它们抽丝剥茧，将一座山改变成另一座山。

一座山，立起一座铁塔。丰碑是市井人做的事，我只将可说不可说的字词握在手里，像一首诗。你听到鸟鸣的声音，正撞开深井。

我们将清冽部分，分成几份。每份，都有重量，每份，都有光明。

二、相片里的瘦

瘦，是一根铁钉，牢牢抓住灵魂。

干涸的冬，会透过鸟鸣，垒起厚实的春。

蹚过苦痛的河，才懂得举起深刻涛波。

十岁的种子，要吞咽多少雨水，才会有四十年成果。

山脉举着手，将阳光吐出来，又咽下去。那些被灼痛的洪流，让星星找不到完整归宿。

我盯着相册里的那棵树，让那棵树，慢慢习惯早已壮硕起来的胸脯。那棵树，它也在深邃重温那条路。

一条由瘦而起，因瘦而立，因立而突出的路。

我不开窗，窗却自己在发亮。

原载《湖南日报》2020 年 8 月 14 日

黎寨黎人［二章］

唐鸿南

作雅村

作雅村，很小。

但这里的黎歌很大，就像一首首黎歌的喉咙那么大。

这个人人都会唱歌的村寨，黎歌会唱黎话，会唱普通话，还会唱海南汉话。

泡在黎歌里的这些黎人，还会喝酒，

喝播种的酒，喝收获的酒，喝开心的酒，喝愁闷的酒，喝敬人敬神的酒，喝谢天谢地的酒……

早在酒里煮熟了的男人和女人啊，唱出的关于白天和黑夜的黎歌，脱口就来，张嘴就唱。

他们说，一个人就是一首歌。要唱就像夜莺的声音那样明朗，要唱就像祖先的天空那般辽阔。

男人和女人并肩着唱，黎话和汉话混搭着唱，四亲调和千家调分合着唱，纯白酒和山兰酒碰撞着唱……

这个被黎歌养大的黎寨，每个人都是黎母山情韵流淌的清晨，每个人都是五指山脚下喷涌的河流……

在琼中

每到琼中，我就不想，怎么去写诗了。

看山，也不想。看水，也不想。

看树，我只想好好去看看琼中漫山遍野的树。

在琼中，有数不完的庞大的树，我不必追问它们的大名。它们的形象会告诉我年龄的高度。

多高多大的树啊，站着挺着，无边无际，拥挤着每寸土地。

我左看，右看，上看，下看。越看越觉得他们长得都像真正的琼中人。

哦，那些人早已走了，不再回来？

于是他们便长成了如此挺拔的树吗？

山风抚动，落叶纷飞。我仿佛看见了他们挥洒当年革命的火把，正从黎峒的牛角号声中呼之欲出。

王国兴走来了，王玉锦走来了，王越丰走来了……

这些在琼中大地上疯长的一棵又一棵大树。

在我的想象中立刻雕成深深的历史，越走越远，越来越近……

原载《中国汉诗》2019 年 12 月第 4 期

岭南贴［二章］

黄　刚

一、品清湖

可是冰川季逻辑推演的结果，可是大自然鬼斧神工的杰作？否则，怎会诞生如此神奇的清凉女子：

品清湖！

或是那一弯湖山黛眉的魅惑，远方的海水杂沓而至。

因这旖旎和婉约，海水一波一波地在此轮回于此蓄积。

经年的积淀、生长，她已出落成汕尾的母亲湖。

清，而纯。纯，而静。

浑身散发着潋滟的清辉，恬静地安然一隅。

晨曦初露，将祝福送给出海打鱼的男子；星辰挂天，期待着渔人平安归航。

无须啰嗦与聒噪，不会吵嚷和高声。

一切美好的祈愿，一腔炙热的期盼，悉数盛入一汪晶莹的眼池。

品清湖，一泓有阅历的潟湖。

半开半闭，一位欲羞还望的熟女。

这样的丰姿，足以让整个亚洲的潟湖为之称臣。

如是的淡然，吸引了多少驻足徜徉的看客。

半开，是接纳、包容；半闭，是含蓄、抉择。

海水咸，女子淡。

一半开，一半闭。

咸淡开合间，集成东方女子的冰雪聪慧。

品清湖，汕尾的生命湖、母亲湖。

与海相通，活水不息。与陆相连，滋养万众。

因为她，一座城市滋润起来、活脱起来、繁荣起来。

因为她，一方百姓富裕起来、安泰起来、和美起来。

生命湖宛若明眸，让汕尾看清当下，也洞察未来。

母亲湖如同襟怀，慈爱源自大地，吐纳堪比海洋。

秋读品清湖，

读出一份如风如水的婉约，

品出一种海陆兼容的雄浑。

二、红海湾

携一身咸腥的海风归来，无寐。

旖旎满眼，涛声依旧。

铺展地图，纸上，红海湾蜿蜒成一张待箭欲射的弓弦。

这条遒劲坚韧的弧线，勾勒出古铜或者赭褐色的男人的脊梁，跃跃欲试，摩拳擦掌。

红海湾，一个标志，一种象征。

赤色的、刚健的、不屈的、彪悍的、父性的。

此一切，属于海陆丰。

那左右延展，坚实悠长的海岸线，是男人紧抓大地，围护子民的长臂。

那一块块迎遏巨浪，凸出海面的嶙峋礁石，是男人偶现峥嵘潜蓄力量的筋骨。

大风起兮，一股浓酽、强劲的雄性荷尔蒙味道扑面而来：

外溢生命的劲健、剽悍的英姿、不竭的力量，发自广袤无垠的大陆架的底处。

蜻蜓群舞，鸥鹭鸣天，大鱼潜底，礁岩碎浪。

红海湾的上空，接踵而至的舞蹈和唱和，演绎、荡漾着雄浑的海之乐、海之韵！

半岛如巨坝，揳入那片静躁相宜的蔚蓝。

一侧，秋风卷起千堆雪；

一侧，波光粼粼如处子。

卷起千堆雪，剑弧包孕着勇毅和张力；

淡定如处子，感受到大山的沉稳与自信。

风拂烽火台，涛和心中潮。

瞭望迢迢的历史时空，我油然喟叹：是真名士自风流，唯真汉子显雄风。

禽兽作恶没有借口。但作恶的贼寇，总能找到借口。

倭寇、英夷，他们驾船携炮，踏浪汹汹。

上溯 350 多年，是谁面对从福建南逃而至的倭寇余孽，雷霆出击？是他，驻守红海湾的抗倭名将唐顺宇！提枪背剑，唐顺宇追随俞大猷南征北战，屡建奇功。海丰金锡都，烽火起六月。是他，破阵杀倭，生擒寇首，大捷空前！可憾将军血洒海疆！

民族英雄郑成功抗清复明，两度勤王海陆丰。

烽烟漫卷白沙湖，舟师如林，浩荡而至，雄兵如豹吟虎啸。硝烟弥漫，刀剑争鸣，水火交融。海战中，郑成功的妹妹郑祖禧，巾帼不让须眉，飞身上敌船，挥剑斩鞑虏。可叹香魂一缕，浮漂海天葬白沙。

之后，郑成功收复台湾，彪炳史册。

聆听西秦戏，听到秦腔铜茄铁板的豪壮遗韵，听出秦王横扫六合的无敌威势。

或许，这遗韵来自“大漠孤烟直”的西北，口传于辗转海陆丰，至此勤王的“大义秦军”。

历史苍凉如海。但英雄血，总会在民族存亡之际沸腾如狂舞的浪花。

往事并非如烟。远逝英魂的名字总会镌刻于史册，铭记在百姓柔软的心坎：

“明唐公墓”，那是抗倭名将唐顺宇的坟茔；

“双圣阁”中，郑祖禧早被百姓奉上神龛；

“水德灵长”，铭刻着民族英雄林则徐抗英奏凯的祈祷；

……

红海湾，那是如弓的父性脊梁。

这一湾，坦荡、澄清着海的蓝，热烈、激情着血的红。

这红，是古战场将士的血，是汕尾红场的红、红楼的红、东尾村的红……

这一片片烈士红，印证着海陆丰的“雷公”本色、延宕着海陆丰的赤色基因。

风动，云动，水动，心动。

伫立红海湾的岛巅北眺、南望，海风像巨大的涡轮，将目光推向东海那场北洋舰队全军覆没的甲午风云，并令我激愤、警觉于地球警察在南海的霸凌。

在这个微时代、大时代，在这个地球村、大世界，太平之中不乏战争忧患！

红海湾，坚韧如弓的父性脊梁，坚如磐石的海疆长城。

历史是导引并启示现实的镜像。

拂去蒙落汗青上的灰尘，中华民族抗倭、抗英、抗日的史实告诉世人：红海湾既有拥抱和平的博大胸襟，更有抵御外侮护卫家园的长剑、战鹰，以及从未泯灭的，中国龙的图腾、自信、勇毅和无畏。

枕海望天：

旖旎在眼，涛声充耳，

长思萦怀，脊梁如弓！

原载《星星·散文诗》2019 年第 10 期

青铜大地［五章］

陆晓旭

屏息静听，这片大地总是泛出青铜的声音。

——题记

青铜剑

当我用目光缓缓打开这柄青铜剑时，我就知道，这柄剑也在向我缓缓打开一段尘封了两千多年的历史。

绝妙的风景徐徐展开：

一场盛大的晚宴上，令人陶醉而忘情的舞者，用满身细碎而精美的青铜扣饰，抖落一地寂静的月光。她们美丽而忧伤，用纤瘦的腰肢扭动曼妙的旋律。血肉之躯，可以挡得住风雨，却唯独挡不住一场场征战。

欲望一旦生锈，青铜剑上的花朵也会腐蚀。

然而，隔着透明的玻璃，一种亘古的气息扑面而来，让人不寒而栗。

迅速背过身来，我还是我，青铜剑还是青铜剑。

各自有各自的时代和背景。我们互不模仿，也互不穿越，互不替代。即使曾经渴望触摸，甚至远比渴望撞击还要深刻，但我还是终于保持了足够的敬畏和克制，没有伸出手去。

很多时候，我不止一次想过，如若把自己化身为一柄青铜剑，我该匹配于谁的手上。或者，清风明月，对影小酌。说说柴米油盐，空出人生锋利的部分。

去粗取精，让剑拔弩张的生活，多点诗意。

贮贝器

青铜铸造的梦，也是幸福的梦。

贮贝器里的贝币，每一个都藏着一片海。

人心的海，在器盖和腰围上蔓延。

劳动，生产、生活，战争、祭祀，每一种场景，都会逶迤成难以言说的隐喻，栩栩如生。古滇人是没有六便士的。他们只知道滇池上空的月亮又大又圆，明晃晃的，如一面青铜做成的镜子。然而，他们的梦里，一定是有六便士的。

不信，你听：每一个贮贝器里的贝币都在喧嚣。

两只凶猛的老虎嗅着青铜的味道，不远千里，跋涉而来。

四牛鎏金骑士，按熄几朵身体里的虚火，信马由缰，凝视着一个虚无又真实的地方，不慌不忙，仿佛已经掌握了别人的分寸。

进退之间，生死之间，都藏着一罐梦想。

贮贝成器，该用大海来祭奠，才能还原每一个贝币最真实的历史。

青铜大地

泛着青铜颜色的土壤，渗出青铜的品质。

这是青铜的格调。是谁幻美地练习，用青铜一样的牙齿死咬着大地的心脏，难道就不为了点别的什么？

大地的病根，或许只有大地知道。

前无古人后无来者，念天地之悠悠，谁在怆然泣下？

爱，是需要勇气的。当青铜爱上大地，它青色的火焰，必然在这片大地上自由定型。给爱刺青，必然带来激烈的战栗，然后共同失眠。永恒与瞬间，被无数次假设。余下的，都是浮生。

这是最纯净的诗篇。泛着宣言一样的青。

一个巨大的磁场，让我无数次欲罢不能。

青铜城市

尽管尚未命名，我自认为我已经生活在一座青铜的城市。

这是我的个人意识。光明在黑暗中间分开万物，找到新的坐标。

奇迹并没有发生。这应该是最好的结局。

精卫填海，悲哀的是海，不是精卫。女娲补天，悲哀的是我。能补天的女娲只有一个，骨骼缺钙的人越来越多。

在这座以青铜命名的城市，我想邂逅一只青铜之鸟。我想看见，在它的躯体里，有我的血液之火，熊熊燃烧。

在黑夜降临之后，在太阳出世之前。我想复活另一个自己。

青铜马

生活很呛，烟熏火燎，难免会很尴尬。

以梦为马，星光璀璨，总是驰骋在月色里。

青铜色的月光，青铜色的草原，青铜色的马匹。

马蹄嘚嘚的声音，是世上最后的寂寞。即使化身青铜，路，也能听懂它的一路风尘。不愿倒下的马，不会呻吟的马，让所有人心满意足。它有它的尊严，它有它的孤傲。一生和梦想僵持不下，一生和爱僵持不下，一生和草原僵持不下。

用青铜给一座城市投影，它的飞奔不是童话。用青铜给大地命名，历史的废墟里，谁也无法将它找到。

青铜非马。马踏飞燕，它已回家。

黑夜和白昼一分为二，它都有自己相同的梦想。

相同的梦想，都会在短兵相接的黑白中萌芽。

原载《散文诗》2020 年 9 月

路　遇［外二章］

陈锡让

星期五下午，下过一场大雨。我们送建材去陈家坝大桥，车开到半路上却不得不停下来。原因是前面发生山体滑坡，一群石油汉子正在抢修。隔着玻璃，我清楚地看见他们忙碌的身影，以及临时用红布条拉起的警戒线。他们满是泥浆的红工衣，一下子就打动了我。

车们不一会儿就排成了一条长龙，我知道短时间疏通路面已不可能，今天需要耐心等候。我知道像这样抢修的石油汉子气田还有很多，我经常看到这样的劳动场面。我甚至知道这条油区之路修成是何等艰难，当初石油人付出的是什么？！我同时知道我被这条路碾压着，可我无法用言语表达出来。

不是吗？自从这次路遇之后，我总会不自觉地想起这群石油汉子，他们用红布条拉起的警戒线，是那么富有诗意。

油　画

我兄弟张永忠，把一位石油汉子带回职工宿舍，挂在墙壁上。这位石油汉子，头戴红铝盔，侧着身子，左手叉腰，右手扶住肩上的管钳。一张黝黑的面孔，轮廓分明，笑容和蔼可亲。背景是一面鲜艳的党旗，与他布满油渍的红工衣交相辉映。

七月二十四日傍晚，忘记关上玻璃窗，挂在墙壁上的石油汉子，竟随着吹进来的风，不自觉地扭动着腰身。他粗糙的双手，似乎要把肩上的管钳放下来。

“哥们这么激动，心在集气站吧。”我兄弟张永忠刚说出这句话，就听见风卷着窗帘噼里啪啦作响，宿舍里弥漫着的石油味，甚是浓烈。

也看你，父亲

在傅家山，看日出，也看坐在井架三角铁上的你。

父亲，你像一只悬空织网的红蜘蛛。习以为常的作业，有人认领。挥洒着的汗水，有光线收藏。灵活机动的身形，投影于大地。

诚然，你心中已装下万里晴空和普光这片热土。白云飘移，时日暖润。父亲，我看到的是你的不骄不躁，你置换过的位子，被天空中的浅蓝占领，之后又被清风吹过。你在阳光的照耀下，是那么伟岸，从容，自信。

原载《中原石油报》2019 年 11 月 13 日

大地农事

王　韵

棉　桃

——此物最相思

棉花棵上结桃子——这不是荒诞的寓言，而是土生土长的农业愿景。

不管是白的花，还是红的花，凋谢后赶趟结出的都是棉桃，青涩如禁果。

遍地棉桃被举过头顶，踮起脚尖探向太阳，被阳光激情受孕，悄结珠胎。

丝丝缕缕的柔情被一针一针地密密缝入坚硬的果壳，被一寸一寸地压缩进逼仄的黑夜，在深刻的窒息中缓缓成长。

一些结籽的心事粒粒可数，如骨鲠在喉，攒足了劲，大声叫喊，像一个哑巴歌手引吭音符，只见喉结徒劳地蠕动，似有风雷激荡，却没有声音。一不小心，砰然迸裂了自己，挣开了一絮一絮的思念。

思念纷纷笑开了花，地上的羊群误闯了进来，赖着不走了，天上的云朵失足掉了下来，一下子找到了家。

这是一种暗暗滋生的思念，被柔若无骨的棉的花层层包裹，像一个结实的秘密。它类似于单相思，或一次马拉松似的苦恋，从头到尾，仅仅一个人默默想象和描摹另一个人的背影，而季节已由丰腴渐渐消瘦。

一双手左右开弓，十指翻飞起落如鸟儿在琴键上跳舞，采了一朵一朵比人瘦的思念，在围裙里促膝私语。

最终，它会以纯粹洁白的质地，温暖我们的生活，也照亮我们的记忆。

我们将它穿在身上，拥它入梦，在肌肤亲近中慢慢被幸福的潮水漫灌，及膝，至腹，没顶。

土　豆

——我忧伤无比

你不是一个混血儿，但你有那么多缤纷如节日的名字。

穿西装打领带时，你是马铃薯。

穿上中山装扣紧最后一粒风纪扣，你有一连串相亲相爱的名字：土豆、洋芋、地蛋、山药蛋……

听见谁叫起它们，我就想起你们在泥土中扯着同一根脐带，偎依沉睡不醒。

说到在土中沉睡，不管是黄土地、黑土地，还是红土地，都是健康的肤色，与种族无关，同样质朴而沉默，像我们各自四肢摊开印下“大”字的祖先。

像一条鱼，你一个猛子，一口气扎入泥土浪中，再也不肯现身，是一个真正的潜伏者。

偶尔有的耐不住寂寞，冒失地探出青青头皮晒晒太阳，我们就叫它愣头青。

更多的深藏不露，不会歌唱，也不喧哗，却不甘沉沦，一天天地生长和积攒自己内心的黄金。

直到被锄头唤醒。

你被装进各种筐、篮子、纸箱和编织袋里，坐车进城来到市场，一股脑地倒在地上，接受形形色色的目光审视，被一双双轻佻的手挑剔。

你的身上结着干涸的泥土，说明你的户口来自乡村，来自某片土地，也许就是我老家的那片土地。如果谁试着搓掉泥土，就搓去了你单薄的黄皮肤，你不会娇气地大声喊疼，但你会绽开自己金黄的肌肉，沉默地表达自己的抗议与愤怒。

这种金黄所散发的光芒，相当于一盏十五瓦的灯泡，凝聚起一个黄疸病人的执着与热量，曾经照彻暮年的凡·高，和他潦倒的盘子、刀叉与食盐。

你的身边散漫地丢着秧子，它们曾经与你同命相依，现在渐渐在枯萎中，努力挽留着最后的湿润，保持着最后的翠绿。

马铃薯啊，我不习惯叫你穿西装的名字，还是叫你地蛋亲切些，就像喊自家兄弟，但你不开口说话，这让我忧伤无比。

一整个下午，面对桌上的一张白纸，纸上的一个你，我默默地等待你开口说话。

我多么想像你，蹲下身子一点一点地，沉潜入我并不深的内心，连带着血肉剜出仅存的一点点儿黄金。

地　瓜

——大地的乳汁

在南方，我叫你红薯，就像叫我甜甜的红姐。

回到北方，我入乡随俗唤你地瓜，好像唤我熟悉的乡亲。

站在双眼皮噙住的露水中央，我模仿土豆花开的声音：地瓜地瓜，我是土豆。

听到呼唤，仿佛对上了暗号，你翻身坐起，一袭长长的绿裙，铺满了半面山坡。

此刻，春天恰如美少年，荡着柳丝翩然降临。

埋藏于各种肤色的泥土中，其实你并不孤独。躺在宁静广阔如一片湖的黑夜，你有那么多姐妹，她们都有一个暖暖的乳名，轻轻唤上一遍，从四面聚拢过来，一家亲情融融。

以土掩面，没人看见你羞红的脸，从最小的甜蜜开始，你一点一点地长大，一天一天地成熟，像饱满的乳汁，温柔的内心奔腾着无数血管，每一条都是母亲的河流，充沛丰盈。

你一旦被农具们刨挖出来，濯净满面泥土，立刻如花似玉，光彩照人。

是你喂饱了我童年的饥饿。那时，饥饿是一柄从喉咙中长出的鹤嘴锄，探向你热气腾腾的诱惑。你不仅温饱了我空荡的胃口，还启蒙了我对甜蜜的记忆。

是被炭炉烘烤得焦头烂额的你，在空洞孤寂的异乡，像一粒火种慰藉着我渐渐冻僵的心灵。

是一锅黏黏稠稠的地瓜稀饭，使我们千疮百孔的爱情，神奇地水乳交融难舍难分。

今夜，我在台灯下挖掘出这些，才发现我们一生中的甜蜜，都与这种从大地分泌的乳汁息息相依为命。

原载《散文诗》（青年版）2019 年第 10 期

后　记

今年的散文诗年选，自“王剑冰写作坊”公号发出征稿公告，便收到了大量自由来稿，也收到了散文诗报刊的荐稿。按照征稿要求，必须是正式发表的散文诗作品，由于需要预留编辑以及出版时间，可以是前一年十月之后到今年十月份的作品。未按照要求投递的，不在考虑之列。面对数千件来稿，首先是高兴，但也深知给自己造成了麻烦。只好日夜兼程，投入大量精力。截稿之后仍有作品不断传来，惜已无暇顾及。

说起来，散文诗在中国还是很热闹的。我曾经在很多场合跟人谈起散文诗，我说，你写散文诗吗？你关注过散文诗吗？你了解散文诗创作队伍吗？各种回复和表述都有。我实言相告，散文诗真的是一种很独特的文体，散文诗人也是一个不容忽视的群体。

散文诗已经走过了一百年。鲁迅、胡适、周作人、徐志摩、朱自清、冰心、丁玲、柯蓝等前辈可以说都涉猎过散文诗。散文诗在今天仍然引发众多散文诗人尤其是年轻人的关注与喜爱。以《散文诗》《散文诗世界》《星星·散文诗》为主要阵地的刊物广受欢迎，而且一些地方报纸也开设散文诗专版，组织散文诗评奖，产生了不小的影响。漓江出版社的《中国年度散文诗》，出版发行二十年而不衰。

诚然，散文诗创作仍然有很大的上升空间。散文诗不在意散文样的随意与随性，但在意它的内涵、语言及诗性。

选编的过程也是学习的过程，也必然有诸多不足，待以后改进。

感谢文友的信任与支持。

王剑冰

2020 年 12 月

2020年选系列封面绘图画家介绍

曹力 江苏南京人，中国美术家协会会员。1954年2月生于贵州贵阳。1982年毕业于中央美术学院油画系壁画研究室，现任该院壁画系教授、系主任，承担素描、油画、色彩重构、线构成等课程的教学工作。代表作品:《马与楼道》组画、《牧童》(中国美术馆收藏)、《牧牛图》(钓鱼台国宾馆收藏)、《原野》、《村女》、《最后的歌》、《打开的乐谱》、《金色的天空》、《鸟之舞》、《玩纸鸟的少年》、《童声合唱》、《都市喧嚣》组画、《月光》、《盛夏》、《琴声如诉》等。

《沐浴》 曹力　60 cm×70 cm　亚麻布油画　1987 年

曹力画作短评

曹力无疑是一位极富诗人和音乐家气质的画家，他给 20 世纪的中国画坛留下了一系列充满着神奇与客观，梦幻与真实，过去、现在与未来纠缠不清的奇诡瑰丽的抒情叙事组诗，其间跃动着艺术家超人的想象与创造的精灵……这肯定得益于到处生长着神话与传说之树的艺术家童年的故乡贵州山区。

——苏旅（著名美术评论家、策展人、出版人）